피아노 레슨

Piano Lessons, a Memoir

시반 선생님과 함께한 피아노 레슨의 추억

피아노 레슨

애나 골즈워디 지음 | 노혜숙 옮김

아니마

피아노 레슨

처음 펴낸 날 | 2011년 8월 25일

지은이 | 애나 골즈워디
옮긴이 | 노혜숙
객원 편집 | 김현림

펴낸이 | 노혜숙
펴낸곳 | 도서출판 아니마
등록 | 396-2008-000092호 2008년 12월 11일
주소 | 경기도 고양시 일산동구 중산동 1680번지 하늘마을 109-903
전화 | 031-908-2158
영업 | 02-322-1845
팩스 | 02-322-1846
전자우편 | animapub@naver.com

표지, 본문 디자인 | (주)끄레 어소시에이츠
필름출력 | 문형사
인쇄, 제본 | 영프린팅

ISBN 978-89-965393-2-2 03840
값 | 13,000원

엘리오노라와 두 사람의 루벤에게 이 책을 바칩니다

차례

1부

1장
바흐

"바흐는 지혜롭고 관대하고 너그럽기가
이 세상의 신이나 다름없다는 것을 기억해라.
그가 항상 너를 축복해주기 바란다."

요한 제바스티안 바흐 Johann Sebastian Bach, 1685~1750, 독일의 작곡가, 오르가니스트

아이제나흐에서 16세기 이래 약 200년에 걸쳐 대대로 음악가를 배출한 가문의 막내아들로 태어나 어려서부터 각종 악기에 대한 교육을 받았다. 고등학교 졸업 후 바이마르에서 궁정 오르간 연주자로 활동하며 성악곡과 오르간 음악의 작곡에 주력했다. 1717년 바이마르를 떠나 쾨텐으로 옮긴 후에는 1723년까지 교회음악 대신 세속음악을 작곡하는 데 힘을 쏟으며 유명한 〈브란덴부르크 협주곡〉, 〈평균율 클라비어 1권〉을 비롯하여 4개의 관현악곡과 인벤션을 작곡했다. 1723년부터 라이프치히의 교회에서 음악 감독으로 일하며 〈요한수난곡〉, 〈마태수난곡〉, 〈골드베르크 변주곡〉, 〈평균율 클라비어 2권〉 〈음악의 헌정〉 〈푸가의 기법〉 같은 걸작을 남겼다. 바로크 음악을 완성한 작곡가로, 독일음악의 전통에 깊이 뿌리박고 있을 뿐 아니라 이탈리아와 프랑스의 양식을 융합한 독자적인 작품 세계를 창조했으며, 종교음악이라는 테두리를 뛰어넘어 그 자체로 위대한 음악적 가치를 지닌 작품들을 작곡했다. 지금까지의 서양 음악이 전부 소멸된다고 해도 바하의 〈평균율 클라이버〉 두 권만 남는다면 그것을 기초로 다시 재건할 수 있다는 말이 있을 정도로 음악사에서 시대를 초월하는 독보적인 위치를 차지하고 있다. 괴테는 바흐의 음악을 듣고 이렇게 노래했다. "듣게 해주고 느끼게 해 주오, 소리가 마음에 속삭이는 것을. 차디찬 일상 속에서 따스함과 빛을 내리시기를!"

시반 선생님을 발견한 사람은 할아버지였다. 그녀가 얼마나 신비롭고 매력적인지를 강조하려고 할아버지는 처음에 그녀의 이름을 프랑스어처럼 발음했다.

"미시즈 시-방."

그녀는 얼마 전 가족과 함께 애들레이드로 이주해 와서 서쪽 교외에 있는 고등학교에서 피아노를 가르치고 있었다. 교육청 장학관이었던 할아버지는 정기 감사를 하던 중에 우연히 그녀의 수업을 참관하게 되었다.

"아주 신사적이고 정말 멋진 분이더라." 나중에 시반 선생님이 우리 할아버지에 대해 한 말이다. "하지만 권위적인 성품을 지니셨더군." 그러면서 그녀는 할아버지가 이마를 찡그리고 손가락으로 가리키는 흉내를 냈다. "선생님은 제 손녀딸을 가르치셔야 합니다."

당시에 나는 아홉 살이었고 재즈 뮤지션인 다른 선생님에게 피아노를 배우고 있었다. 그는 억지로 연습을 시키지 않았고 간섭을 최소화하는 자유방임식으로 가르쳤다. 내가 연주를 하는 동안 그는 조용히 콧노래를 부르거나 가끔씩 악보에 연필로 강약 표시를 해 주었다. 한 번은 나더러 고음부를 칠 때 피아노 의자에서 궁둥이를 들썩거리지 말라고 말했다. 궁둥이. 나는 그 말의 어감이 우스워서 킥킥거렸다. 그는 레슨을 끝내고 주방으로 가서는 이상한 냄새가 나는 담배를 말아 피우며 우리 부모님과 스티비 원더에 대한 이야기를 즐겨 했다. 언젠가 그가 전에 없이 흥분한 모습을 본 적이 있는데 그건 내가 스티비 원더의 〈레이틀리Lately〉라는 곡을 싫어한다고 말했을 때였다.

"어떻게 그 노래를 싫어할 수가 있니?" 그가 말했다. 그는 히피처럼 공허해 보이는 눈을 둥그렇게 뜨고 믿을 수 없다는 듯 천천히 머리를 흔들었다. "그렇게 아름다운 노래가 싫다니……."

나는 내가 우유나 기차나 목공소를 싫어하는 이유를 설명할 수 없는 것처럼 그 노래를 싫어하는 이유를 설명할 수 없었다. 반음이 많이 들어간 그 노래는 나를 짜증 나게 만드는 뭔가가 있었다. 아버지가 늦은 밤 피아노 앞에 앉아 나지막한 소리로 "요즘 나는 왠지 모르게 묘한 기분이 들곤 해요."라는 가사를 웅얼거리면 공연히 내 마음이 심란해졌다.

"그냥 싫어요. 느끼해요." 내가 말했다.

어느 일요일 할아버지 댁에서 점심을 먹고 나서 남자들은 우리 가족이 주말마다 여는 쇼팽 연주회를 위해 피아노가 있는 방으로 물러갔다. 할아버지가 가벼운 왈츠로 시작을 했고 아버지는 내가 어릴 때 자장가로 불러 주던 폴로네즈를 연주했다. 그다음에 삼촌이 흥겨운 〈즉흥환상곡〉으로 그 두 사람을 제압했다.

"브라보!" 할아버지가 박수를 쳤다.

"그렇다면 이번에는 씨름으로 겨뤄 보자!" 아버지가 자리에서 벌떡 일어나며 소리쳤다.

아버지와 삼촌이 몸싸움을 하는 동안 나는 피아노 의자 위에 올라가 그들을 진정시키려고 빠른 춤곡을 연주했다.

"아름다운 곡이구나." 할머니가 차를 들고 들어오면서 말했다.

"아무래도 우리 손녀에게 좀 더 진지한 선생님이 필요할 것 같군." 할아버지가 불쑥 말했다.

아버지는 굳이 피아노 선생님을 바꿔야 할 이유를 찾지 못하고 있었는데, 하루는 재즈 뮤지션인 선생님이 담배를 말면서 내가 좀 더 수준 높은 교육을 받을 때가 되었다고 선언했다.

"애나가 1급에서 A를 받았습니다! 제가 더 이상 가르칠 게 없겠어요."

그것은 이제 더 이상 할아버지만의 생각이 아니었다. 아버지는 결정을 내려야 했다.

"시반 선생님은 러시아 분이시다." 그날 저녁 식탁에서 아버지가 말했다. "리스트 계보를 이어 가는 분이시지."

"리스트 계보가 뭔데요?"

"리스트 계보란, 시반 선생님의 선생님의 선생님의 선생님이 리스트라는 거야."

"리스트가 누군데요?"

아버지는 그 특유의 표정을 지으며 말했다. "아주 유명한 작곡가지."

리스트 계보라는 말이 어쩐지 근사하게 들렸다. 만일 내가 시반 선생님에게 피아노를 배운다면 나도 리스트 계보에 오르는 것이다. 그것은 결국 내가 평생토록 긍지를 느끼는 자랑거리가 되었다.

일주일 후 나는 할아버지 차에 타고 시반 선생님에게 오디션을 보러 갔다. 어머니는 라벤더색 바지 정장을 입고 은은한 샤넬 향수 냄새를 풍기며 조수석에 앉아 있었다. 노스이스트 가를 지날 때 할아버지는 나에게 가는 길을 눈여겨보라고 말했다.

"우리는 지금 포트러시라고도 하는 애스콧 가로 가고 있다. 여기서 우회전을 해야 한다."

그 길은 그 후 오랜 세월에 걸쳐 일주일에 한두 번씩 지나다니는 동안 내 머릿속에 각인이 되었다. 하지만 그때는 고향인 애들레이드의 교외를 떠나 어딘가 아주 먼 은하계를 여행하고 있는 기분이었다.

"자, 이제 다 왔다." 할아버지는 크림색 벽돌로 지은 단층집 앞에 차를 세우고 말했다. "여기가 레닌그라드 음악원의 교수를 지낸 그 유명한 엘리오노라 시반 여사의 댁이다."

집 앞에서 할아버지와 어머니는 시반 선생님과 목례와 악수를 하며 떠들썩하게 인사를 나누었다.

"새 집이 마음에 드십니까, 시반 선생님?" 할아버지가 물었다.

"네, 아주 좋아요. 페닝턴 호스텔보다는 훨씬 편합니다."

그들은 소리 내어 웃었고, 나는 용기를 내어 그녀를 올려다보았다. 그녀를 어떻게 묘사해야 할까? 나에게 그녀는 사람이라기보다 어떤 에너지처럼 느껴졌다. 그녀는 문을 열고 밖으로 나온 순간부터 쉬지 않고 이야기를 했다. 사십 대로 보였지만 아홉 살인 나보다 키가 그다지 크지 않았고, 탄력 있는 피부는 아기처럼 발그스레했다. 그녀의 강렬한 시선과 마주친 나는 얼굴을 붉히고 눈을 떨구었다.

"우리는 피아노 치는 법을 가르치지 않습니다." 그녀가 말했다. 그녀가 말하는 영어는 외국어처럼 생소하게 들렸으므로 내가 제대로 이해하는 것인지 잘 알 수 없었다. "우리는 철학과 인생과 음악에 대한 이해를 가르칩니다. 음악은 우리 모두의 것입니다. 우리는 악기에 불과해요. 들어오시죠. 어서 오세요."

그녀는 우리를 거실로 안내했고, 건반이 누런색으로 변해 가는 낡은 업라이트 피아노 앞으로 나를 데리고 갔다.

"음악은 논리적으로 창조하는 환상입니다." 그녀가 계속했다. "내가 어떤 지식을 주면 학생은 그 지식을 받아서 소화를 시킵니다. 학생이 소화를 시키면 영양분은 내 것이 아니라 학생의 것이 되는 거죠."

나는 방 안을 둘러보면서 뭔가 마음을 의지할 수 있을 만한 익숙한 것을 찾았다. 피아노 앞에 앉으니 차가운 느낌이 드는 분홍색 벽지가 마주보였다. 벽 한가운데 달력이 걸려 있었다. 나는 그 달력에 마음을 의지하기로 했다.

"똑똑한 가슴과 친절하고 자비로운 머리를 가지면 어떻게 될까요?" 그녀가 물었다.

나는 어머니가 그 답을 알고 있기를 바라면서 쳐다보았지만, 어머니는 내 시선을 피했다.

"손이 똑똑해집니다!" 그녀가 말했다.

"지당하신 말씀입니다." 할아버지가 말했다. "이제 선생님께서는 우리 애나의 모차르트 소나타 연주를 듣고 싶어 하실 것 같군요."

"그래야죠. 자, 마음을 편안히 해라. 항상 먼저 음악을 생각하고, 사람들을 감동시키겠다는 생각은 하지 마라. 그리고 준비가 될 때까지는 시작하지 말고. 모든 음악의 첫 번째 기술은 침묵의 소리, 대기의 침묵에 귀를 기울이는 법을 배우는 거야. 그래야만 전체적인 시야를 얻을 수가 있지."

"어디서 시작할까요?" 내가 기어들어 가는 목소리로 말했다.

"뭐라고?"

아버지는 시반 선생님에게 오디션을 볼 때 느린 악장을 연주하라고 귀띔했다. 왜냐하면 내가 느린 악장을 '제법 음악적으로' 연주한다는 것이었다.

"두 번째 악장에서 시작할까요?" 내가 다시 물었다.

그녀는 깜짝 놀란 표정을 지었다. "언제나 처음부터 시작하는 것이 가장 좋지 않니? 당연히 첫 악장부터 시작해야지."

당시에 나는 피아노 연주를 내 손가락들이 무사히 통과해야 하는 장애물 경주처럼 여겼다. 모차르트 소나타의 첫 악장은 위험한 곳이었지만 전개부에서 몇 번 고비를 넘기고 간신히 결승선에 도달할 수 있었다. 침묵이 흘렀다. 나는 어머니를 쳐다보았고, 어머니는 할아버지를, 할아버지는 시반 선생님을 쳐다보았다.

"수고했다." 그녀가 마침내 말했다. "초콜릿 좋아하니? 이리 오너라. 내가 아주 맛있는 초콜릿을 주지."

어머니는 고개를 끄덕여 보였고, 나는 시반 선생님을 따라 주방으로 갔다. 그녀는 내게 은박지에 싸인 초콜릿을 하나 주었고, 그다음에 또 하나를 주고, 금방 두 개를 더 주었다.

"착한 아이구나. 이제 여기서 놀고 있어라." 그녀는 십 대로 보이는 아들 드미트리를 불러 내 옆에 앉혀 놓고 어머니와 할아버지가 기다리고 있는 응접실로 돌아갔다. 나는 두근거리는 가슴을 진정시키고 방 안을 둘러보았다. 개가 안경과 모자를 쓰고 있는 사진들이 벽에 걸려 있었다.

"이 사진들은 누가 찍었어요?" 내가 드미트리에게 물었다. 그는 머리가 검고 눈빛이 상냥해 보였다.

"삼촌이 찍었어." 그는 개들의 이름을 하나하나 일러 주었다.

"오빠는 러시아 사람이에요?"

"응."

나는 더 이상 할 말이 없었으므로 손에 들고 있던 초콜릿을 입에 넣고 우물거렸다.

마침내, 시반 선생님이 나를 불렀다.

"대견하구나." 그녀가 말했다. "아홉 살 먹은 소녀가 그렇게 열심히 노력을 하다니. 물론 배워야 한다. 하지만 음악은 단지 정확한 시간에 정확한 음을 치는 것보다는 소화하는 것이 아주 중요하다. 음악은 위대한 기쁨이고 위대한 자유이며, 우리에게 날개를 달아 주지. 하지만 먼저 우리 자신의 날개를 조금씩 키워 가야 해. 아주 힘들지만 그만큼 보람을 느낄 수 있고 우리의 삶을 가치 있게 하는 일이지!"

집으로 돌아가는 차 안은 축제 분위기였다.

"기특하다, 우리 딸!" 어머니가 말했다.

"선생님에게 아주 좋은 인상을 주었으니 칭찬받을 만하지." 할아버지가 말했다.

나중에, 시반 선생님은 그때 나에게 연민을 느꼈다고 말했다. 그렇게 준비가 허술한 상태에서 모차르트 소나타를 끝까지 치는 아이는 배울 자격이 있다고 했다.

"하지만 선생님은 무조건 너를 인정하는 것이 아니다." 할아버지가 계속했다. "시반 선생님은 네가 연습을 좀 더 열심히 하기를 바라신다. 하루 두 시간씩 해야 한다고 하시더라. 한 번에 두 시간을 하라는 것이 아니라, 학교에 가기 전에 사십 분, 오후에 사십 분, 그리고 저녁에 사십 분 하면 되는 거야."

하루 두 시간씩이나! 나는 눈앞이 캄캄했지만 한편으로 가슴이 설레었다.

집에 도착하자마자 나는 전화로 병원에서 근무하는 아버지에게 기쁜 소식을 전했다.

"잘했다, 파이! 어떤 곡을 연주했니?"

내가 첫 악장을 연주했다고 말하자 전화선 너머에서 실망한 듯한 침묵이 흘렀다.

"느린 악장을 연주했다면 더 좋았을 텐데!" 아버지가 이내 중얼거리 듯 말했다.

그다음 주부터 시반 선생님과의 레슨이 시작되었다. 나는 아버지를 기쁘게 하기 위해 두 번째 악장의 악보를 가져갔다. 오디션을 통과하고 나니 좀 더 자신감이 생겼다. 힘든 시간은 끝났다고 생각했다. 나는 악보를 스탠드에 올려놓고 G장조 음계 위에 손을 얹었다.

"아니!" 그녀가 소리쳤다. "그만!"

"아직 시작도 안 했는데요."

"아니, 음악은 이미 시작된 거야!" 그녀가 다가와서 내 손을 잡았다. "손가락은 오케스트라의 단원들이야. 팔꿈치는 여기에 두고 지휘를 하는 것처럼 움직여야 한다. 그리고 먼저 소리를 들어야 해. 그래야 힘을 뺄 수 있어."

그녀는 반음계를 쳐 보였는데, 그녀의 손이 우아한 작은 동물처럼 보였다.

"힘을 뺐는데요." 내가 주장했다. 그리고 그녀를 따라 했지만 내 새끼 손가락은 수직으로 뻣뻣하게 서 있었다.

"넌 소리를 듣지 않고 있어."

내가 이 말을 이해하기까지는 여러 해가 걸렸다. 상상 속에서 소리를 들으면 긴장이 풀어진다. 그리고 소리를 제대로 들으려면 앞뒤의 음과 연결해서 들을 줄 알아야 한다.

"아니야. 그렇게 하면 안 돼. 손가락이 스파게티처럼 흐물거리는구나."

나는 건반 위에서 손으로 미끄럼을 타듯이 연주를 했다. 시반 선생님은 내 손을 잡고 손가락을 잡고 건반 바닥까지 밀어 넣으며 말했다, "이렇게, 깊이 눌러야지."

나는 점차 음을 흘리지 않고 충분한 깊이까지 누르며 옮겨 가는 법을 배웠다.

"손가락에 힘이 있어야 해!"라고 말하며 그녀가 손가락으로 내 팔을 미는 바람에 나는 하마터면 의자에서 떨어질 뻔했다.

"이런, 미안하다! 내 힘이 얼마나 센지 잊었구나." 그녀는 소리 내어 웃었다. "항상 기억해라. 손으로 이야기를 해야 해. 손과 악기는 둘이 아니라 하나이고, 음악은 네 안에 있는 거야."

그렇게 오랜 세월 동안 그녀는 자신의 손에서 나의 손으로 몸이 알고 있는 지식을 전달했다. "우리가 말할 때 의식적으로 입을 움직이는 것이 아닌 것처럼, 연주할 때 의식적으로 손을 움직여서 소리를 내려고 하면 안 된다. 악기를 통해 너의 이야기를 할 수 있어야 한다."

"음 하나하나가 모두 중요해." 그녀가 말했다. "모든 음이 뭔가를 말하고 있으니까."

나는 악보를 찬찬히 살피면서 이 F샤프는 무슨 말을 하는지, 이 꾸밈음이 의미하는 것은 무엇인지 생각했다.

"모든 곡은 저마다 이야기가 있단다." 그녀가 끝으로 말했다. "다음 주에 와서 이 두 번째 악장의 이야기를 해 보겠니?"

집에 돌아와서 나는 식탁 의자 위에 모차르트 악보를 올려놓고 두 번째 악장을 들여다보며 그것이 나에게 무슨 말인가 해 주기를 기다렸다.

"무슨 이야기를 해야 하죠?" 나는 저녁 준비를 하고 있는 어머니에게 물었다.

"너는 이야기를 잘 만들지 않니? 잘 생각해 봐."

"어떻게요?"

어머니는 채소를 다듬던 손을 멈추고 내 옆으로 와서 악보를 바라보았다. "글쎄다. 꼬마 소녀가 동물원에 간다거나…… 아니면……."

나는 이야기를 지어내서 악보에 이식했다. '여기서는 소녀가 솜사탕을 사고, 여기서는 둥근 지붕의 건물 안에 앉아 있다. 반복 부분에서는 소녀가 코뿔소들을 만난다……'

당시에 나는 음악에 대해 아무것도 몰랐고 서툰 외국어를 배우는 것처럼 생각했다. 내 꿈은 가수가 되는 것이었다. 시간이 날 때마다 서재에 가서 〈당신은 내 삶을 환하게 밝혀 주네요You Light Up My Life〉라는 노래를 부르면 아버지는 피아노 반주를 해 주었다.

내가 다니는 초등학교 상급반에는 노래를 잘할 뿐 아니라 목소리가 아름다운 에리카라는 소녀가 있었다. '그 아이처럼 노래를 할 수 있다면 얼마나 좋을까! 그러면 원더우먼이 되는 것보다 더 멋질 텐데!' 나는 에리카와 함께 텔레비전 프로그램인 '영 탤런트 타임'에 출연해서 하늘거리는 흰색 드레스를 입고 디스코 홀의 회전 무대 위에서 노래하는 상상을 했다. 상상 속에서 우리는 천사처럼 보였고 때로는 정말 천사가 되었다.

학교에서 열린 '캐롤의 밤' 행사에서 에리카는 〈북치는 소년〉을 노래했다.

"나도 에리카처럼 노래를 잘할 수 있을까요?" 집에 돌아오는 길에 차 안에서 나는 겸손을 가장한 목소리로 어머니에게 물었다.

어머니는 잠시 생각했다.

"글쎄다. 내 생각에 너는 안 될 것 같은데."

어머니 대답에 충격을 받은 나는 집에 도착할 때까지 차 안에서 말없이 앉아 있었다. 어머니에게 그런 말을 들으리라고는 생각지도 못했다.

나는 몇 주 후에 다시 물어보았다. "저도 '영 탤런트 타임'에 출연할 수 있을까요?" 부모님은 저녁 뉴스를 시청하고 있었다. 부모님이 방심하고 있을 때 물어보면 내가 원하는 답을 들을 수 있을 것 같았다.

두 분은 미심쩍은 시선을 교환했다.

"피아노 연습을 아주 열심히 한다면 그럴 수도 있겠지." 아버지가 말했다.

남동생과 나를 돌봐 주던 베이비시터는 자신이 〈월광 소나타〉를 칠 수 있다고 했다. 그녀가 가르쳐준 방식은, 첫 악장을 E단조로 바꾸고, 왼손과 소프라노 음은 무시하는 데다 화성 진행도 모두 생략하고 두 번째 자리바꿈에서 E단조 분산화음을 무한 반복하며 점점 소리를 낮추는 것이었다.

"〈월광 소나타〉 들어 보실래요?" 나는 '영 탤런트 타임'에 출연하기 위한 연습 삼아, 집에 찾아오는 손님들에게 내 연주를 들려주곤 했다. 나는 분산화음을 반복하면서 손에 잔뜩 힘을 주고 점점 더 빠른 속도로 연주했다. B-E-G, B-E-G, BEG, BEGBEG-BEGBEG.

"월광 소나타는 식은 죽 먹기예요. 그냥 B-E-G만 반복해서 치면 되는걸요."

내가 아는 것은 그 정도였다. 그런 수준으로 나는 시반 선생님에게 첫 레슨을 받으러 갔던 것이다. 시반 선생님은 레닌그라드 음악원에서 국제 대회에 나가는 학생들을 가르쳤다. 애들레이드로 오기 전까지 그녀는 어린아이들을 가르친 적이 없었다.

두 번째 레슨에 가서 나는 시반 선생님에게 동물원 이야기를 하기 시작했다.

"이 부분에서 작은 소녀가 침팬지를 만나요." 나는 반음계 꾸밈음을 가리키며 자신 없는 목소리로 우물쭈물했다.

그녀는 내 손을 잡더니 말했다. "자, 앉아서 연습하자."

처음 몇 차례 레슨을 한 후 아버지는 어머니와 병원 근무 시간을 조정해서 매주 나를 시반 선생님 댁에 데려다 주기로 했다. 그 후 팔 년 동안 화요일 오후마다 내가 레슨을 받고 있는 동안 아버지는 뒤에서 피아노 연주를 듣다가, 공상에 빠지기도 하고, 노트에 뭔가를 적기도 했다. 시반 선생님은 타고난 연주자였고, 아버지가 그곳에 있는 것을 좋아했다. 이제 내가 교사가 되어 보니 그 이유를 알 것 같다. 관객이 단 한 사람만 있어도 방 안에 활력이 생기는 것을 느낄 수 있다.

"오늘은 손가락에 대해 이야기해 볼까." 시반 선생님이 말했다. "이 집게손가락은 모범생이야. 이 셋째 손가락은, 뭐라더라…… 그래, 아주 믿음직스럽지. 하지만 이 손가락은…… 아이고." 그녀는 머리를 절레절레 흔들었다. "이 넷째 손가락은 지독한 게으름뱅이란다!"

그녀의 표현은 간결했지만 나는 무슨 뜻인지 이해할 수 없었다. 시간이 지나면서 나는 몸으로 그녀가 하는 말을 이해하게 되었다.

"피아니스트를 만드는 것은 이 엄지손가락이야." 그녀는 엄지손가락이 무엇을 할 수 있는지 보여 주었다. 그녀의 손이 건반 위에서 펄럭펄럭 날아다니고 건반을 치대며 강렬한 소리를 만들어 냈다. 나는 점차 엄지손가락이 손을 위한 휴식처, 검문소, 네비게이터, 지휘자가 된다는 것을 알았다. 엄지는 본능적으로 뭔가를 움켜쥐고 멈추게 하는 본능이 있는데, 부드럽게 연주를 하려면 엄지가 나머지 손을 믿고 따라가야 한다.

그다음에 그녀는 내 새끼손가락을 잡고 말했다. "예술가를 만드는 것은 이 새끼손가락이야." 그녀는 자신의 새끼손가락을 구부려 보이며 그 독립성을 보여 주었다. "친구에게 인사하는 것처럼, 이렇게 바이바이."

나는 그녀가 시키는 대로 새끼손가락을 구부려 보였다. 하지만 피아노 위에 올라간 내 새끼손가락은 여전히 손의 가장자리에 있었다. 내가 새끼손가락의 가능성을 이해하기까지는 거의 십 년이 걸렸다. 새끼손가락은 선율 위에 놓인 작은 촛불들, 딸랑거리는 썰매 방울, 콜로라투라 (기교적이고 화려한 선율 – 옮긴이), 왼손의 받침대가 된다.

우리는 바흐의 짧은 전주곡들을 연습하는 것으로 시작했다.

"바흐는 기본적으로 모든 음악의 아버지야." 그녀가 말했다. "그는 누구에게나 엄청난 영향을 미치지. 쇼팽, 베토벤, 슈만도 그의 영향을 받았어. 심지어는 오늘날의 모든 현대 재즈가 그 안에 있다고 할 수 있지. 우리가 무엇을 시도하든, 바흐가 이미 시도한 거라고 말해도 지나치지 않아. 물론 바흐는 피아노를 알지 못했단다."

"왜요?"

"당시는 피아노가 발명되기 전이었으니까."

내가 믿어지지 않는다는 눈빛으로 아버지를 흘깃 쳐다보자 아버지는 그렇다고 고개를 끄덕였다.

"하지만 피아노는 상상력이 풍부한 악기야. 피아노로는 무엇이든 만들어 낼 수 있어. 이렇게 맑은 오르간 소리도 낼 수 있지." 그녀는 짧은 전주곡을 시연했다. "바흐는 지혜롭고 관대하고 너그럽기가 이 세상의 신이나 다름없다는 것을 기억해라. 그가 항상 너를 축복해 주기 바란다."

"그 전주곡은 이미 배웠어요," 나는 그 곡을 완주할 수 있다고 생각하면서 말했다. "지난번 선생님과 끝냈거든요."

"바흐는 끝나지 않아. 바흐의 음악은 영원한 생명력을 지니고 있으니까."

그녀는 내 손가락을 잡고 건반 속으로 밀어 넣었다. 내 손가락이 베어링의 정확한 무게를 느끼며 바닥으로 내려앉았다. "그리고 이 부분에서는 하프시코드의 느낌이 나지. 바흐는 우리에게 무엇을 줄까? 그래 평화. 그리고 종소리……."

그녀가 요구하는 평정함은 게으름뱅이 넷째 손가락이나 주목을 끌려고 하는 엄지손가락의 한계를 극복하는 것 이상을 요구했다. 그것은 마음의 평정함이었다.

"귀로 연주를 해라." 그녀는 내게 환기시켰다. "귀로 보고, 귀로 들어야 해. 똑똑한 가슴과 따뜻한 머리를 가져야 한다."

호주의 강렬한 햇볕에 그을린 내 손은 분홍색 불가사리처럼 동그란 그녀의 손 옆에서 건반 위를 지나 다녔다.

"아니야." 내가 어물쩍 넘어가는 음이 있으면 그녀는 내 손을 잡고 손가락들이 적절한 힘으로 타건을 하도록 가르쳤다. 나는 그녀가 연주를 할 때 각각의 음에 어느 정도의 스핀을 가하는지조차 알지 못했다. 마치 외국어를 말하면서 억양을 잘 모르는 것과 같았다. 나에게 피아노 건반들은 여전히 크게 작게 또는 그 중간의 음을 낼 수 있는 온-오프 버튼에 불과했다.

나는 아직 하루 두 시간씩 연습을 하지 않았지만 친구들에게는 그렇게 하고 있다고 말했다. 동네 사람들과 캠프 여행을 갔을 때 모닥불 주위에 앉아 나는 이미 피아니스트가 된 것처럼 떠벌렸다. 다음 날 집으로 돌아가는 길에 차 안에서 남동생과 베이비시터는 내 옆에서 졸고 있었다. 나도 눈을 감고 자는 척하며 부모님이 앞에서 속삭이는 대화에 귀를 기울였다.

"리지는 우리가 애나를 밀어붙인다고 생각해요." 어머니가 말했다.

"말도 안 되는 소리." 아버지가 말했다. "애나가 얼마나 피아노를 좋아하는지 이야기했소?"

"애나가 열심히 한다고 이야기를 했지만 그러니까 문제라는 거죠. 애나가 어린 시절을 잃어버리고 있다는 거예요. 그보다 더 슬픈 일이 어디 있냐고 하더군요."

나는 뒷좌석에 기대앉아 잃어버린 어린 시절이라는 말을 마음속으로 되뇌며 감상에 젖어들었다. 우아한 자기 연민의 눈물이 고였다가 뺨을 타고 흘러내렸지만 엿듣고 있는 것을 들킬 것 같아서 그대로 마르도록 내버려 두었다.

사실 부모님은 내게 피아노를 억지로 시키지 않았다. 어머니는 이따금 "연습을 해야 완벽하게 칠 수 있는 거야."라고 했을 뿐이고 나는 어린아이들이 흔히 그렇듯이 어머니가 시키는 대로 따랐을 뿐이다. 아버지는 내가 서재에서 피아노 연습을 하면 옆에 와서 앉아 있거나 뒤쪽에서 시를 쓰기도 했다.

보통 나는 자진해서 피아노 연습을 했다. 나는 운동신경이 무딘 편이었고 그나마 몸으로 잘할 수 있는 분야가 악기 연주였다. 부모님은 종종 나를 데리고 뒷마당으로 나가 공을 잡는 연습을 시켰다.

하루는 아버지가 나를 향해 축구공을 차고 어머니가 옆에서 코치를 했다. "공 잡을 준비를 해라!"

흑백의 육각형들로 채워진 축구공이 빙글빙글 돌며 열 감지 미사일처럼 정확하게 내 얼굴을 향해 날아왔다.

"잡아!" 두 사람이 동시에 소리쳤다.

나는 항상 중요한 순간에 머뭇거렸다.

"공을 보지 않으면 어떻게 잡을 수 있니." 어머니는 나를 나무라며 황급히 수건을 가지러 집 안으로 달려갔다. 나는 코에서 흐르는 피가 멈추기를 기다렸다가 피아노로 돌아갔다.

가끔 피아노가 치기 싫을 때 리지 아줌마가 했다는 말이 머릿속에서 들려왔다. 어느 토요일 아침, 나는 이웃 아이들을 모아 놓고 새로운 사업을 시작했다. 우리는 동네를 다니면서 작은 조약돌을 주워 수채화 물감으로 사파이어, 자수정, 루비, 에메랄드 색으로 칠을 해서 지나가는 사람들에게 '보석'이라고 팔았다. 점심시간이 될 때까지 낯선 사람에게 한 꾸러미를 판 것까지 모두 네 꾸러미를 팔아 12센트를 벌었다. 그러고 나서 나는 집으로 돌아가 바흐를 연습했다. 아버지는 내 뒤에 앉아 노트북으로 단편소설을 쓰고 있었다. 그의 뒤쪽에 열려 있는 세 개의 창문으로 토요일 오후의 하늘이 보였다. 눈이 시리도록 푸른 하늘이 나에게 잃어버린 어린 시절을 되찾으라고 유혹했다.

나는 피아노 뚜껑을 쾅 하고 닫으며 소리쳤다. "바흐는 싫어요."

그 말을 하는 순간 입안에서 불경스러움이 느껴졌다. 그것은 스티비 원더를 싫어한다는 말보다 훨씬 더 큰 잘못인 것 같았다.

다음 화요일 피아노 레슨 시간에 아버지는 짓궂은 표정으로 나를 쳐다보더니 시반 선생님을 향해 고개를 돌리며 말했다. "애나는 바흐가 싫다고 하더군요."

"제가 언제 그랬어요! 그런 적 없어요!"

시반 선생님이 타이르듯 말했다. "물론 그러지 않았을 거야. 바흐를 싫어하는 건 불가능해. 누구를 좋아할지 누구를 싫어할지는 바흐가 선택하는 거란다."

그해 9월에는 애들레이드 대학의 엘더홀에서 콘서트가 열릴 예정이었다.

"콘서트를 위해 근사한 제목을 지었단다." 시반 선생님이 말했다. 그녀는 진기한 동전을 수집하듯 영어 단어들을 머릿속 창고에 넣어 두었다. 그녀의 창고는 나보다 더 많은 단어들로 가득했다. '피아노 음악의 스펙트럼'이라고 지었는데. 어떠니?"

"정말 근사한 제목이군요." 아버지가 말했다.

"마음에 드니?" 그녀는 상기된 얼굴로 나를 돌아보았다. "무대는 우리 집 안방처럼 편안하게 꾸밀 것이고, 너는 무대에 나가서 친구들에게 미소를 보내고 인사를 하고 음악을 함께 즐기면 되는 거야. 물고기가 된 것처럼."

"물 만난 물고기처럼 말이죠?"

"그래, 바로 그거야."

3학년 때 오페레타 주인공으로 요정의 여왕 역을 맡았을 때 나는 무대가 내 세상처럼 느껴졌다. 어머니는 내 의상으로 반짝이는 장식이 달린 새틴 조끼와 실크 주름스커트를 손수 만들어 입혔다. 반짝이는 요술지팡이를 들고 나는 무대 위에서 스스럼없이 연기를 했다. 마지막 날 피아노 앞에 앉은 본 선생님에게 꽃다발을 전달할 때는 너무 행복해서 입이 다물어지지 않았다.

'피아노 음악의 스펙트럼'은 그날의 영광을 다시 경험하게 해 줄 터였다. 이제 달력의 다른 날들은 오직 그 콘서트가 열리는 날을 위해 존재했다. 레슨 시간에 우리는 바흐의 짧은 전주곡들과 〈안나 막달레나를 위한 음악 노트〉와 〈인벤션〉과 〈신포니아〉까지 연습했다. 시반 선생님은 모든 음이 지닌 숨은 의도와 이웃 음들과의 연결을 생각하며 각 파트를 반복해서 치라고 했다. 연주를 하며 손으로 느끼는 것으로는 충분하지 않았다. 머릿속으로 노래를 하고, 높낮이를 따라가고, 이야기를 전달해야 했다. 그리고 나서 계속 연결해서 치면 신기하게도 한꺼번에 모든 것이 들렸다. 마치 세 개의 머리와 세 쌍의 귀가 생겨나서 동시에 작용하는 듯 느껴졌다. 처음 이런 일이 일어났을 때 나는 깜짝 놀라 시반 선생님을 쳐다보았다. 내 의식이 확장된 것 같았다. 머릿속에 지금까지 닫혀 있던 부분으로 공기가 밀려드는 것 같았다.

"그렇지!" 그녀가 말했다. "바로 그렇게 하는 거야."

음악회가 가까워지면서 레슨 시간은 점점 길어졌다. 시반 선생님은 옆에 앉아서 내 손을 잡고 손가락 모양을 잡아 주거나 두 옥타브 위에서 내 귀가 멍멍할 정도로 크게 시연을 했다.

"아주 작은 차이라고 생각하는 것은 사실 엄청난 차이가 있어. 이것이 예술의 과학이라는 거야. 작은 것들을 이해하면 전체를 더 잘 이해하게 되지."

내가 연주를 할 때 그녀는 설명을 하거나 음악에 맞추어 콧노래를 흥얼거렸다. 때로는 나를 옆으로 밀어내고 대신 시연을 해 보였지만 자주 그러지는 않았다.

"나는 네가 원숭이처럼 나를 따라 하는 것은 바라지 않아."

그녀가 처음 5도권에 대해 설명했을 때 나는 눈이 휘둥그레졌다. 5도권이란 5도씩 위로 올라가면 12음을 모두 거쳐 처음에 시작한 장조나 단조로 돌아오는 것이다. 그다음에 그녀는 거꾸로 G플랫 장조와 C플랫 장조의 무리들을 지나 원래의 C장조로 돌아오는 완전 4도를 펼쳐 보였다. 그 수학적 원리가 내게 무척이나 매혹적으로 다가왔다.

"이해하겠니?" 그녀가 물었다.

"네." 내가 대답했다.

그녀는 환한 미소를 지으며 아버지를 돌아보았다. "이렇게 똑똑한 아홉 살배기는 처음 봅니다. 5도권을 단번에 이해하는군요."

나는 우쭐한 기분이 들었다. 하지만 보통 때는 아무래도 피아노 연주에 재능이 없는 것처럼 초라하게 느껴졌다. 내가 피곤한 기색을 보이면 그녀는 레슨을 멈추고 일장 연설을 시작했다.

"우리는 스스로 우리 자신에게 계속 영양분을 공급해야 하는 거야. 다른 사람들이 주는 음식을 억지로 받아먹는 것은 우리 영혼에 좋은 영양소가 되지 못한다. 우리 스스로 소화를 시켜야 해. 때로 사람들이 나이가 들어 가는 것을 보면 지혜는 우리 내면에서 나온다는 것을 알 수 있지. 그것을 나는 소화된 지혜라고 부른단다."

처음에 그녀가 이런 말을 하면 나는 어리둥절했고 나와는 아무 상관도 없는 이야기를 듣는 것처럼 딴청을 피우며 앉아 있었다. 그러다가 그녀가 무슨 질문이라도 하면 나는 눈치를 살피며 우물쭈물, '네' 또는 '아니요'로 대답했다.

"그렇게 얼버무리면 안 돼." 결국 그녀는 나를 나무라듯 말했다. "먼저 작곡자가 의도하는 것을 정확하게 옮길 수 있어야 해. 그래야만 자유롭게 해석을 할 수 있어. 안 그러면 해석에 제한을 받는 거야."

나는 시계를 슬쩍 훔쳐보았다. 집에 가서 저녁을 먹고 TV 시트콤을 보며 쉴 생각에 그녀가 하는 말이 귀에 들어오지 않았다.

'피아노 음악의 스펙트럼'의 최종 리허설은 화창한 봄날 오후에 열렸다. 하지만 어두운 색 나무에 붉은 플러시 천을 덧댄 의자들이 놓인 강당 안은 위압적이고 어두컴컴했다. 시반 선생님이 가르치는 고등학교 학생들이 무심한 얼굴 표정을 하고 여기저기 흩어져 앉아 있었다. 나는 어머니의 손을 잡고 걸어 들어가며 분홍색 멜빵바지를 입은 것을 후회했다.

내가 연주할 차례가 되었다. 나는 어머니의 열광적인 박수를 받으며 잔뜩 찌푸린 얼굴로 무대 위로 올라가 바흐의 〈신포니아〉를 연주하기 시작했다. 시반 선생님과 함께 연습을 하면서 무궁동(같은 길이의 빠른 악구를 처음부터 끝까지 반복하는 악곡 - 옮긴이)의 작은 종소리들이 내 일부가 되고 그 안에 있는 세 가지 소리를 모두 들을 수 있을 때까지 수없이 반복했던 곡이었다. 하지만 둘째 줄을 향해 가면서 불안해지기 시작했다. '다음에는 왼손이 어디로 가야 하지? 사람들 앞에서 실수를 하면 어떡하지!' 각 파트에서 초점이 사라졌고 세 가지 소리는 하나로 뭉뚱그려졌다.

"소리를 듣지 않고 있어!" 시반 선생님이 객석에서 말했다.

나는 멈추었다가 다시 시작했다.

"아니야!" 그녀가 말했지만 나는 연주를 계속했다.

"연주를 하면서 마음으로 소리를 들어야지!" 그녀가 다시 외치는 소리가 들렸다. 지난 일요일에 할아버지와 할머니 앞에서 〈신포니아〉를 연주했을 때는 훌륭하다는 칭찬을 들었다. 나는 그대로 연주를 계속했다.

"안 되겠구나." 그녀는 더 이상 참지 못하고 객석에서 무대 위로 올라왔다. 그녀는 내 연주의 깊이에 대해, 엉덩이를 들썩이는 것에 대해, 숨 쉬기에 대해, 이런저런 잘못을 지적했다. 나는 어찌할 바를 모르고 울기 시작했다.

"이런, 왜 그러니?" 그녀는 두 팔로 나를 감싸 안았다. "점점 더 잘하게 될 거야. 조금씩 조금씩 성숙해지는 거야. 울면 안 된다. 음악에 감동해서 착한 눈물을 흘린다면 모를까."

아무리 참으려고 해도 나쁜 눈물은 계속 흘러내렸다. 나는 사람들 앞에서 우는 것이 창피해서 소리를 죽이고 어깨를 들먹이며 흐느꼈다. 어머니가 무대 위로 올라왔다.

"밖에 데리고 나가서 맑은 공기를 마시게 해야겠어요."

"그러는 것이 좋겠군요." 시반 선생님이 말했다. "아름다운 날씨를 즐기고 와서 계속하기로 하죠."

어머니는 내 손을 잡고 우리를 물끄러미 쳐다보는 학생들을 지나쳐서 봄기운이 한창인 밖으로 나를 데리고 나갔다.

"어떻게 해야 하는지 모르겠어요." 나는 울면서 말했다.

어머니는 나를 품에 안고 다독였다. "바보처럼 굴지 마."

오후의 태양이 내리쬐고 있었고, 세상은 내게 냉정하고 무관심했다.

강당으로 돌아왔을 때 시반 선생님은 내 어깨에 팔을 두르고 무대로 다시 데려가 피아노 앞에 함께 앉았다.

"음악을 하는 사람은 항상 배우고 끊임없이 성숙하는 거란다. 평범한 음악가와 위대한 음악가의 차이가 뭔지 아니?"

나는 이해는 하지 못해도 그 답을 알고 있었다.

"아주 아주 작은 차이." 나는 풀 죽은 목소리로 대답했다.

"맞았어." 그녀가 기뻐하면서 대답했다. "아주 조금 더 듣고, 아주 조금 더 자유로운 거야."

그녀는 나에게 모든 것을 말해 주려고 했다. 그녀는 나를 위해 준비한 또 다른 세상을 단어와 소리로 차곡차곡 채워 나갔다. 학생을 가르칠 때는 한 번 이야기하는 것으로 충분하지 않다. 끝없이 반복하고, 끝없이 수정해 주어야 한다. 그녀는 음악가가 같은 곡을 매번 재해석해서 새롭게 연주하듯 되풀이해서 가르치고 설명했다.

"멈추면 안 된다. 바흐는 절대 멈추지 않아. 바흐에서는 모든 끝이 또한 시작이니까." 시간이 지나면서 나는 무궁동의 한가운데 고요함이 있다는 것을 이해하게 되었다.

시반 선생님은 처음에 많이 자제를 했지만 내가 받아들일 수 있는 것보다 조금씩 더 가르쳐 주었고, 나는 점차 그녀의 생각을 가슴으로 이해하게 되었다. 그녀의 생각을 제대로 이해하면 내 몸속에 흡수되어 어느새 내 것이 되었다.

그러면 그녀는 말했다. "내가 알고 있는 지식이 너에게 갔구나. 그것이 바로 직관이라는 거야." 그녀는 새로 익힌 영어 단어를 말하며 빙긋 웃었다. "우리가 배운 것이 마음속에 스며들면 직관이 되는 거지."

금요일에 음악회가 열렸다. 무대 뒤에는 의자 세 개가 나란히 놓여 있었다. 시반 선생님이 가르치는 성인 학생인 데브라 안드레아치오는 연주자들에게 무대에 나가는 순서대로 의자를 하나씩 옮겨 앉도록 했다. 세 번째 의자에 앉아서 나는 첫 번째 의자에 앉으면 어떤 기분이 들지 상상했다. 마침내 내가 첫 번째 의자에 앉았고, 그다음에는 무대로 나가 고개를 숙여 인사하고 함께 음악을 즐기기로 한 것을 기억하며 연주했다. 연습 때보다 수월했고 아무도 내 연주를 중단시키지 않았다. 시간이 흐르면서 엘더홀은 따뜻하고 사기 충만한 곳으로 변해 갔다.

막간에 시반 선생님은 나를 따뜻하게 안아 주었다. 후반부에는 객석에서 부모님과 할아버지 할머니와 함께 앉아 음악을 감상했다. 마지막 연주자가 무대에서 떠나자 할아버지가 의자에서 몸을 앞으로 숙이고 말했다.

"아무도 연설을 준비하지 않은 거 같은데 내가 한마디 해야겠구나."

할아버지는 앞쪽으로 성큼성큼 걸어갔다.

"안녕하십니까, 신사숙녀 여러분. 저는 우드빌 하이 스페셜 뮤직 센터에 감사를 나갔다가 우연히 시반 여사의 특별한 교수법에 대해 들었고, 그 즉시 시반 여사가 비범한 피아노 선생님이라는 결론을 내렸습니다. 오늘 밤 훌륭한 연주회를 보고 제 판단이 옳았다는 것을 확인할 수 있었습니다."

아버지는 어머니에게 눈짓을 보냈다. 내 안에서 승리의 기쁨이 조용히 타올랐다. 나도 이제 어른이 되고 있는 것처럼 느껴졌다.

2장
모차르트

"모차르트가 응석받이였다는 것은 맞는 이야기야.
하지만 그를 응석받이로 만든 건 하느님이지.
다른 사람들은 평생을 노력해도 할 수 없는 것을
그는 자연스럽게 할 수 있었으니까."

볼프강 아마데우스 모차르트 Wolfang Amadeus Mozart, 1756~1791 오스트리아의 작곡가, 피아니스트

잘츠부르크에서 바이올리니스트이며 작곡가였던 레오폴트 모차르트의 3남 4녀 중 막내아들로 태어났다. 어린 시절부터 음악에 천재적 재능을 보였으며 이미 5세 때 소곡을 작곡했다. 아버지와 함께 연주 여행을 떠나 거의 10년간 유럽 각지를 돌며 다양한 음악을 접하고 음악가들과 만나면서 많은 영향을 받았다. 1778년 2월 16일에 모차르트의 아버지가 아들에게 보낸 편지는 모차르트의 어린 시절을 생생하게 묘사하고 있다. "어린 시절 너는 어린이라기보다는 오히려 어른스러웠으며 네가 클라비어에 앉아 있거나 음악에 몰두하고 있을 때면 아무도 감히 너에게 농담조차 걸 수 없었다. 심지어 너의 놀라운 연주와 생각에 잠긴 진지한 네 작은 얼굴을 지켜보면서 많은 사람들이 네가 오래 살 수 있을지 걱정했다." 고전주의의 여러 양식을 흡수해 하이든과도 뚜렷이 구별되는 개성적인 작품들을 작곡했다. 오페라로 〈피가로의 결혼〉, 〈돈 조반니〉, 교향곡으로 〈제35번〉 이후의 가장 대중적인 6곡, 현악4중주 10여 곡 등 짧은 생애 동안 성악·기악의 모든 영역에 걸쳐 다채로운 작품을 남겼으며 특히 오페라의 등장인물에 성격을 부여하는 능력은 아마 그 어떤 작곡가도 따를 수 없을 것이다. 1791년 검은 옷을 입은 낯선 남자가 방문해 작곡을 의뢰한 〈레퀴엠〉을 미완성으로 남긴 채 35세의 젊은 나이로 세상을 떠났다.

다음 달 시반 선생님 댁에서 피아노 3급 시험을 보았다. 시험관은 음악원의 스토크스 선생님이었다.

"아주 훌륭한 시험관이시다." 시반 선생님이 말했다. "진지하고 정중하고 존경할 만한 분이시지."

스토크스 선생님은 키가 크고 근엄하고 기품이 있었다. 그녀는 발레리나처럼 꼿꼿한 자세로 카드 테이블 뒤에 앉았다. 나는 연주를 하며 주방 문 뒤에 있는 보이지 않는 관객들을 의식했다. 식탁 의자에 앉아 마음속으로 지휘를 하고 있을 시반 선생님, 상식과 듣기 테스트를 준비해 준 데브라, 그리고 초조하게 목덜미를 잡고 있을 아버지.

"물론 다른 곡들도 준비를 했겠지?" 지정곡 연주를 마치자 스토크스 선생님이 말했다. "다른 곡도 연주할 수 있겠니?"

"네, 해 볼게요." 나는 미리 준비한 아홉 곡 중에서 먼저 모차르트 소나타를 치기 시작했다.

"잘 들었다." 내가 첫 악장을 끝냈을 때 그녀가 말했다. "그만해도 되겠구나."

주말이 되기 전날 저녁 식사를 하기 전에 아버지가 주방에서 전화를 받았다. 아버지는 갑자기 환성을 지르면서 엄지손가락을 치켜들었다. "A플러스!"

얼떨떨한 기분이었다. 부모님은 내게 A플러스는 아무도 받지 못하는 거라고, A플러스는 엄두도 내지 말라고 했었다. 그런데 내가 A플러스를 받다니! 아버지는 나에게 수화기를 건넸다.

"시험관 선생님이 아주 기뻐하셨어." 시반 선생님이 말했다. "사실, 그 선생님은 여간해서 A플러스를 주지 않아! 눈부신 기술적 발전이라고 씌어 있는데, 눈부시다는 의미가 뭐지? 아주 훌륭하다는 거지?"

나는 아버지에게 수화기를 돌려주고 주방을 둘러보며 정신을 차렸다. 아버지가 요리하던 파스타가 스토브 위에서 부글부글 끓고 있었다. 아버지와 통화를 하는 시반 선생님의 목소리가 들렸다. 모기 소리처럼 작게 들렸지만 여전히 나에 대한 흐뭇한 만족감이 실려 있었다. 그때 어머니의 자동차가 진입로로 붕붕거리며 올라오는 소리가 들렸다. 나는 문을 열고 달려 나가 다시 한 번 어머니와 A 플러스의 기쁨을 나누었다.

그다음 주에 레슨을 받으러 갔을 때 시반 선생님이 말했다. "정말 기쁘구나. 시험관 선생님은 네 연주를 듣고 아주 만족하셨어. 그렇게 강하고 논리적인 소나타 연주는 들어 본 적이 없다고 말씀하셨지. 네가 음악원에 와서 다른 시험관들에게도 연주를 들려주면 좋겠다고 하시더라."

음악원! 그 이름은 그 건물만큼이나 위풍당당한 느낌이 들었다.

뒤에 앉아 있던 아버지가 자세를 바로잡으며 말했다. "아주 좋은 생각이군요!"

"물론이죠! 우리는 훌륭한 음악을 들으면 곧바로 다른 사람들과 함께 나누고 싶어 하죠. 진정한 음악은 항상 오고 가는 것입니다. 음악을 움직이는 힘은 사랑입니다. 그리고 사람들에게 이름을 알리는 것은 좋은 거예요. 뭐라고 해야 할까? 마치……." 그녀는 방 안을 둘러보다가 티슈박스에 눈길을 멈추고 말했다. "클리넥스처럼."

아버지가 소리 내어 웃었다. "브랜드 이름처럼 말이죠."

"그렇죠. 그리고 모든 경험은 콘서트 연습에 도움이 됩니다. 아주 세밀한 부분까지 철저하게 표현할 수 있으려면 무대 위에서 자신감을 가져야 하니까요. 연주를 즐길 수 있어야 해요!"

그녀는 손가락으로 코끝을 들어 올리며 장난스럽게 말했다. "하지만 잘난 척하는 콧대 높은 속물이 되면 안 된다. 의지할 데 없는 아기처럼 되어야 해. 언제나 말보다는 행동이 중요한 거야. 그것이 진정한 힘이지."

그녀는 피아노 위에 있던 표지가 흰 작은 책자를 집어 아버지에게 보여 주었다. 나는 목을 길게 빼고 그 제목을 올려다보았다.

'애들레이드 에이스테드포드 경연대회 : 참가 신청과 규칙에 대한 요강.'

가슴이 두근거렸다. '영 탤런트 타임'에 나가고 싶어 했던 마음의 원형은 아직 그대로 남아 있었다.

"애나가 이 대회에 참가할 실력이 될까요?" 아버지가 물었다.

"할 수 있습니다. 다만 올바른 의도로 출전을 해야 하죠. 이기기 위해 대회에 출전하면 안 됩니다. 음악은 스포츠가 아닙니다. 음악의 목표는 그와 정반대입니다. 대회에 나가는 것은 음악을 함께 나누는 기회를 갖기 위해서죠. 각자의 비전과 열정을 보여 주는 것입니다. 사실 나는 대체로 경연대회를 싫어하지만 만일 적절히 이용한다면 상관없습니다. 콘서트 연주에 필요한 훈련이 될 수 있으니까요."

아버지는 책자를 뒤적이면서 점점 흥분했다. "애나는 이 부문에 참가할 수 있겠군요. 십 세 이하, 곡은 자유 선택. 그리고 또 이것도 있네요. 호주 음악 부문. 선생님의 평가로 미루어 보면, 우리 애나가 이 모차르트상에 도전해 볼 수 있지 않을까요?"

"물론이죠. 하지만 좀 더 깊이 있고 좀 더 성숙해져야 합니다. 기대에 부응할 수 있어야 해요. 모차르트를 신청하시면 애나에게 연습을 시키겠습니다."

나는 가방에서 모차르트 소나타를 꺼냈지만 왜 그 곡을 더 연습해야 하는지 이해할 수 없었다. A 플러스를 받았으면 이미 증명된 것 아닌가?

"모차르트가 누구지?" 시반 선생님이 물었다.

"아주 훌륭한 작곡가요."

"물론 천재적인 작곡가지. 하지만 그 이상이야. 모차르트는 그 자신이 음악이었어. 그리고 모차르트는 유일무이한 사람이다. 내 생각에 그는 초월자였어. 물론, 그래서 사람들은 그를 받아들이기 힘들었지. 열심히 노력하는 사람은 누구나 인정을 해 주지. 그런 사람에 대해서는 우리가 이런저런 설명을 할 수 있으니까. 하지만 모차르트는 그 이상으로 완전했어. 사람들은 그런 그를 이해하기 힘들었지. 이미 모든 것을 완성하고 그 결과를 보여 주었으니까."

아마 나도 지금 그 정도의 위치에 있지 않을까? 지금껏 열심히 연습을 했으니 이제 그 결과를 보여 주면 되는 것이 아닐까? 하지만 내가 첫 번째 소절을 시작하자마자 선생님이 나를 멈춰 세웠다.

"아니야. 페달이 완전히 틀렸어. 모차르트는 무엇을 창조했지? 그래, 아주 부드러운 레가토(음과 음 사이를 부드럽게 연결하여 연주하는 기법으로 음표 위에 연결선으로 표시한다 – 옮긴이)를 창조했지. 그의 터치는 그 자체가 페달이다. 페달을 사용할 때는 연결하는 것이 아니라 이끌어 가듯 해야 해. 그리고 항상 노래를 들으면서 연주를 해야 한다는 걸 기억해라." 그녀는 고음부에서 그 악장의 오프닝을 시연했다.

"모차르트의 음악은 아주 긍정적이야! 아주 너그러워! 무엇보다 모차르트는 아주 행복하게 태어났어. 행운아였지, 하늘은 그를 완전한 음악가로 만들어서 이 땅에 내려보낸 거야. 게다가 그의 아버지는 언제나 사랑과 지원을 아끼지 않았어. 사람들은 그의 아버지가 무서운 폭군이었다고 말하지만, 그렇게 헌신적인 아버지가 있다는 것은 정말 엄청난 행운이야."

아버지는 뒤에서 시반 선생님이 하는 말을 부지런히 공책에 받아 적었다.

"나는 어느 정도 이해할 것 같아. 내게도 피아노가 전부였으니까. 그래서 모차르트가 착취를 당했다고 하는 말에는 동의할 수 없어. 모차르트가 응석받이였던 것은 맞는 이야기야. 하지만 그를 응석받이로 만든 건 하느님이지. 다른 사람들은 평생을 노력해도 할 수 없는 것을 그는 자연스럽게 할 수 있었어. 동시에 모차르트는 평생 천진난만한 어린아이 같았어. 하지만 음악가로서는 어린아이였던 적이 없었다고 할 수도 있겠지."

나는 다시 소나타를 치기 시작했다. 하지만 시반 선생님은 내게 좀 더 귀를 기울이고 좀 더 노래하듯이 좀 더 단순하게 치라고 요구했다. 그러자 내가 알고 있었던 소나타는 다시 모르는 것이 되어 버렸고 완벽한 연주는 내 손이 닿지 않는 곳으로 저만치 달아났다.

"모차르트 연습은 끝이 없어." 우리가 떠날 때 그녀가 말했다. "만일 이류 작곡가의 작품이라면 언젠가 끝낼 수 있어. 하지만 모차르트는 아무리 깊이 들어가도 끝이 없어. 평생 동안 계속해야 해. 하지만 그럴 가치가 충분하지."

몇 달이 지나고 날씨가 쌀쌀한 어느 일요일 오후, 나는 가장 아끼는 빨간색 스커트와 거기 어울리는 점퍼를 입고 애들레이드 에이스테드포드 대회가 열리는 메이랜즈 교회당에 도착했다. 나는 사람들에게 우연히 출전하게 된 것처럼 말했지만 사실은 내 미래가 그 대회에 의해 결정될 수 있다는 것을 알고 있었다. 엄마와 함께 교회 뒷마당으로 나가자 자원봉사자가 내 번호를 정해 주었다.

"14번이야, 기억할 수 있지?" 어머니가 말했다.

"그럼요."

"행운을 빈다, 얘야!" 어머니는 내 뺨에 입을 맞추고 아버지와 할아버지 할머니가 있는 객석으로 갔다. 나는 자원봉사자에게 악보를 건네주고 무대 뒤로 들어갔다. 축축한 이끼색 카펫이 깔려 있는 실내는 어둡고 추웠다. 작은 전기 난방기 옆에 앉아 시린 손을 녹이고 있을 때 금발 머리의 소녀가 내게 다가왔다.

"너는 몇 급으로 올라가니?" 그 아이가 내게 말을 건넸다.

"4급." 나는 겸손하게 대답했다. 지난달에는 나보다 나이가 많은 소녀 두 명과 함께 음악원에서 연주를 했다. 그들도 역시 지난해에 3급 시험을 통과했는데 한 명은 B를 또 한 명은 C를 받았다고 했다. 나는 속으로 우쭐해하면서 그들에게 그 정도면 잘한 거라고 칭찬해 주었다.

"너는?"

"5급."

나는 미심쩍어하면서 물었다. "4급에서는 점수를 얼마나 받았니?"

"A플러스."

그때 한 중국 소녀가 분홍색 털 코트를 입고 당당한 걸음걸이로 들어왔다.

"저 아이는 에벌린 추야." 금발 머리의 소녀가 속삭였다. "8급이래."

"설마!" 아이들이 8급을 받는다는 것은 있을 수 없는 일 같았다.

"신동이래."

에벌린은 나와 눈이 마주치자 고개를 돌려 자기 어머니에게 뭐라고 말하면서 미소를 지었다. 시작을 알리는 종이 울렸다. 에벌린은 코트를 벗고 소매 없는 흰 원피스 차림으로 서둘러 무대로 나갔다.

"14번." 자원봉사자가 내 번호를 불렀다.

"나도 이제 나가야겠다."

나는 새 친구에게 작별 인사를 하고 자원봉사자를 따라 무대 옆쪽으로 갔는데, 그곳에서 에벌린이 연주하는 것을 볼 수 있었다. 에벌린은 코플랜드의 〈고양이와 생쥐〉를 연주했다. 만화영화 주제곡처럼 익살스러운 곡이었지만 에벌린의 연주는 나의 순진한 자기만족을 마구 짓밟기 시작했다. 에벌린은 마치 피아노 앞에서 춤을 추는 듯, 기술적 어려움을 강조하는 듯, 두 팔을 크게 흔들며 연주했다. 그 아이는 그 곡의 위트를 제대로 살리지 못했을지는 몰라도 적어도 무대 뒤에 서서 지켜보는 열 살배기를 주눅 들게 만들었다.

"아주 잘했어." 우레와 같은 박수갈채를 받으며 무대 뒤로 돌아온 에벌린에게 내가 속삭였다.

"지금 장난하니? 엉망이었어. 최악이야." 애벌린은 이렇게 대답했지만 얼굴은 환하게 웃고 있었다.

나는 에벌린의 연주에 충격을 받은 상태에서 무대 위로 걸어 나갔고 잔뜩 기가 죽은 채 바흐의 〈신포니아〉를 연주했다. 연주를 하는 내내 에벌린의 〈고양이와 생쥐〉에게 짓눌려 있는 듯한 기분이었다. 나는 고개를 숙여 인사하는 것도 잊고 도망치듯 무대에서 내려와 객석에 앉아 있는 부모님에게 갔다.

"잘했어, 파이." 아버지가 풀이 죽은 목소리로 말했다.

"에벌린 추아가 연주한 곡은 영 마음에 들지 않더구나." 어머니가 말했다.

다음 차례는 참가 번호 18번인 서배스천 리였다. 일요일이었지만 그는 사립학교 교복을 입고 있었다. 그는 깍듯이 인사를 한 후 피아노 앞에 앉아 잠시 건반을 응시하더니 의자의 높낮이 조절 레버를 감아 올렸고, 그러고 나서 몇 번을 더 감았다. 천장을 한 번 올려다보고 주머니에서 손수건을 꺼내 이마를 훔쳤다. 그러고는 손가락을 구부렸다가 갑자기 드뷔시의 〈어린이의 세계〉 중에 나오는 '골리워그의 케이크워크'를 치기 시작했다.

"어머나, 대단하구나!" 할머니는 깜짝 놀라 의자에서 떨어질 뻔했다.

아마 이 아이들이야말로 어린 시절을 오롯이 피아노 연습에 바치고 있는, 리지 아줌마가 걱정하는 그런 아이들인 것 같았다. 나는 그들의 연주를 들으면서 어린 시절을 어린아이답게 보내는 것은 그다지 중요하지 않은 것 같다는 생각이 들었다.

연주가 모두 끝나자 심사위원이 앞으로 걸어 나와 나비넥타이를 매만지며 말했다. "오늘 연주한 모든 어린이들에게 축하 인사를 보냅니다."

어머니는 손가락으로 무릎을 두드렸다. 내 귀에서 심장이 두근거리는 소리가 들렸다. 나는 주제넘은 줄 알면서도 심사위원이 내 연주에서 나 자신이 알지 못하는 능력을 알아봤으면 하고 바랐다.

"오늘 연주한 어린이들은 모두 우승자나 마찬가지라고 생각합니다."

사람들이 모두 앞쪽으로 몸을 숙였다.

"일등은 참가 번호 9번."

에벌린이 벌떡 일어나 상을 받으러 나갔다.

"저 아이의 어머니는 왜 아기처럼 옷을 입혔을까?" 어머니가 너무 큰 소리로 말했다.

"2등은 참가 번호 18번의 아주 훌륭한 연주에게 돌아갔습니다."

서배스천은 어깨를 한 번 들썩이고 앞으로 나가 평가표를 받았다.

"그리고 장려상은 겸손하지만 매력적인 연주를 한 참가 번호 14번이 수상하겠습니다."

"이럴 수가!" 어머니가 소리쳤다. "너야, 파이!"

나는 앞으로 걸어 나가 심사위원과 악수를 했다.

"축하한다." 그는 나를 내려다보면서 말했다.

나는 서배스천의 뒤에 서서 평가표를 받았다.

"나는 네 살 때 이 부문에서 2등을 했어." 서배스천이 멋진 미소를 지으며 말했다. 나는 유명인사가 내게 말을 걸어 온 것처럼 얼굴을 붉히고는 평가표를 움켜쥐고 밖으로 달려 나갔다.

'절제된 연주. 마지막 화음부가 훌륭했음.'

집으로 돌아가는 차 안에서 나는 평가표에 적힌 글을 한 자 한 자 읽고 나서 앞에 앉은 부모님에게 건넸다.

"물론, 내가 마음만 먹으면 너를 신동으로 만들어 줄 수는 있어." 다음 레슨 시간에 시반 선생님이 말했다.

내 심장 박동이 빨라졌다. '제발, 그렇게 해 주실래요?'

"하지만 나는 당장의 결과에는 관심이 없어. 더 중요한 것은 너의 미래야. 음악은 우리 내면에서 나오는 거야. 경쟁에 의지하지 마라. 누구를 딛고 올라서려고 하면 안 된다. 경쟁은 너 자신을 위해 이용해야 해. 말하자면, 나는 누구를 시기하지 않아. 오히려 그 반대야. 누구라도 할 수 있다면 좋은 거지! 음악을 위해 좋은 거야! 그리고 만일 다른 누군가가 할 수 있는 것이라면 너도 할 수 있다는 것을 기억해라."

에벌린 추아가 신동이라면 나도 신동이 될 수 있다. 시반 선생님이 나를 신동으로 만들어 주지 않는다면 나 혼자라도 할 수 있다. 모차르트 소나타의 첫 악장을 시작하면서 나는 에벌린이 했던 것처럼 팔을 펄럭거리며 움직였다.

"그게 뭐니?" 시반 선생님이 깜짝 놀란 표정을 지었다. "그게 나비 기법이라는 거니? 물론 그렇게 하는 것을 말리지는 않겠다. 애들레이드에서 멜버른으로 갈 때 퍼스를 거쳐서 갈 수 있어. 그래도 되겠지. 하지만 무엇 때문에 그래야 하지? 인생은 너무 짧아! 지름길로 가는 것이 더 경제적이고 힘이 덜 들어. 걷는 것도 마찬가지지. 한 발을 다른 발 앞에 놓고 똑바로 것이 훨씬 낫다고 생각하지 않니? 이렇게 걷는 것보다 말이지." 그녀는 일어서서 갈지자걸음을 걸어 보였다.

"위대한 예술가가 하는 것은 아주 쉬워 보여! 모든 것이 자연스러워 보이지! 그래서 바리시니코프나 누레예프를 보고 있으면 누구나 춤을 출 수 있을 것 같은 생각이 드는 거야."

그녀는 다시 내 옆에 와서 앉았다. "피아노 연주는 춤을 추는 것과 같단다. 그 가능성은 무궁무진해. 두드리고, 포옹하고, 춤 추고, 뭐라더라 …… 아, 가루 설탕을 뿌리는 것처럼! 하지만 모든 것은 필요에 의해서, 어떤 의도에서 나와야 해. 소리를 타고 날아야지 팔을 타고 날 수 있을까?" 그녀는 우스꽝스럽게 두 팔을 필럭거렸다.

만일 내가 그 아이들의 테크닉을 따라 하는 것이 허락된다면 어느 정도는 그들처럼 반짝반짝 빛나 보일 수 있을 것 같았다. 그 아이들의 연주는 반들반들 윤이 났다. 그들은 적절한 곳에서 큰 소리로 또는 작은 소리로 깔끔하게 포장한 음악을 전달했다. 무대 뒤에서 그들의 악보를 보았는데 소리를 크게 해야 하는 곳에는 빨간색으로, 소리를 작게 해야 하는 곳에는 초록색으로 표시가 되어 있었다. 하지만 시반 선생님은 강약 표시 자체에 관심이 없었다.

"네가 지니고 있는 힘에 감정적으로 반응하도록 해. 피아노시모(매우 여리게 - 옮긴이)는 자장가나 아니면 커다란 비극을 의미하지. 마치 목소리를 잃어버린 것처럼……." 그녀는 싱긋 웃으며 말했다. "물론, 코끼리의 피아니시모는 토끼에게는 포르티시모(매우 세게 - 옮긴이)가 되겠지."

나는 그녀의 말을 무시하고 대신 음악을 꾸미는 것에 집중했다.

"아니야!" 그녀는 나를 꾸짖었다. "모차르트를 아름답게 꾸미려고 하면 안 돼. 이미 충분히 아름다우니까. 모차르트의 곡은 꾸밀 필요가 없어. 완벽한 심미안을 가진 작곡가가 누구지?"

"모차르트요." 내가 용기를 내서 대답했다.

"물론이지, 모차르트와 쇼팽이야. 그들의 음은 단 하나도 바꾸면 안 된다. 단 한 음도! 때로 쇼팽은 수정을 했지만, 모차르트는 아니야. 그의 첫 번째 선택은 항상 옳았지. 그래서 모차르트라는 거야!"

그녀는 감정이 고조돼 어린아이처럼 얼굴이 환하게 빛났다.

"모차르트의 단순성은 원시성과는 정반대라고 할 수 있어. 복잡성을 지나 한 바퀴를 완전히 돌아서 제자리로 돌아온 거야." 그녀는 내 공책에 원시성에서 출발해서 복잡성을 거쳐 단순성으로 돌아오는 원을 그렸다. "그리고 모차르트는 언제나 오페라야! 항상 노랫소리가 들리지! 아주 극적이고 아주 장난스러워. 미다스 왕이 만지는 것을 모두 금으로 바꾸어 버린 것처럼, 모차르트가 만지는 음은 모두 노래로 변했단다."

그녀는 내 손을 잡고 손가락 끝을 만졌다. "이 부분은 손가락 끝으로 쳐야 한다. 물론 이렇게 단조로운 소리는 하프시코드에 그 뿌리가 있지." 그녀는 투명한 종소리와 같은 바흐 스타일의 음계를 시연했다.

"하지만 목소리가 들어가면 함께 어우러지면서 펄리 레가토(음과 음 사이를 부드럽게 연결하여 연주하되 마치 진주 목걸이처럼 약간의 공간을 만들어 주는 레가토 - 옮긴이)가 탄생하지." 그녀는 이번에는 같은 음계를 치며 노래를 불렀다.

그녀가 말하는 소위 펄리 레가토를 이해하기까지는 시간이 걸렸다. 그러다 어느 날 그녀가 모차르트를 시연할 때 갑자기 각각의 음에서 얼굴들이 나타나 나에게 뭔가를 호소하는 듯이 보였다. 나는 울기 시작했다.

"왜 그러니?" 그녀가 깜짝 놀라며 물었다.

"선생님이 내는 소리마다 미소가 보여요."

그녀는 환하게 웃으며 나를 끌어안았다. "내 사랑, 이래서 네가 내 제자라니까."

그다음 주에 나는 모차르트 소나타를 부서지기 쉬운 펄리 레가토와 함께 조심조심 애들레이드 에이스테드포드 대회로 가져갔다. 제일 먼저 서배스천이 연주했다. 무대 옆에서 그의 연주를 듣고 있을 때 에벌린이 계단을 살금살금 올라오더니 내 옆에서 팔을 흔들기 시작했다.

"뭐 하는 거니?" 내가 물었다.

그 아이는 이를 드러내고 싱긋 웃었다. "저 아이를 밀어내려는 거야."

나는 정의로운 분노를 느꼈다. 시반 선생님은 '음악은 사랑'이라고 했다. '사랑은 음악이 갖고 있는 힘'이라고 했다. 에벌린이 정신없이 팔을 흔드는 것을 보면서 나는 시반 선생님의 가르침과 현실 사이의 괴리를 느꼈다. '이 아이들은 스포츠를 하듯 거리낌 없이 음악을 하는구나.' 시반 선생님의 말씀대로라면 나는 그런 아이들을 경멸해야 했지만 질투를 느꼈다. 서배스천은 연주를 끝내고 무대 뒤로 오더니 깔깔거리고 웃으며 에벌린을 쫓아 계단을 뛰어 내려갔다. 내가 연주할 때는 에벌린이 무대 옆에서 팔을 흔들지 않는다는 것이 섭섭했다.

마침내 내 차례가 되었고, 나는 무대로 걸어 나가 피아노로 가서 앉았다. 그런데 갑자기 중앙 C음을 찾을 수 없었다. 세상의 중심이 사라진 것이다. 나는 내 몸이 대신 기억해 주기를 바라며 C음에서 C음으로 건반 위에서 이리저리 손을 움직였다.

그날은 일요일이었다. 우리 가족의 절반이 제일 앞줄에 앉아 있었다. 그들이 조그맣게 신음하는 소리가 들렸다. "저런, 까먹었구먼!" 증조할머니가 큰 소리로 말했다.

나는 건반을 응시했다. 건반도 나를 빤히 쳐다보았다. 나는 궁지에 빠졌다. 결국 한 옥타브 위에서 오프닝 프레이즈(프레이즈는 선율선의 자연스러운 구획을 의미한다 - 옮긴이)를 시작했다. 그 충격으로 나는 거의 의자에서 떨어질 지경이 되었지만 다시 한 옥타브를 낮춘 후에 수치심에 절뚝거리며 잔뜩 긴장한 채 마무리를 했다.

이번에도 에벌린이 일등상을 받았지만 나는 장려상도 받지 못했다. 시반 선생님이 한 말처럼 음악을 위해 잘된 일이라고, 나는 애써 생각했다.

나는 시반 선생님에게 평가표를 보여 주었다. 그녀가 그것을 보고 나를 신동으로 만들어 주는 것에 대해 다시 생각해 보기를 바랐다. 그녀는 틀에 박힌 문구들을 훑어보았다.

'시작은 다소 불안정했으나 확실하게 몸을 던졌다. 분명한 연주는 칭찬할 만하지만, 페달을 지나치게 사용했다.'

"어떻게 페달을 지나치게 사용하면서 동시에 분명한 연주를 할 수 있다는 거지?" 그녀가 말했다. "말도 안 되는 소리! 이런 식의 평가는, 뭐라더라…… 그 작은 책을 보고 베끼는 건가?"

"관용어 모음집 말인가요?" 아버지가 말했다.

"아, 맞아요, 관용어 모음집. 예술을 스포츠로 만드는 것은 큰 실수를 하는 거야. 그러면 안 되지. 물론 여론은 존중해야 해야 해. 안 그러면 냉소적이 되고, 자동적으로 소리를 잃어버리니까. 하지만 여론에 의존해서는 절대 안 된다. 만일 모든 사람들을 기쁘게 하려고 한다면 어느새 로봇이 되거나 정글에서 길을 잃고 헤매게 되는 거야."

3장
쇼스타코비치

"평생 가슴에 군화를 얹고 노래를 해야 한다면 어떨까요?
'인형의 춤'은 쇼스타코비치가 환상과 현실 탈출을 그린 작품이죠."

드미트리 쇼스타코비치 Dmitry Shostakovich, 1906~1975, 러시아의 작곡가, 피아니스트

페테르부르크에서 출생. 어머니에게 피아노를 배우고 일찍부터 비상한 음악적 재능을 나타냈다. 페트로그라드 음악원에서 피아노와 작곡을 공부했으며 19세이던 1925년에 졸업 작품으로 작곡한 〈교향곡 제1번〉이 현대적이고 풍부한 색채 감각을 선보이며 세계적인 주목을 받기 시작했다. 1936년 오페라 〈므첸스크의 맥베스〉 부인의 공연을 보던 스탈린이 화를 내며 퇴장하자 곧바로 소련 음악계는 그의 음악이 '부르주아 미학'에 기초했다는 비판을 가했다. 1937년 사회주의 리얼리즘으로 작풍을 전환한 〈교향곡 제5번〉을 써서 당국의 절대적인 호평을 받고 국가적 영웅의 명예를 회복하였다. 2차 대전 종전 후 작곡한 〈교향곡 제9번〉이 타락한 부르주아의 형식주의를 추종한다는 비판을 받았으나, 스탈린 정책을 찬양하는 오라토리오 〈숲의 노래〉을 발표하여 이를 무마하고 1950년 다시 스탈린상을 수상했다. 정치적으로 공산주의자였으나 실제로는 음악이 정치적 이념의 도구가 되는 것을 거부하고 당국과의 긴장 관계에 처했을 때 작곡가로서 더욱 빛을 발하곤 했다. 그의 최고 걸작들은 당국의 통제 속에서 샘솟는 창작력이 진솔한 음악 언어와 만남으로써 가능했다. 만년에 이르기까지 작곡한 전 15곡의 교향곡과 15곡의 현악 4중주곡은 20세기를 대표하는 교향곡과 실내악곡으로 꼽힌다.

시반 선생님은 처음 애들레이드에 도착하자마자 엘더 음악원의 클레멘스 레스크 학장의 초대로 독주회와 마스터클래스를 열었다. 이제 그 학교의 교사가 된 시반 선생님은 나에게 전문가 훈련 과정에 등록할 수 있는 오디션을 보라고 제안했다. 불과 6개월 전에 그 음악원에 시험을 보러 간 적이 있지만, 어머니와 함께 긴 복도를 걸어가면서 뭔가가 그때와 달라진 것처럼 느껴졌다. 분위기가 더 무거워진 것 같았다.

피아노실 문 앞에 도착해서 나는 이중문에 달린 작은 유리창을 통해 안을 들여다보았다. 심사위원 세 명이 책상에 앉아서 진지하게 대화를 나누고 있었는데 소리가 들리지 않았으므로 마임 연기를 보는 것 같았다. 그들 앞에는 반들거리는 스타인웨이 피아노가 서 있었다. 한 여자는 스토크스 선생님이었고 두 남자는 처음 보는 사람들이었다. 백발의 남자가 진지하게 고개를 끄덕이며 종이에 뭔가를 적었다.

"앉아라, 애야." 어머니가 말했다. "긴장하지 말고."

나는 복도에 놓인 플라스틱 의자에 앉아 악보를 꺼냈다. 시반 선생님이 어릴 때 연주했다는 쇼스타코비치의 소품집 〈인형의 춤〉이었다.

'쇼스타코비치는 품위, 문화, 도덕의 본보기가 되는 사람이었어.' 시반 선생님은 말했었다. '믿기 어려울 정도로 고귀해 보이는 분이었지. 그가 방에 들어오면 그냥 앉아 있을 수 없을 정도였으니까. 그는 우리 위에, 모든 사람들 위에 있었지. 그리고 물론 피아노에서도 최고 수준이었어. 그의 피아노 안무는 우리의 상상을 뛰어넘어. 어떤 발레 무용수도 그렇게 다양한 춤을 출 수 없을 거야. 여기서는 손을 떨구듯이 건반을 두드리고, 여기서는 가볍게 튕기듯이!' 그녀의 두 손이 마치 작은 꼭두각시 인형들이 춤을 추듯 통통 튀어올랐다. 내가 그 춤을 머릿속에 떠올리려고 할 때 어머니가 손가락으로 내가 앉은 의자의 등받이를 두드렸다.

"엄마, 그러지 마세요." 내가 중얼거렸다.

"내가 뭘?" 어머니는 두 팔로 상체를 감싸 안고 블라우스를 움켜쥐었다.

이중문이 삐걱거리며 열리더니 스토크스 선생님이 나타났다. 그녀는 내게 보일 듯 말 듯한 미소를 지어 보였다. "이제 들어와라."

나는 어머니를 쳐다보았다. 어머니가 움켜쥐고 있던 블라우스 옆쪽이 잔뜩 구겨져 있었다.

"행운을 빈다, 파이." 스토크스 선생님이 바깥쪽 문을 닫고 안쪽 문을 여는 사이에 어머니가 말했다.

나는 안에 들어가서 심사위원들에게 악보를 제출했다.

"어느 곡을 먼저 연주할 건가요?" 백발의 남자가 안경 너머로 나를 올려다보면서 말했다.

"쇼스타코비치입니다." 나는 대답을 하고 커다란 피아노 앞에 앉았다.

심장이 콩닥거리는 것을 애써 무시했다. '준비가 되기 전에는 시작하지 마라. 침묵의 소리, 공기의 침묵에 귀를 기울여라.' 창문 밖에는 쏟아지는 햇살 아래 나무들 사이로 새들이 날아다니고 있었다. 가방을 둘러멘 대학생들이 이 방에서 무슨 일이 일어나고 있는지 모르는 채 지나갔다.

백발의 남자가 헛기침을 했다. "준비되었으면 시작하세요."

〈서정적 왈츠〉를 연주하기 시작하자 어느새 시반 선생님이 내 곁에 와 있었다. '처음 네 마디는 춤에 초대하는 거야. 왼손의 C는 F로 가기를 원하겠지? 친구를 방문하는 것처럼. 그리고 이제 아름다운 멜로디가 흐른다. 여왕이 등장하고, 여기서 이 G샤프는 충분히 빠르게!' 그녀는 빠르게 쳐야 한다는 것을 보여 주기 위해 눈을 크게 떴다. G샤프에 이르자 그녀의 주의 깊은 표정이 보이는 듯했다. '빙글빙글 돌면서 점점 더 신나게 춤을 춘다, 인형들이 살아서 움직일 때까지, 계속 춤을 추는 거야!' 방 안에서 무거운 침묵이 사라졌고 나는 공기 중에 날아다니며 춤을 추는 인형이 되었다. '음악은 네 손 안에서 살아 숨 쉬고 있어!'

마지막 줄이 되었고 완벽한 종지부가 끝나면서 나는 다시 바닥으로 내려앉았다. 침묵 속에서 펜들이 종이 위에서 부지런히 움직이는 소리만 들렸다.

"수고했어요." 스토크스 선생님이 가녀린 목소리로 말했다.

어떻게 된 거지? 이제 나가도 되는 건가? 이중문의 유리창을 힐끗 쳐다보니 어머니의 안경이 초조하게 반짝였다.

"다음에는 어떤 곡을 들을까요, 도서 선생님?" 스토크스 선생님이 말했다.

"모차르트가 어떨까요." 백발의 남자가 나를 바라보고 환한 미소를 지으며 말했다. 그 미소에 용기를 얻은 나는 한층 수월하게 모차르트를 연주할 수 있었다.

"수고했어요." 내가 첫 악장의 연주를 마쳤을 때 스토크스 선생님이 말했다. "그만해도 되겠어요."

오디션 결과를 알기까지는 시간이 걸렸다. 나는 안절부절못하며 엉뚱한 곳에서 합격 여부를 점칠 수 있는 징조를 찾았다. '만일 다음에 우리 집 앞을 지나가는 차가 푸른색 자동차면 나는 음악원에 들어가게 될 것이다.' '만일 다음에 지나가는 차가 빨간 자동차면 나는 떨어질 것이고, 동생은 광견병에 걸릴 것이다.' 학교 매점에서 치즐 과자를 사면 남몰래 봉지 안에 몇 개가 들어있는지 세어 보고 부스러진 치즐을 셈에 넣어야 할지 빼야 할지, 행운의 개수를 소수로 할 것인지 3의 배수로 할 것인지 궁리했다. 하지만 이런 생각을 아무에게도 말하지 않았다. 만일 부모님이 알았다면 내 정신 상태를 걱정해서 피아노를 그만두게 해야 할지 고민했을 것이다.

시반 선생님과의 레슨은 계속되었고, 아버지는 여전히 매주 화요일 오후에 나를 데려다 주었다. 레슨 시간은 공식적으로 45분이었지만 항상 적어도 두 시간까지 연장되었고 레슨을 하는 동안에는 언제 끝날지 알 수 없었다.

"피아니스트는 훌륭한 탐정이 되어야 해." 시반 선생님은 말했다. "눈으로 듣고 귀로 봐야 한다. 아주 작은 것도 놓쳐서는 안 돼. 아주 작은 것 하나도! 쇼스타코비치는 모든 부호가 중요해."

그녀는 아티큘레이션(음 하나하나를 강조해서 치기 - 옮긴이), 강약, 페달 사용에서 내가 빠뜨리는 부분이 있으면 악보에 연필로 동그라미를 쳤다. 구두점에는 길게 수직선을 그었다. 많은 아이들이 그러는 것처럼 나는 연주하면서 숨표를 제대로 지키지 않았다. 잠깐이라도 쉬면 관객들이 일어나서 나가 버릴 것 같았다. 시반 선생님은 하나하나 차근차근 음악의 문법을 가르쳤지만 문법을 아는 것만으로는 충분하지 않았다.

"아니!" 그녀는 내 손을 잡으면서 말했다. "다른 사람에게 음악을 들려주려고 하지 말고 너 자신이 귀를 기울여 들어야 해."

"아니! 너는 설명을 하고 있어. 네가 얼마나 똑똑한 아이인지 보여 주려고 하는구나. 너는…… 뭐라더라?" 그녀는 마술 모자에서 또 다른 표현을 꺼냈다. "그래, 너는 아는 체를 하고 있어!"

아버지는 고개를 끄덕이며 수첩에 적었다. '아는 체하지 마라.'

"주관은 객관성을 바탕으로 해야 한다." 그녀가 계속해서 말했다. "위대한 예술가가 되기 위해서는, 먼저 위대한 과학자가 되어야 해. 아주 세밀한 부분까지 모든 것을 이해해야 하니까. 정돈이 안 되면 혼란하고 무질서해지지. 하지만 자유가 없다면 연주가 어떻게 될까? 연주가 사체 부검을 하는 것처럼 되는 거야."

뒤에서 아버지가 껄껄 웃었다.

"다시 말하지만, 음악은 논리 정연한 환상이다. 정서적인 논리를 발달시켜야 해. 그리고 너만의 개성이 있어야 한다. 사람들은 연주의 개성을 말로 표현할 수는 없다고 하지." 그녀는 밝은 미소를 지었다. "그건 그렇지. 하지만, 개성은 반드시 있어야 한다."

집에서 연습을 하며 나의 개성을 계발해 보려고 했지만 쉽지 않았다. 시반 선생님은 경연대회에 참가한 다른 아이들처럼 음악을 '미화'하거나 어떤 식으로든 아는 체하는 것은 허락하지 않았다.

"잘못된 연주 방법은 여러 가지가 있다." 시반 선생님은 말했다. "하지만 우리가 가야 할 목적지에 도달하기 위해 선택할 수 있는 방법은 그다지 많지 않아."

오디션 결과를 기다리며 마음이 심란해지면 그 목적지는 점점 더 멀어져 갔다. 쇼스타코비치 폴카의 화성 진행을 연습하면서 오디션에서 떨어질 것 같다는 생각을 했더니 그 생각이 화음에 붙어 버린 것처럼 그 부분을 칠 때마다 불안감이 느껴졌다.

마침내 엘더 음악원의 인장이 찍힌 편지가 도착했다. 합격을 한 것이다. 이제 내 동생은 계속 키가 자랄 것이다. 악마들은 치즐 과자 봉지 안으로 사라졌다.

나는 시반 선생님에게 전화로 기쁜 소식을 전했다.

"사실, 놀라운 일은 아니야. 너 정도의 수준이면 오디션에 떨어질 수 없지." 그녀는 드물게 내 연주를 칭찬했다.

일요일 점심시간에는 할아버지가 축배를 들며 축하했다. "열심히 연습한 보람이 있구나. 우리 모두 애나를 축하해 주자. 애나도 잘 알겠지만, 할머니와 나도 역시 훌륭한 피아니스트다. 할머니는 특히 초견 연주에 뛰어난 재능이 있지."

"재능이라고까지 말할 수는 없어요." 할머니는 식탁을 치우려고 일어서면서 말했다.

"할머니는 지나치게 겸손한 게 탈이야. 나는 할머니의 초견 연주를 아주 높이 평가한다. 애나는 아빠의 가계에서 음악적 재능을 물려받은 게 분명해."

"또 다른 쪽에도 있지요." 어머니가 끼어들었다. "저의 할머니와 외할머니가 모두 피아니스트였고, 여동생도 음악원에 다녔거든요."

"그래? 대단하구나! 그렇다면 내가 한 말을 정정해야겠다. 애나는 엄마와 아빠의 양쪽 가계에서 음악적 재능을 물려받은 거군." 할아버지가 껄껄 웃었다.

축하는 곧 끝났지만 그 승리는 내 삶의 일부가 되었다. 나는 음악원에 등록이 되었지만 내 생활에 큰 변화는 없었다. 다만 이따금 음악원의 런치 콘서트에서 연주를 했고, 이제 음악원을 말할 때 '콘'(음악원의 머리글자_옮긴이)이라고 불렀다.

나의 테크닉은 점점 자유로워지고 있었고 원하는 소리를 내기가 조금씩 수월해졌다. 하지만 처음에 마음속으로 원하는 소리를 듣고 곡을 음의 연속이 아닌 의미로 이해하는 것이 어려웠다.

"애나 아버님은 혹시 쇼스타코비치가 선율을 쓸 수 없었다고 생각하시나요?" 시반 선생님이 아버지에게 물었다.

"아닙니다." 아버지는 정색을 하면서 대답했다. "그는 분명 선율을 쓸 수 있었습니다. 그 영화음악도 있지 않습니까?" 아버지가 〈등에The Gadfly〉라는 영화의 주제곡을 흥얼거렸다.

"물론이죠. 쇼스타코비치는 훌륭한 선율을 썼고, 그 모든 증거가 여기 있습니다. 평생 가슴에 군화를 얹고 노래를 해야 한다면 어떨까요? 〈인형의 춤〉은 그 자신의 환상과 현실에서의 탈출을 그린 작품이죠." 그녀는 다시 내 손으로 주의를 돌렸다. "피아니즘은 내면의 서정성에서 나오는 거란다. 피아노 연주는 우리의 상상을 투사하는 거야."

건반에서 표현을 하기 전에 먼저 머릿속에서 구상을 해야 한다는 것을 학생에게 가르치는 것은 쉽지 않다. 나는 여전히 손가락에 의지해서 답을 찾았다. 한 프레이즈를 끝냈을 때 시반 선생님은 내 손을 잡았다.

"엄지에 힘을 빼라. 그리고 먼저 귀를 기울여 들어야 하고…… 그다음은?"

나는 마지막 음을 쳤다.

"아니야. 멈추면 안 돼." 그녀가 그 음을 직접 쳐 보였는데 곧바로 나는 그녀가 친 음이 맞다는 것을 알았다. 그렇다면 나는 그 음을 어떻게 쳐야 할지 이미 알고 있었다는 것인가? 그 음은 이미 내 안에 존재했다. 그런데 왜 나는 그것을 밖으로 끌어내지 못하는 걸까?

레슨이 끝나고 그녀는 나를 배웅하려고 나왔지만 문을 열지 않은 채 서서 말했다.

"다시 말하지만, 듣는 법을 배워야 해." 그녀가 눈을 빛내면서 말했다. "그렇게 하겠다고 약속해. 듣는 것부터 시작해야 한다."

"알았습니다."

"물론 음악은 무한히 복잡한 예술이야! 엄청나게 다양한 문화의 복합체지! 미술, 문학, 연극, 우리의 꿈과 희망까지 모두 담고 있지. 그리고 여행, 발레, 오페라, 모든 것이 다 들어 있어!"

그녀의 얼굴이 환하게 빛났다. 그녀는 마치 하늘로 날아오를 듯 두 팔을 힘차게 흔들었다.

"왜 우리는 이 악기에 그렇게 열광할까? 왜 우리는 사람들에게 피아노에 대한 이러한 통찰, 피아노에 속해 있는 이러한 존재감을 전달하기 위해 그렇게 열심일까?"

"잘 모르겠는데요." 나는 금색으로 반짝거리는 문의 손잡이를 곁눈질했다.

"왜냐하면 삶은 정말 흥미로우니까! 우리의 삶은 놀라운 관계, 자유, 소통으로 가득해. 그래서 우리의 삶이 소중한 거야!"

나는 하품을 했다.

"이런, 피곤한가 보구나. 나는 가끔 네가 어른이 아니라는 것을 잊어버린다. 이렇게 진지한 아이를 본 적이 없거든."

그녀는 뭔가 생각났다는 듯이 서둘러 주방으로 갔다가 부활절 달걀을 갖고 돌아왔다.

"이 세상의 아름다움, 고귀한 삶의 아름다움을 이해하는 것은 인간 정신의 위대한 성취야. 그렇지?"

"네." 나는 그녀에게서 부활절 달걀을 받아들며 대답했다. 남동생과 나누어 먹지 않으려면 집에 도착하기 전에 먹어야 했다.

"피아노는 네가 선택하는 것이 아니야." 그녀가 말했다. "피아노가 너를 선택하는 거지."

나는 정말 피아노의 선택을 받고 싶은 것일까? 음악을 사랑하고 연주를 하고 음악으로 가족들의 관심을 받는 것은 좋지만 정말 평생 동안 그렇게 살고 싶은 것인지 확신이 들지 않았다. 그해 크리스마스에 부모님은 내게 갈색 종이로 포장한 직사각형의 묵직한 선물을 주었다. 풀어 보니 겉표지에 황금색으로 '레퍼토리'라고 제목을 새긴 빨간색 가죽 장정 책이 나왔다.

"이제부터 시반 선생님과 공부하는 것은 모두 여기 기록하는 거다." 어머니가 말했다.

아름다운 책이었고, 그것을 보면서 나는 부담을 느꼈다.

"감사합니다."

나는 왠지 눈물이 나려고 했다. 이제 피아니스트가 되지 않는 것은 불가능했다.

사실 부모님은 나에 대해 아직 어떤 결정도 내리지 않았다. 초등학교를 졸업하기까지 1년이 남았고, 어느 학교를 갈지 생각 중이었다. 아마 메리엇빌 공립학교나 동쪽 교외에 있는 펨브로크 사립학교가 될 것이다.

"애나의 미래를 결정하기에는 아직 너무 이르다." 할아버지가 일요일 점심시간에 말했다. "애나가 음악가가 되기로 한다고 해도 공부는 열심히 해야 한다."

"지당하신 말씀이에요." 어머니가 담담하게 말했다. "선택의 문을 열어 놓아야죠."

"펨브로크는 등록금이 엄청납니다." 아버지가 할아버지의 눈치를 보면서 말했다. "경제적 부담이 클 거예요. 게다가 음악 레슨까지 받으면 말이죠."

"알다시피, 나는 항상 공립학교 체제를 찬성해 왔다." 할아버지가 말했다.

하지만 가족들의 의견과는 상관없이, 나는 이미 가장 친한 친구인 소피아가 다니고 있는 펨브로크로 가기로 마음을 먹었다. 나는 공휴일마다 소피아네 집 수영장에서 「돌리Dolly」(호주의 십대를 대상으로 한 잡지 - 옮긴이)를 읽으며 일광욕을 했다.

"펨브로크에 가면 아이들한테 네가 피아노를 친다고 이야기할 거니?" 소피아가 물었다.

나는 아이들이 예술가를 이해하지 못하고 조롱하는 광경을 머리에 떠올렸다.

"아이들이 너를 까칠하다고 생각할걸." 소피아가 말했다.

"그럼, 말 안 할래."

나는 「돌리」에 실린 상담 페이지를 펼쳤다.

질문: 돌리 선생님, 치아 교정기를 하면 잘생긴 남자애가 도망갈까요?

답: 치아 교정기를 잘 관리하고, 음식이 끼지 않도록 하고, 입술을 물지 않도록 조심하면

치아 교정기를 끼고 키스하는 것은 로맨틱한 경험이 될 수 있습니다.

이런 글을 읽으며 나는 중학생이 되면 어떨지를 곰곰 생각했다.

시간이 갈수록 펨브로크의 학교생활이 궁금해졌다. 혼자 피아노 연습을 하면서 펨브로크에 가서 아이들과 나눌 대화를 상상했고, 시반 선생님의 레슨 시간에도 소피아가 최근에 해 준 학교 이야기를 생각했다.

"사람들은 종종 재능에 대해 이야기하지." 시반 선생님이 말했다. "재능이 무엇일까? 재능이 있다고 해서 연주를 잘할 수는 없어. 재능은 은행에 넣어 둔 돈과 같아. 그것을 어떻게 사용하는가는 네게 달려 있어."

나는 건성으로 고개를 끄덕이며 마스카라에 대해 생각했다. 소피아는 펨브로크의 여학생들이 대부분 화장을 하고 학교에 온다고 했지만, 어머니는 내가 화장을 한다고 하면 분명 펄쩍 뛸 것 같았다.

"내가 너에게 재능을 줄 수 있을까?" 시반 선생님이 갑자기 질문을 던졌다.

나는 머리를 반은 아래위로 끄덕이고 반은 옆으로 흔들어 보였다.

"그래, 물론 줄 수 없지! 나는 신이 아니니까!" 그녀는 눈을 동그랗게 뜨고 말했다.

"난 너에게 씨앗을 줄 수 없어. 하지만 네 안에 있는 씨앗을 자라게 할 수 있지. 네가 가진 것을 최대한 키워 줄 수는 있어."

그녀는 이야기를 계속했고 나는 다시 딴생각을 하기 시작했다. 소피아가 펨브로크에서 자신이 '적당히 인기 있다.'라고 한 말은 무슨 뜻일까? 나는 초등학교에서 적당히 인기가 있었을까? 시반 선생님의 목소리가 다시 나를 흔들어 깨웠다.

"그런데 애나는 콘서트 피아니스트가 되지는 못할 겁니다!"

나는 깜짝 놀라 아버지를 돌아보았다. 아버지의 양쪽 눈썹이 인용 부호를 그리며 이마 위로 솟구쳐 올라갔다.

"애나는 좋은 선생님이 될 겁니다. 그리고 항상 음악을 사랑하겠죠. 하지만 연주자는 되지 못할 거예요."

하지만 A플러스는? 음악원 회원 자격은? 할아버지 할머니의 칭찬은? 피아노가 이미 나를 선택한 것이 아니었던가?

"물론 나는 이 아이를 사랑합니다. 아주 똑똑한 아이죠. 사실 나는 이런 아이는 본 적이 없습니다. 하지만 숫기가 없어요. 그저 악보를 정확하게 읽으려고 하죠. 감정의 자유와 예술적인 표현을 이해하지 못해요."

나는 집으로 돌아가는 차에 타자마자 훌쩍거리며 울기 시작했다. 반드시 콘서트 피아니스트가 되고 싶은 마음은 없었다. 다만 만일 내가 원한다면 콘서트 피아니스트를 선택할 수 있어야 했다. 아무도 내게 뭔가를 할 수 없다고 그렇게 분명하게 말한 적이 없었다. 나는 그때까지 사람들이 '세상은 네 손안에 있다. 네가 원하면 무엇이든 될 수 있다. 꿈을 위해 노력하면 이루어진다.'라고 속삭이는 사랑의 밀어를 믿었다. 하지만 이제 음악원에 있는 밀폐된 방들처럼 조금의 틈새도 허용하지 않는 두 개의 문, 콘서트 무대로 가는 문과 그 뒤로 무한한 가능성을 향해 열려 있는 문이 내 눈앞에서 차례로 닫혀 버렸다.

아버지와 나는 침묵 속에서 집으로 돌아갔다. 나는 집에 들어서자마자 방으로 뛰어 들어가 침대에 누웠다. 부모님은 주방에서 뭔가 이야기를 나누었고, 얼마 후 어머니가 내 방에 들어왔다. 어머니에게서 셰리주 냄새가 났다.

"울지 마, 우리 딸." 어머니는 안타까운 듯 말했다. "바보처럼 굴지 마. 미래에 대해 걱정하기는 너무 이르다. 앞으로 네가 무엇을 하고 싶은지 결정할 시간은 얼마든지 있어."

네 살 먹은 여동생이 담요 조각과 고무젖꼭지를 들고 내 방으로 뛰어 들어오며 소리쳤다. "언니가 울어요!"

"언니가 가엽게도 무척 실망을 했나 보다." 어머니가 여동생에게 말했다. "네가 언니를 안아 줄래? 나는 나가서 차를 끓여야겠다."

여동생은 침대로 올라오더니 내 옆에서 고무젖꼭지를 쪽쪽 빨며 한 손으로 담요 조각을 만지작거리고 다른 손으로는 내 머리카락을 잡고 빙빙 돌렸다.

"고무젖꼭지는 아기들이나 빠는 거야." 내가 말했다.

여동생은 잠시 생각하더니 고무젖꼭지를 뱉어서 침대 옆에 있는 테이블 위에 올려놓았다. 테이블 위에는 나의 레퍼토리 북이 놓여 있었다. 그것은 몇 달 동안 그 자리에 있었다. 나는 그것을 서랍에 넣을지 책꽂이에 꽂을지 아직 결정하지 못했다. 불쌍한 레퍼토리 북. 그 비어 있는 페이지들이 이제 영원히 쓸모가 없어졌고 가족들과 함께 내 장래를 이야기하며 즐거워하는 시간은 이제 다시 오지 않을 것이라고 생각하니 진한 아쉬움이 몰려왔다.

4장
드뷔시

"이 양치기가 어떤 아이인지,

어떤 생각을 하고 무엇을 느끼는지에 대해서는 관심을 갖지 마라.

드뷔시는 꼬마 양치기를 순수하게 그림으로 그린 거니까."

클로드 아실 드뷔시 Claude Achille Debussy, 1862~1918, 프랑스의 피아니스트, 작곡가

파리 근교 생제르맹앙레에서 도자기 상인의 아들로 태어났다. 시인 베를렌의 숙모인 모테 부인에게 피아노 레슨을 받고 놀라운 음악적 재능을 보였다. 열 살에 파리 음악원에 입학했는데 화성학의 규칙을 따르지 않고 불협화음을 선호했기 때문에 학업 점수가 낮았다고 한다. 1884년 칸타타 〈방탕한 아들〉로 당시 작곡가의 등용문이었던 로마 대상을 수상하고 로마로 유학을 떠났으나 2년 만에 파리로 돌아왔다. 처음에는 바그너의 열렬한 신봉자였으나 파리에서 문인들과 화가들과 교류하며 인상주의 미술과 상징주의 문학의 영향을 받아 후기 낭만주의에서 탈피한 새로운 음악 형식을 추구하였다. 당시 인상주의 미술은 사물의 사실적인 묘사보다 순간적인 감각적 느낌을 표현하기 위해 색채와 감각적인 농도에 중점을 두었고 상징주의 문학역시 명확한 관념보다는 막연하고 환상적인 정념을 중요시했다. 드뷔시는 음악을 통해 색채와 그 효과가 환기하는 독특한 분위기를 만들어 내기 위해, 전통적인 장단조의 조성과 기능에서 벗어나 순간적인 감각을 표현하는 자유로운 화성을 사용했다. 말라르메의 상징시를 음악으로 표현한 교향시 〈목신의 오후 전주곡〉이 1894년 파리의 국민음악협회에서 초연되었을 때당시 유럽 음악계에 큰 충격을 던져 주었다. 그 외에 대표작으로 〈바다〉, 오페라 〈펠레아스와 멜리장드〉, 피아노 모음곡 〈어린이의 세계〉 등이 있다.

아마 시반 선생님 말이 맞을 것이다. 나는 숫기가 없고 악보를 정확하게 읽는 것에 집착했다. 이런 성격으로는 예술가가 되기는커녕 펨브로크에서 아이들과 어울리기도 힘들 것이다. 아이들은 나를 까칠하다고 생각할 것이고 더 나쁘게는, 촌뜨기, 얼간이, 또는 외골수라며 따돌릴 것이다.

"외골수는 기본적으로 까칠하다고 할 수 있지." 내가 외골수가 뭐냐고 묻자 소피아가 설명했다. 우리는 방과 후에 소피아네 집 담장 위에 앉아 유칼립투스 나무의 잎사귀를 따서 손으로 주물러 으깨고 있었다. "촌뜨기는 사회성이 부족하고 눈치가 좀 없는 거고, 얼간이는 까칠하지는 않지만 성가시고 역겨워."

"까칠하다의 반대말은 뭐야?" 내가 물었다.

"우선, 반대말이라는 단어는 까칠한 아이들만 사용하는 거야." 소피아가 차근차근 설명했다. "굳이 말하자면, 원만하다고나 할까?"

"그게 어떤 건데?"

소피아는 잠시 생각했다. "펨브로크에는 취미로 가게에서 물건을 훔치는 아이들이 있어."

"왜?" 나는 충격을 감추려고 애썼다.

소피아는 어깨를 으쓱거렸다. "그 아이들은 뭐든지 해. 남자아이들과 키스도 하고 담배도 피우고. 뭐든지 다 해."

소피아는 으깨진 잎사귀를 동그랗게 뭉쳐 공처럼 만들더니 골목길로 던졌다. 나는 잎사귀 뭉치를 다시 여러 개로 나누어 피보나치수열로 늘어놓기 시작했다.

"조지나가 도둑질을 한다고?"

"아니." 소피아는 가슴 아래쪽 티셔츠를 잡아당기면서 말했다. 아무래도 소피아는 브라를 한 것 같았다. 그 문제 역시 우리 사이를 가로막고 있었다. "하지만 그 애는 올해 벤 암스트롱이라는 남자아이에게 순결을 잃어버릴 거야. 벤은 10학년이야."

우리는 얼굴을 붉혔다. 우리가 섹스에 대해 언급한 것은 그때가 처음이었다. 우리는 죄를 지은 것처럼 주변을 살폈다.

"조지나가 너랑 제일 친한 친구니?" 나는 태연한 척하면서 물었다.

"반드시 그렇다고는 할 수 없어. 내 친구들은 모두 그룹이 달라. 헤리엇이 있고, 세라 애시비와 세라 켐벨 존스가 있지. 모두 다른 방식으로 나와 친한 친구들이야."

나는 참을성 많은 배우자처럼 고개를 끄덕였지만 앞에 보이는 길이 뿌옇게 흐려졌다. 소피아가 나를 두고 학교에서 조지나, 헤리엇, 그리고 다수의 세라와 어울리는 광경이 눈에 선했다. 그들은 모두 캔터베리 상표의 럭비 상의와 발목까지 올라오는 운동화를 신고, 취미로 가게에서 도둑질을 했다. 어머니는 캔터베리가 너무 비싸다면서 타깃에서 옷을 사 주었다. 어머니는 타깃 매장을 '타르제 부티크'라고 프랑스어처럼 발음했다.

"학교 밖에서는 네가 아직 가장 친한 친구야." 소피아는 나를 안심시켰다. "하지만 너랑 점점 멀어지는 것 같아. 너도 부모님께 펨브로크에 보내 달라고 해."

"부모님이 입학원서를 냈지만 내가 그 학교에 다니게 된다는 보장은 없어." 나는 부당한 현실에 한숨지었다. 부모님은 둘 다 의사다. 그러면 부자여야 하는 게 아닌가?

"장학금 시험을 본 후에 다시 이야기해 볼 거야."

소피아는 머리를 흔들었다. "장학금을 받는 건 기대하지 마. 그건 기본적으로 불가능해. 내 의붓오빠는 겨우 반쪽 장학금을 받았어. 수재인데도 말이야."

그날 우리 집으로 펨브로크의 입학 지원서가 도착했는데 거기에는 교복 착용에 대한 주의 사항도 있었다.

"세상에!" 어머니가 소리쳤다. "점퍼와 재킷, 셔츠 세 벌, 스커트 한 벌, 드레스 세 벌, 신발, 샌들, 양말, 스타킹으로도 모자라서 스포츠 종목에 따라 다른 유니폼을 입어야 한다는구나!"

"샌들은 얼간이들이나 신는 거예요." 내가 말했다. "그러니 그건 사지 마세요."

"이것 좀 봐!" 어머니가 갑자기 배를 잡고 깔깔 웃었다. "여학생들은 흰색이나 노란색 속옷만 입어야 한대! 이걸 어떻게 알지? 아침에 일렬로 세워 놓고 검사를 할 건가?"

"그건 양심적으로 알아서 하는 거예요." 내가 무뚝뚝하게 말했다.

"날강도가 따로 없네." 엄마의 목소리가 점점 더 커졌다. "등록금 받는 걸로는 성에 차지 않는가 보군."

아버지가 입술에 침을 바르며 말했다. "피아노는 음악 장학금 대상이 아니라는 건 말이 안 돼. 비올라를 배울 걸 그랬나 보다."

"일반 장학금 시험이 있잖아요." 나는 말은 이렇게 했지만 장학금을 받을 자신은 없었다.

이제 콘서트 피아니스트가 될 수 없다는 생각에 나는 잔뜩 풀이 죽은 채 레슨을 받으러 갔다. 하지만 시반 선생님은 언제나처럼 따뜻하게 우리를 맞아 주었다.

"드뷔시는 혁명적이야, 더할 나위 없지!" 그녀는 문을 활짝 열어 주며 말했다. 나는 그녀를 따라 피아노 앞으로 갔고 스탠드에 〈어린이 세계〉 악보를 올려놓았다.

시반 선생님은 목소리를 낮추었다. "어떤 사람들은 따라쟁이에 불과하단다."

"정말요?" 나는 순진한 척하고 물었다.

"물론이지. 그런 사람들은 양들처럼 남의 뒤를 졸졸 따라다니지. 하지만 드뷔시는 절대 아니야! 예를 들어, 그는 재즈에 관심을 가졌어!"

그녀는 나를 옆으로 밀고 생동감 넘치는 래그타임(재즈의 한 요소인 대중적인 피아노 음악 – 옮긴이)을 즉흥적으로 연주했다. 아버지는 발로 박자를 맞추다가 연주가 끝나자 크게 박수를 쳤다.

"정말 자유롭지?" 그녀가 소리 내어 웃었다. "드뷔시는 규칙을 따르는 것은 질색했지."

나는 '골리워그의 케이크워크'의 첫 부분에 손의 위치를 잡고 드뷔시의 자유로움이 나에게 옮겨 오기를 바라며 심호흡을 했다.

"아니야!" 내가 시작하기도 전에 그녀가 말했다. "연주를 하기 전에 먼저 춤에 대해 생각해 봐. 네가 갖고 있는 환상을 춤추게 한다고 생각해 봐."

"손가락을 어떻게 움직여야 하죠?"

"안톤 루빈시테인은 코로 연주를 하라는 말을 한 적이 있지." 그녀는 장난스럽게 웃으며 말했다. "가장 중요한 것은 마음으로 듣는 거야. 손가락 사용법도 아주 중요하지만 손으로만 연주하면 안 돼. 보는 귀와 듣는 눈이 함께해야 해. 가슴은 차갑고 머리는 따뜻해야 하지. 영적 세계, 정신세계, 감정적 느낌, 신체적 표현, 모두 합하면 몇이 될까?"

"하나요?"

"맞았어! 그 모든 것이 하나로 연결되어 있지." 그녀는 의자에서 뒤로 돌아앉으며 아버지를 보고 말했다. "아버님은 재능이 뭐냐고 물으셨죠?"

나는 아버지를 향해 눈을 흘겼다. 아버지는 언제 선생님에게 그런 질문을 한 걸까? 지난주에 내가 눈물을 쏟아 내고 있을 때 아버지가 시반 선생님에게 전화로 이야기를 해 보겠다고 하기에 절대 그러지 말라고 다짐을 받았는데…….

"어떤 사람들은 재능이 연주의 피치에 있다고 하고, 어떤 사람들은 리듬, 조정력, 동물적 능력이라고 말합니다. 하지만 그런 것은 지능과 비교하면 아무것도 아니죠. 이 아이는 아주 똑똑하다고 제가 말씀드렸죠?"

나는 내가 똑똑할 뿐 아니라 겸손하다는 것을 보여 주기 위해 미소를 억누르고 눈길을 아래로 내렸다.

"자만에 빠지는 것과 우리 자신을 존중하는 것은 다릅니다. 우리는 음악 속에 사는 우리의 삶, 우리의 위치, 미래, 성취를 존중해야 합니다. 우리의 목표는 감사와 상과 칭찬에 연연하지 않는 것이죠."

그녀는 나를 뚫어지게 쳐다보면서 말했다. "중요한 것은 칭찬이나 우수하다는 말을 듣는 것이 아니야." 그녀는 희미하게 미소를 지으며 말했다. 그녀의 속눈썹이 가늘게 떨렸다. "나는 그런 말을 싫어해! 중요한 것은 앉아서 연습하는 거지."

그녀는 몸을 돌려 건반을 향해 앉았다.

학교에서 나는 열심히 공부했다. 우리 학급에는 장학금을 목표로 하는 아이들이 있었고, 담임 선생님인 미스 토미는 일제고사에 대비해 보충 수업을 시켰다. 우리는 논술을 쓰기 위해 특별한 어휘들을 익히고 마법과도 같은 원주율을 공부했다. 나는 원주율에 매혹되어 소수 50자리까지 암기했다. 원주율을 암기하는 것은 감정의 자유나 예술적 표현을 필요로 하지 않았지만 그 나름의 선율과 리듬이 있었다. 원주율을 틀리지 않고 외우면서 나는 일종의 성취감을 느꼈다.

장학금 시험을 보는 날 아침, 엄마는 나를 소피아의 집에 데려다 주었다.

"3.14159265358979323846……." 나는 소피아와 함께 걸어가면서 원주율을 외우기 시작했다.

"됐어, 이제 그만해." 학교 문 앞에 다다랐을 때 소피아가 말했다. 소피아는 나를 헤리엇과 조지나와 세라 애시비에게 소개했다.

"안녕!" 나는 그쪽 아이들처럼 가벼운 말투로 말했다.

"제시카는 멜빵바지를 입으니까 정말 귀엽지 않니?" 조지나가 물었다.

"제대로다!" 헤리엇이 말했다.

"제대로구나." 나도 따라서 말했다. 무슨 말을 해야 할지 생각나지 않았다. 단지 1331의 세제곱근이 11이라는 것, 에너지는 형태를 바꿀 뿐 새로 만들어지거나 사라질 수 없다는 것을 생각했다. 장학금 시험을 볼 수 있어서 다행이었다.

시험을 끝내고 나오는데 조지나가 물었다. "잘 봤니?"

"죽 쒔어." 헤리엇이 말했다.

"망했어." 소피아가 말했다.

"망했어." 나도 거들었다.

우리는 손을 흔들어 작별 인사를 하고 큰길을 따라 집을 향해 어슬렁거리고 걸어갔다. 낮게 떠 있는 가을의 태양이 우리의 맨다리를 따뜻하게 비추었다. 우리는 구두를 벗고 맨발로 햇볕에 달구어진 보도를 걸어 갔다. 소피아는 머리를 풀어 헤쳤다. 나도 따라서 머리를 풀고 소피아의 흐트러진 걸음걸이를 따라 했다. 지나가는 운전자가 경적을 울리거나 휘파람을 불면 우리는 돌아서서 얼굴을 찌푸려 보였다.

"일곱." 소피아네 집에 도착했을 때 소피아는 무덤덤하게 말했다. "신기록이네."

나는 그날의 자유로운 기분에 취해 진지한 대화를 나누고 싶은 마음이 들었다.

"일곱이라는 숫자는 네게 뭘 의미하니?"

"무슨 의미?"

"이를테면 7은 소수잖아. 그 숫자가 중요하다고 생각하니?"

소피아는 무슨 엉뚱한 소리를 하느냐는 듯 코를 찡그렸다. "복잡하게 생각하지 마. 난 단지 오늘 길에서 열한 살짜리 아이들에게 휘파람을 부는 변태를 일곱 명이나 만났다는 거니까."

"드뷔시는 어떠니?" 그다음 주에 내가 피아노 앞에 앉자마자 시반 선생님이 물었다.

"좋아요." 내가 대답했다.

그녀는 초조한 듯이 말했다. "너에게서 '드뷔시가 없이는 못 살겠어요. 그의 음악이 정말 좋아요. 그의 소리 안에서 살고 있어요.'라는 말을 듣는 날이 기다려지는구나."

나는 벌을 받는 아이와 같은 표정으로 그녀를 쳐다보았다. 그런 말은 평생 내 입에서 나올 것 같지 않았다. 펨브로크에 입학해서 그런 말을 헤리엣이나 조지나에게 한다는 것은 상상조차 할 수 없는 일이었다!

"드뷔시는 음악으로 생생한 그림을 그리지." 그녀가 좀 더 상냥한 목소리로 말하면서 〈어린이 세계〉중에서 '꼬마 양치기'의 악보를 펼쳤다. "이 양치기가 어떤 아이인지, 어떤 생각을 하고 무엇을 느끼는지에 대해서는 관심을 갖지 마라. 절대! 드뷔시는 이 꼬마 양치기를 순수하게 그림으로 그린 거니까."

그녀는 마치 손으로 그림을 그리듯 건반을 만지면서 오프닝의 플루트 독주 부분을 연주했다. "음향 효과에 귀를 기울여 봐." 그녀가 속삭이듯 중얼거렸다. "진동…… 반향…… 반사……."

소리가 벽을 향해 갔다가 다시 돌아오면서 공기가 물결처럼 흐르는 것이 눈에 보이는 듯했다.

"음 하나로는 크레셴도(점점 강하게 - 옮긴이)를 표현할 수 없을 것 같지?" 그녀가 짐짓 거만한 어조로 물었다. 그녀는 피아노에서 D음을 끌어냈다. 그 음은 그녀의 눈이 커지는 것과 동시에 모든 물리적 법칙을 무시하고 점점 더 커지는 것 같았다.

"피아노는 무한한 환상과 투영이 가능한 악기야." 그녀가 환하게 웃었다. "단지 우리의 상상력이 부족할 뿐이지."

나는 혼란스러웠다. 단지 의지만으로 크레셴도를 친다는 것이 가능한 것인가? 아니면 그녀가 나를 착각에 빠지게 만든 것일까? 나는 시험적으로 D음을 눌러 보았지만 둔탁한 소리를 내며 바닥으로 떨어졌다.

"아니야, 멈추면 안 돼. 항상 소리가 너에게 무엇을 말하는지 귀를 기울여야 해. 소리가 너에게 다시 돌아오면 그다음에 계속해라."

그녀는 다시 날아가는 소리를 잡아 층층이 소리를 쌓아 올리듯 오프닝을 연주했다. "이 안에는 시가 있어. 계속 대화를 나누면서 들어야 해. 음악이 들려주는 비밀 이야기에 귀를 기울여라."

그녀의 가르침이 추상적인 표현으로 변하자 나는 딴생각을 하기 시작했다. 장학금 시험은 성적이 나왔을까? 논술 시험을 볼 때 '우연한 행운'이라는 어휘를 사용할 걸 그랬다는 후회가 들었다.

"예의 바르고 진지한 대화를 하는 것처럼, 항상 귀를 기울여야 하는 거야. 알았니?"

"네."

"즉시 반응해야 할 뿐 아니라 이해를 해야 한다. 소리로 대화를 하는 거야."

그녀는 나의 네 번째 손가락을 잡고 소리와의 대화 속으로 이끌었다.

"그렇지! 훨씬 좋아졌구나." 그녀는 몸을 돌려 아버지를 보고 말했다. "제가 가르치는 학생들이 음악원에서 런치 콘서트를 할 겁니다. 그리고 물론 애나도 연주를 해야겠죠."

아버지의 얼굴이 환하게 밝아졌다. 아마도 피아노가 마음을 바꿔 결국 나를 선택한 것 같았다.

"어떤 곡을 연주해야 할까요?" 아버지가 물었다.

"드뷔시입니다. 아주 멋질 거예요."

몇 주 후 학교에서 합창 연습을 하고 있을 때 어머니가 문 옆에 나타나 굳은 얼굴로 서 있었다. 나는 가슴이 철렁했다. 누가 돌아가신 건가? 어머니는 슬레이터 선생님의 귀에 뭐라고 속삭이더니 나에게 나오라고 손짓을 했다.

"방금 펨브로크에서 연락을 받았다." 어머니가 조용히 말했다. "네가 장학생이 되었단다."

나는 어머니를 멀뚱멀뚱 쳐다보았다.

"네가 최고점을 받았대."

"설마, 그럴 리가." 어머니가 장난을 치는 것이 아닌지 의심스러웠다.

"정말이야. 바보야. 방금 교장 선생님이 전화를 하셨어. 아주 기뻐하시던걸."

나는 마침내 전율을 느끼며 소리를 질렀다. "야호!" 우리는 함께 껴안고 기쁨을 나누었다.

"아직은 비공개야. 그러니 소피아에게만 이야기하고 다른 사람들에게는 하지 마." 어머니가 말했다.

그날 저녁 나는 소피아에게 전화를 해서 소식을 알렸다.

"완전 대박! 축하해. 우린 이제 다시 절친이 되는 거야!" 소피아가 말했다.

즉시 그 효과가 나타났다. "아직은 아무에게도 이야기하지 마." 내가 경고했다. "아직은 비밀이니까."

"다른 아이들에게 장학금 받는다고 말할 거니?"

나는 생각 끝에 그 이야기는 하지 않기로 마음먹었다. 다른 아이들처럼 등록금을 내고 다니는 것으로 해야 학교생활이 더 편할 것 같았다.

"드뷔시는 잘돼 가니?" 다음 레슨 시간에 시반 선생님이 우리를 안으로 안내하면서 다시 물었다.

"무척 재미있어요." 나는 최대한 적극적으로 대답했다.

"그래야지. 재미있다는 건 아주 중요하지. 그런데 새로운 학생이 들어왔다. 케이트라고. 네가 아주 좋아할 거야. 감정 반응이 아주 뛰어나고, 똑똑하고 행복한 아이야. 기초가 단단하지는 않지만 열정적으로 연주를 하지."

"몇 살이에요?" 내가 미심쩍어하면서 물었다.

"열네 살이야. 아주 호기심이 많고 피아노 치는 걸 무척 좋아해."

"저도 좋아하는데요." 내가 다시 말했다.

"물론이지. 하지만 너 혼자 좋아하는 것으로는 충분하지 않아. 음악은 너그러운 예술이야. 즐거움, 발견, 비전을 다른 사람들과 함께 나누려고 노력해야 해. 함께 음악을 즐기는 거야. 콘서트는 그래서 하는 거지. 알겠니?"

"네." 나는 반신반의하면서 대답했다.

"반드시 그래야 해. 다시 말하지만, 네가 가진 것을 베풀어야 한다. 음악은 사랑과 나눔의 예술이야. 단, 작품에 대한 존경과 이해를 바탕으로 해야 해. 안 그러면 그저 어린 아이들이 하는 것처럼 정확한 음을 두

드리는 것에 불과하지."

하지만 나도 아직 초등학생인데……라고 나는 생각했다.

"물론, 너는 아직 초등학생이지." 그녀가 한발 물러섰다. "하지만 그건 관계가 없어. 이번에 콘서트 연주자들은 케이트를 제외하고는 모두 대학생들이야. 그러니까 너도 성숙해져야 한다." 그녀가 목소리를 낮추었다. "내가 비밀을 하나 말해 줄게. 콘서트에서 연주를 할 때는 한 사람의 관객을 정해서 그 사람을 위해 연주를 하는 거야." 그녀가 싱긋 웃었다. "그러면 모든 관객이 자기를 위해 네가 연주를 하고 있다고 생각할 거야."

학기가 끝나는 마지막 주에 나는 다시 한 번 푸른색 체크무늬 교복을 입고 엘더홀의 무대에 섰다. 장소와 다소 어울리지 않는 의상이었지만 '나는 학생일 뿐이니 너그럽게 봐주세요.'라고 호소하는 효과가 있었다. 나는 인사를 하면서 관객 속에서 소피아를 찾았다. 소피아는 세 번째 줄에서 우리 아버지와 할머니 사이에 앉아 입을 앙다물고 있었다. 소피아가 고전음악을 좋아하지 않는데도 그 자리에 와 주었다는 것이 고마웠다. 나는 피아노 앞에 앉으면서 소피아를 위해 연주하기로 했다. 그리고 소피아를 통해 펨브로크의 아이들도 나를 이해할 수 있기를 바랐다.

넓은 강당에서 소리로 대화를 나누는 것은 어려운 일이었다. 오프닝의 플루트 독주 부분을 연주하는데 소리가 밖으로, 위로 퍼져서 지붕 공간 속으로 사라져 버리는 듯했다. 게다가 〈꼬마 양치기〉를 연주하는 중간에 완전히 방향을 잃었다. 몇 차례 화음 조성을 시도했지만 번번이 실패했다. 사백여 명 관객들의 침묵이 점점 커지면서 나를 짓눌렀다. 나는 당황하고 긴장한 상태에서 한순간 태연함을 가장하며 어깨를 으쓱했다. 그때 정확한 코드가 내게 눈짓을 보냈고 나는 간신히 연주를 계속할 수 있었다. 내가 어깨를 으쓱한 것은 소피아에게 보여 주기 위한 것이었다. 무대 위에서 잠깐 깜박했지만 나는 까칠하지도 않고 외골수나 얼간이도 아니니까 그 정도 실수는 상관하지 않는다는 뜻이었다.

나는 무대를 빠져나와 객석으로 갔다. 아버지는 짓궂은 미소를 지으며 옆으로 자리를 옮겨 앉았다.

"안녕!" 소피아는 하고 싶은 말이 있었겠지만 사랑으로 덮어 두었다.

"무대 위에서 어깨를 들썩거리다니 내가 미쳤나 봐." 내가 속삭였다.

"뭐라고? 두 줄 뒤에 있는 사람을 봐! '영 텔런트 타임'에 나온 베번하고 완전 똑같아." 소피아가 말했다.

나는 뒤를 돌아보다가 시반 선생님과 눈이 마주쳤다. 나는 황급히 고개를 돌리고 의자 안으로 깊이 몸을 파묻었다. 그 후로 다른 연주자들은 아무도 나처럼 실수를 하지 않았고 물론 어깨를 들썩이지도 않았다. 시반 선생님이 한 말이 머릿속에서 들려왔다. '애나는 콘서트 피아니스트는 되지 못할 겁니다.'

마지막 연주자는 시반 선생님의 새로운 제자인 케이트였다. 그녀는 타탄 무늬 스커트를 입고 빠른 걸음으로 무대로 나갔다. 그리고 피아노에 앉아 리스트의 〈헝가리 광시곡 6번〉을 치기 시작했다. 헝가리 광시곡은 집시들의 등장으로 시작되었다. 나는 좀 전에 실수를 하고 어깨를 들썩거렸던 것도 잊고 의자에 똑바로 앉았다. 중간에 세상을 한탄하는 비가를 연주하며 케이트는 그 소리들이 하는 이야기에 귀를 기울였다. 그다음에는 멀리서 춤의 초대가 있었다. 어딘가에서 춤이 시작되었고 점점 가까워지며 열기가 고조되었고 마침내 모든 관객들이 춤을 추고 있었다. 소피아까지도 내 옆에서 몸을 흔들었다. 종결부에 이르자 케이트는 여신이 되어 벼락을 내려치는 듯 옥타브를 넘나들었다. 무대 위에서 그렇게 놀라운 일을 하고 있는 자신의 손을 내려다보는 기분은 어떤 것일까? 시반 선생님이 말하는 짜릿함, 감정의 몰입, 예술적 성취가 이런 것일까? 나는 무대 위로 뛰어올라가 케이트를 옆으로 밀어내고 피아노를 다시 차지하고 싶었다.

"와, 짱이다." 소피아는 다른 사람들과 함께 열심히 박수를 치며 말했다. "누구야?"

"케이트 스티븐스." 나는 그녀를 개인적으로 알고 있다는 것에 자부심을 느끼며 말했다.

시반 선생님은 나중에 환한 얼굴로 나를 안아 주었다.

"물론, 무대 위에서 그렇게, 뭐라더라…… 어깨를 들썩이는 것은 당연히 안 돼. 다시는 그런 행동을 하지 마라. 그런데 케이트 연주는 마음에 들었니?"

"네."

나는 이제부터 시반 선생님의 말을 좀 더 잘 듣겠다고 결심했다. 누군가가 할 수 있는 것이라면 나도 할 수 있다. 이제부터는 레슨 시간에 딴생각을 하느라고 그녀의 말을 흘려듣지 않을 것이다. 연주를 할 때 마음으로 듣고 나의 예술적 비전을 전달하고 존경심과 공감을 나누기 위해 노력할 것이다.

아버지는 나를 다시 학교로 데려다 주었지만, 이번에는 공부에 집중을 할 수 없었다. 리스트의 광시곡이 머릿속에서 울려 퍼지며 미래를 향해 내게 손짓을 했다. 나는 한시라도 빨리 집에 가서 피아노 연습에 몰두하고 싶었다.

2부

5장
베토벤

"베토벤은 힘들고 절망적이었지.

그런 그는 주로 무엇과 싸웠을까? 다른 사람들과?

아니야. 그는 자기자신과 싸웠어."

루트비히 판 베토벤 Ludwig van Beethoven 1770~1827, 독일의 작곡가

본에서 출생. 어린 베토벤을 제2의 모차르트로 만들려고 했던 아버지에게 혹독한 훈련을 받았다. 본에서 궁정 연주자로 활동하다가 1792년부터 오스트리아 빈에서 본격적인 음악 교육을 받기 시작했다. 먼저 피아니스트로 활약하다가 피아노 3중주곡, 교향곡 제1번, 피아노 소나타 〈비창〉, 〈월광〉 등을 작곡했다. 귓병으로 청각을 상실할 것이라는 것을 알고 음악가로서 생명이 끝났다고 생각하여 "하일리겐슈타트의 유서"를 남기는 등 자살을 생각하기도 했으나, 그를 붙잡은 것 역시 음악에 대한 열정이었다. 그는 친구인 프란츠 베겔러에게 보낸 편지에 이렇게 썼다. "나는 운명의 끈을 붙잡겠다.…… 병이 치유되기만 한다면 이 세상을 음악에 담아낼 것이다." 1803년부터 1812년까지는 창작 활동이 가장 활발했던 시기로 〈영웅 교향곡〉, 〈운명 교향곡〉, 〈전원 교향곡〉, 〈합창 교향곡〉, 〈피아노 협주곡 제5번(황제)〉, 바이올린 협주곡, 피아노곡 〈아파시오나토 소나타〉 등을 작곡했다. 병세는 점점 더 악화되었고 1819년경부터는 완전히 귀가 들리지 않았으므로 의사소통을 위해 노트를 가지고 다녀야 했다. 하지만 그는 불굴의 의지로 인간적 고뇌와 고독을 음악으로 승화한 주옥같은 작품들을 남겼다. 고전파 음악 양식을 최고 수준으로 높이는 동시에 19세기 낭만주의의 길을 열어 후세에 많은 영향을 주었고 동시대 문학가 괴테와 실러의 작품에 표현된 새로운 시대정신을 포괄하며, 어떤 작곡가보다 생생하게 삶에 대한 깊은 성찰을 음악으로 표현했다.

초등학교 졸업식에서 나는 모차르트 소나타를 연주하고 이날을 위해 특별히 지은 시를 낭독했다.

이제 7년 동안의 세차가 끝났습니다.
선생님들은 나를 깨끗이 닦아 주었습니다.
그들은 나의 겉모습을 빛나게 해 주었을 뿐 아니라
아름다운 내면을 갖게 해 주었습니다.

여름방학 동안 나는 외모를 빛나게 하느라고 애썼다. 부모님께 크리스마스 선물로 소피아가 차고 다니는 젤리피시 스와치 시계를 사 달라고 했다. 오후에는 보통 소피아네 집 수영장 옆에서 일광욕을 하며 보냈다.

"펨브로크에 다니게 된 소감이 어떠니?" 소피아의 어머니가 물었다.

나는 미리 생각해 둔 대답을 했다. "정확히 말하면 기대가 돼요. 즐거운 기대감을 갖고 있어요."

이따금 기대감은 불안감으로 바뀌었지만 소피아가 언제나 내 옆에 있어 줄 것이라고 생각하면서 마음을 달랬다. 우리는 같은 기숙사에서 지내게 될 것이고, 외국어 수업은 프랑스어와 인도네시아어를 듣기로 했다.

"라틴어는 외골수들이 배우는 거야." 소피아가 설명했다. "무엇보다, 라틴어는 죽은 언어야. 그리고 독일어 선생님은 이를 악물고 말을 하는데 악마가 말하는 것처럼 들려."

일요일 점심을 먹으면서 나는 가족들에게 프랑스어와 인도네시아어를 배우기로 했다고 말했다.

"네가 라틴어를 배우는 우리 가족의 전통을 깬다면 실망스러울 것 같구나." 할아버지가 경고했다.

"소피아하고 떨어지지 않으려고 그러는 거예요." 어머니가 말했다. "잠시도 안 떨어지려고 하는군요."

"그래서 그런 게 아니고요." 내가 반박했다. "라틴어는 외골수들만 배우기 때문이에요."

남동생이 킬킬거리고 웃었다.

"뭐라고 했니?" 할아버지가 물었다.

"라틴어는 죽은 언어라고요."

"아!" 할아버지는 의자 뒤로 기대면서 빙그레 웃었다. "네가 잘못 생각하는 게 있다. 라틴어 공부는 뿌리를 배우는 거야. 그런 공부는 영원히 남을 것이고, 진지한 학자나 지식을 추구하는 사람이라면 반드시 배워야 해."

"모르는 게 행복한 거예요." 내가 말했다.

"아는 것이 힘이야!" 할아버지가 받아서 말했다.

"행복이 힘보다 더 중요해요."

아버지가 귀를 쫑긋하며 나를 거들었다. "그것도 일리가 있는 말이다."

"다소 무책임한 생각이구나." 할아버지가 껄껄 웃었다. "다행히 대부분의 사람들은 그렇게 생각하지 않아. 라틴어를 배우면 행복과 힘을 모두 가질 수 있어. 곧 알게 될 거야. 이제 나는 은퇴를 했으니 하고 싶은 일을 할 수 있는 시간 여유가 있다. 그중 한 가지로 손녀에게 라틴어를 가르쳐야겠구나. 학교 공부에 방해가 되지 않도록 토요일에만 공부하자."

"토요일에는 데브라와 피아노 이론을 공부하는 날이에요!" 내가 펄쩍 뛰었다.

"그러면 내가 숙제를 내줄 테니 모르는 것이 있으면 일요일 점심시간에 물어보거라."

할아버지에게 라틴어를 배우는 것은 학교에서 배우는 것보다 더 나빴다. 그건 따분할 뿐 아니라 남몰래 하는 것이다. 소피아에게 어떻게 설명할 것인가? 우리 가족은 내가 펨브로크에 입학하기도 전에 나를 외골수로 만들기로 작정한 것 같았다.

그해 마지막 레슨을 받으러 갔을 때 시반 선생님의 응접실에는 크리스마스카드가 천장에 길게 매달려 있었는데, 마치 알록달록한 새들이 줄지어 내려앉아 있는 것처럼 보였다.

"선생님이 애들레이드에서 가장 인기가 많은 것 같군요." 아버지가
말했다.

"여기저기서 제자들이 보낸 겁니다." 그녀가 환하게 웃었다. "호주,
러시아, 미국."

내가 보낸 크리스마스카드를 찾다가 벽난로 위에 장미꽃이 꽂혀 있
는 커다란 화병과 나란히 놓여 있는 것을 발견했다. 나는 그 카드에 '시
반 선생님께, 즐거운 성탄과 새해 보내세요. 애나 x로부터'라고 썼다.
'사랑하는 애나로부터'라고 쓸까 망설이다가 너무 간지러운 것 같아서
x(키스를 의미하는 부호 - 옮긴이)로 대신했다.

"많다는 것은 중요하죠." 그녀가 말했다. "하지만 더 중요한 것은 마
음에서 우러난 메시지입니다. 아름다운 예를 보여 드리죠. 싱가포르에
있는 장에게서 받은 카드입니다."

그녀는 히터 위에 놓인 카드를 집어 들고 읽기 시작했다. "시반 선생
님께, 저는 선생님과의 레슨을 잊을 수 없습니다. 선생님은 제게 음악이
라는 선물, 지식이라는 선물을 주셨습니다. 그것은 값으로 따질 수 없이
귀한 선물이며, 저는 영원히 감사할 것입니다."

그녀는 그 카드를 다시 제자리에 놓았다. "믿을 수가 없군요. 마스터
클래스 레슨을 단 두 번 했을 뿐인데. 지식을 선물로 표현한 글귀가 마
음에 들어요." 그녀는 나를 돌아보고 말했다. "감사하는 마음은 아주 중
요해. 나에게 중요한 것이 아니라 너 자신에게 말이다. 사람은 자신의
뿌리를 알고 감사할 줄 알아야 해."

갑자기 내가 보낸 크리스마스카드가 초라해 보였다. 하지만 크리스마스 천사 그림은 아주 잘 그렸다. 객관적으로 보자면 내 카드가 더 훌륭했다.

"물론, 너는 아주 운이 좋은 아이야. 무엇보다, 네가 하는 모든 일에 그렇게 열심히 관심을 기울이고 응원해 주는 훌륭한 가족이 있으니 말이다. 나는 딸의 피아노 레슨에 매번 함께 올 정도로 헌신적인 아버지를 본 적이 없어. 그리고 가족이 모두 훌륭하시지. 어머니는 아주 강하신 분이고, 할아버지와 할머니는 든든한 후원자이시고."

나는 어깨를 으쓱했다. 우리 가족은 무난한 편이지만 다소 까칠하다. 어머니는 내가 필요없다고 말했는데도 펨브로크에서 신을 발가락 샌들을 사왔다. 지금은 신기 싫다고 투정을 부리지만 다른 아이들 발에서 냄새가 나면 자신에게 감사하게 될 거라고 엄마는 말했다.

"그리고 너를 나에게 데려다 주신 할아버지에게 정말 감사해야 해. 왜냐하면 너는 이제 계보를 갖게 되었으니까! 어떤 면에서 행운이지만, 넓은 의미에서 나는 행운보다는 운명이라고 생각한다. 계보는 어떤 걸까? 그것은 훌륭한 소속감, 뿌리를 든든하게 박고 있는 듯 아주 편안한 느낌이지. 스승과의 개인적인 만남과 같은 거야. 그리고 우리 자신을 신의 선물이라고 생각할 수 있고 진심으로 다른 사람들을 사랑할 수 있을 때 언제나 감사하다는 말을 할 수 있는 거야."

나는 레슨이 끝날 때마다 항상 '감사합니다.'라고 인사를 했다.

"물론, 단지 예의로 감사한다고 말하는 것은 어렵지 않아. 하지만 나는 비어 있는 예의 바름은 인정하고 싶지 않아. 훨씬 더 중요한 것은 마음에서 우러나는 진실함이지."

"장미꽃이 정말 예뻐요." 내가 화제를 바꿨다. "저기 제가 보낸 카드 옆에 있는 거요."

"아름답지? 케이트가 가져온 거야. 케이트는 배우는 것을 좋아하고 열심히 배울 뿐 아니라 아주 활기차고 마음이 활짝 열려 있어. 그런데 한번은 피아노를 그만두려고 했단다. 완전히 그만둘 뻔 했지. 재능 있는 사람들을 중도에 잃어버리는 것은 아주 쉬운 일이지. 케이트는 이제 아주 많이 발전했어. 지금 베토벤을 열심히 배우는 중이야."

"저도 베토벤을 배우고 싶어요." 내가 말했다.

"내 제자들은 왜 이렇게 착할까? 내가 좋은 사람이기 때문인가?"

"네?" 나는 우물쭈물했다.

"아니야, 내가 좋은 사람인 것으로는 부족해. 학생들이 열심히 배우려고 하기 때문이지."

그녀는 목소리를 낮추었다. "배우는 것은 아주 중요해, 안 그러니?"

"그렇죠." 나는 할아버지와 라틴어 공부에 대해 나눈 대화가 생각나서 가슴이 뜨끔했다. 그녀는 음악적 통찰력으로 악보를 보고 음 뒤에 숨어 있는 의미를 읽을 수 있을 뿐 아니라 사춘기 아이들이 무슨 생각을 하는지 꿰뚫어 보는 능력도 있는 것 같았다.

"배움은 아주 중요해." 그녀가 말했다. "배울 수 있다는 것은 아주 행복한 거야."

나는 내가 모르는 것이 행복하다고 했던 말을 아버지가 그녀에게 일러바치지 못하도록 경고의 눈길을 보냈다.

"지식은 창고와 같아." 그녀가 계속했다. "내가 말하는 지식은 시험을 보고 시험관에게 보여 주기 위한 지식을 말하는 게 아니야. 너의 존재와 미래와 성숙을 위한 지식이지. 씨앗과 같은 거야."

그녀는 의자에서 일어나 양탄자 위에 상상의 씨앗을 뿌리는 흉내를 냈다. "그리고 씨앗에 물을 주고 보살피면…… 어떻게 될까?" 그녀는 방 안을 가리키며 말했다. "자, 봐라!"

내 눈에는 줄에 길게 매달려 있는 크리스마스카드밖에 보이지 않았다.

"풍성하고 아름다운 열매가 열리지!" 그녀가 환하게 웃으며 피아노 위에서 자신의 공책을 집어 들어 새 페이지를 펼쳤다.

그녀는 연필로 맨 위에 크고 화려한 필기체로 애나, 1986년이라고 적었다.

"내년에는 위대한 레퍼토리를 연습할 거야."

"베토벤요?" 내가 물었다.

"그래. 하지만 우선 체르니로 시작할 거야. 체르니는 기본적으로 고전주의에서 낭만주의로 가는 다리를 놓은 사람이다. 만일 쇼팽이 피아노의 바이블이라면, 체르니는 그 바탕이라고 말할 수 있지. 계보를 말하자면, 체르니는 베토벤의 수제자였지. 물론 베토벤은 성격 때문에 훌륭한 스승이 될 수 없었고, 단지 특정한 사람들만 제자로 삼았어. 물론 베토벤은 위대한 음악가였지. 그리고 체르니는 훌륭한 스승이 되어 리스트를 가르쳤고, 리스트는 레셰티츠키를 가르쳤고…… 계속 이어져서 …… 마침내 너에게 이른 거야."

역사의 화려한 스포트라이트를 받은 나는 수줍어하며 미소를 지었다.

"최고의 수준을 우리는 클래스라고 말하지. 클래스는 계보로 이어져 내려오고, 그 결과는 더할 나위 없는 단순함이야. 더 이상 단순할 수 없는 단순함, 비슷하게 보이는 것이 아니라, 바로 그것이 되어야 하는 거란다."

학교에서는 일주일에 두 번 전교생이 참석하는 채플이 열렸다. 성가대 단원인 나는 발코니에 올라가 에벌린 추아 앞에 앉았다. 뒤에서 에벌린이 날카로운 목소리로 완벽한 음정과 쉼 없는 바이브레이션을 구사하며 노래를 할 때 나는 육백여 명의 아이들 ─ 여학생들은 푸른색, 남학생들은 초록색 교복을 입은 ─ 을 멍하니 내려다보며 현기증을 느꼈다. 채플에서는 가끔 교감 선생님이 성적이 우수한 학생을 앞으로 불러내서 악수를 했다. 나는 그런 일이 내게 일어나지 않도록 해 달라고 기도했다.

"넌 어디서 태닝을 한 거니?" 어느 목요일에 채플을 끝내고 나오는데 같은 학년 아이가 내게 물었다.

"뭐라고?"

"태닝을 아주 근사하게 했는데, 어디서 한 거냐고?"

"소피아네 집 수영장에서 한 거야." 나는 휘트선데이스 섬이나 적어도 빅터에 있는 우리 집 별장에서 했다고 말할까 하다가 솔직하게 대답했다.

그 아이는 긴 금발머리를 뒤로 넘기면서 깔깔거리고 웃었다. "너 정말 재미있다. 근사해 보이는데."

나는 아이들이 무슨 생각을 하는지 도무지 이해할 수 없었다. 아이들

역시 내가 뭔가를 감추고 있고 너무 엉뚱해서 어울리기 힘든 아이라고 느끼는 것 같았다. 점심시간이 되면 덩치 큰 10학년 남학생들이 운동장을 차지하고 방해가 되는 여학생들에게 온갖 추잡한 욕을 뱉어 냈다. 암소, 돼지, 걸레……. 운동장에서는 테니스공이 어디서 날아올지 몰랐으므로 나는 공에 맞을까 봐 겁을 먹었다. 내가 두려운 것은 공에 맞아서 아픈 것이 아니라 어떤 반응을 보여야 할지 모른다는 것이었다. 나는 볼품없이 몸을 움츠리게 될 것이고 그 순간 내 비밀이 드러날 것 같았다.

"이번 주말에 외출할 거니?" 소피아와 운동장에서 지나갈 때 조지나가 물었다.

할아버지 댁에서 점심을 먹는 것도 외출이라고 말할 수 있을까?

"나는 할 일이 좀 있어." 소피아가 말했다.

공이 우리 옆을 스쳐 지나가자 조지나는 비명을 지르더니 까르르 웃으며 소리쳤다. "조심해, 벤!"

벤이라는 남학생은 조지나에게 윙크를 보내고는 다시 핸드볼 게임으로 돌아갔다.

"꽤 귀여운데." 그녀가 말했다. "하지만 너무 어려. 사실은 내 친구들이 대부분 열여덟 살이거든. 그래서 말인데, 나는 술을 끊어야 해. 이 똥배 좀 봐! 술이 원수라니까."

그때 나는 테니스공이 우리 쪽으로 날아오는 것을 보았다. 아니, 보았다기보다는 휙 하는 소리를 들었다. 그 공은 내 허벅지 사이를 퍽하고 맞히고는 그 자리에 꽂혀 버렸고 스커트가 마치 투수의 글러브처럼 변했다.

한순간의 놀라움이 지나가자 소년들은 야유를 보내기 시작했다.

"홀 인 원!"

"나이스 캐치!"

벤이 햇빛에 반짝이는 가지런한 이를 드러내고 웃으며 우리를 향해 달려왔다. 나는 얼굴이 화끈거렸지만 최대한 우아한 몸짓으로 다리 사이에서 공을 꺼냈다. 여자처럼 공을 던진다는 소리를 듣더라도 팔을 올려서 공을 던져 줄 것인가? 나는 결국 팔을 내려서 던지기로 했지만 너무 늦게 손에서 놓는 바람에 공이 내 머리 위로 날아가 도서관 지붕을 넘어가 버렸다.

벤의 환한 미소가 짜증스러운 표정으로 변했다. "멍청이!"

조지나는 말없이 가 버렸다.

"왜 그랬어?" 소피아가 잔디밭을 향해 걸어가면서 내게 물었다.

"자, 여자와 남자에 대해 이야기해 보자." 시반 선생님은 다음 레슨 시간에 말했다. "여자나 남자는 각각 훌륭한 면이 있다. 하지만 때로 남자들은, 다 큰 남자들도 큰 그림은 보면서 많은 작은 것들을 보지 못한단다. 왜 그런지는 알 수 없지만."

그녀는 아버지를 돌아보며 말했다. "미안합니다. 애나 아버님. 여자와 남자를 예술적으로 구분하는 것이 아닙니다. 누구나 위대한 예술가가 될 수 있죠. 예를 들어, 베토벤은 매우 남성적인 작곡가입니다."

그녀는 몸을 돌려 다시 나를 보았다. "물론, 최고의 여자는 아주 똑똑하다. 하지만 최악의 여자는 형편없어! 그런 여자는 아주 초라해. 그런 여자는 피아노 위에서 뜨개질을 아주 잘하지. 작은 일은 훌륭하게 한다. 하지만 비전이 없어! 멀리 내다보질 못하는 거야. 예를 들어, 이틀 동안 숲 속을 걸어서 통과한다고 하자. 그 이틀 동안 한 그루의 나무 앞에 머물러 있으면 어떻게 되겠니? 그 나무가 아무리 아름답다고 해도 그래서는 안 되는 거야. 시간 관리를 할 줄 알아야지."

그녀는 내 주먹을 꼭 쥐더니 진지하게 말했다. "너는, 최고의 여자이면서 최고의 남자가 되어야 한다. 베토벤은 아주 남성적이야. 그리고 아주 엄격하지. 그는 그러니까…… 어떻게 설명할까? …… 개인적인 문제와 주변 환경 때문에 불행하게 살았어. 아주 힘들고 아주 절망적이었지. 그는 주로 무엇과 싸웠을까? 다른 사람들과? 아니야. 자기 자신과 싸웠어."

그녀는 피아노 위에서 베토벤 음악의 음계를 시연했는데 각각의 음이 불꽃을 일으키며 활활 타올랐다.

"모차르트와는 아주 딴판이지?" 이번에 그녀는 그 음계에 모차르트의 노래를 넣어 다시 연주했다. "베토벤은 좀 더 방어적이야. 강철 같은 손가락에다 태도가 엄청나게 공격적이지." 그녀는 내 팔을 손가락 끝으로 움켜쥐었다. "동시에, 그의 음악은 따뜻함과 아름다움, 놀라운 사랑의 가능성으로 충만해. 그는 천재적 예술가로 태어난, 마음이 거대한 남자였어. 그런 그에게 무엇이 필요했을까? 사랑과 지원. 하지만 어느 여자도 그를 사랑하지 않았어. 어머니도, 아내도. 그는 사랑 없는 삶을 살면서 사랑을 꿈꿨지."

그녀는 내 얼굴을 들여다보았다. "어린아이가 이해하기 어려운 것은 사실이지만, 너는 아주 똑똑한 아이니까 하는 이야기야. 물론 나는 네가 준비가 될 때까지는 베토벤의 마지막 소나타(피아노 소나타 제32번, Op. 111 - 옮긴이)를 가르치지 않을 거야. 서두를 필요는 없어. 하지만 지금 당장 시작할 수 있는 베토벤이 있지."

그녀는 베토벤 소품집의 〈론도 카프리치오〉를 펼쳤다. '잃어버린 동전에 대한 분노'!

"모차르트는 오페라야. 그렇지? 반면, 베토벤은 항상 오케스트라지. 베토벤의 청각은 완전히 교향악적이야. 어떤 면에서 그는 기악 연주자들보다도 더 오케스트라의 악기를 사랑했어. 사랑으로 오케스트라의 악기에 생명을 불어넣었지."

그녀는 나의 왼손을 오프닝 코드로 잡아 주었고, 연주를 시작하자 오케스트라의 소리가 방 안으로 들어왔다. 나는 그녀의 손을 뿌리치고 혼자서 시도했다.

"아니야. 연주를 하지 말고 지휘를 해라. 베토벤은 매우 지적인 작곡가였고, 그에게 과모니는 엄청나게 중요해."

그녀는 항상 하모니를 '과모니'라고 발음했다. 그것은 하모니라고 말하는 것보다 감정적으로 충만한 느낌을 주었다.

"이 '과모니'의 논리는 무엇일까?" 그녀는 내가 그 곡을 전체적으로 조망할 수 있도록 대충 시연을 해서 들려주었다. "하지만 논리만으로는 충분하지 않아. 모든 문장이 중요하고 모든 단어가 중요하지. 그리고 단어의 철자까지 정확해야 해."

아버지는 그녀가 하는 말을 공책에 받아 적었다.

"기억해라. 음악은 울창하고 아름다운 숲이야. 작은 나무들을 보고 즐기면서도, 항상 큰 숲을 기억해야 해!" 그녀는 두 팔을 번쩍 들어 올렸다.

나는 기가 죽었다. 그녀가 요구하는 것은 신의 전지전능함이나 다름없었다.

"사랑하는 내 제자가 지쳤구나." 그녀가 부드럽게 말했다. "물론, 베토벤은 너무 격렬해. 아마 너를 잡아먹을걸."

학교에서는 내가 공부를 잘한다는 사실을 감추기가 점점 어려워지고 있었다. 소피아와 나는 수업 시간에 너무 앞쪽이나 너무 뒤쪽에 앉지 말고 또 절대 손을 들지 않기로 약속했다. 하지만 때로 선생님들이 내 쪽을 보고 질문할 때는 대답을 하지 않을 수 없었다. 내 목소리는 본의 아니게 잘난 척하는 듯이 들렸고 나는 너무 많이 알고 있었다.

그해 애들레이드 에이스테드포드 경연대회에서는 먼젓번처럼 좋은 성적을 거두지 못했다. 하지만 학교에서는 이런저런 상장이 마구 내 품 안으로 던져졌다. 나는 그런 것들이 대수롭지 않은 척했지만 집에 오면 가방에서 상장을 꺼내 벽난로 위에 진열했다. 전국 화학대회, IBM 수학 경시대회, 남부 호주 청소년 작가상, ESSO 전국 과학 경시대회에서 상을 받았다. 내 방에 나란히 줄지어 놓은 명패들이 마치 인기상인 것처럼 보여서 기분이 좋았다.

7월에는 그해에 가장 큰 시험인 웨스트팩 수학 경시대회가 열렸다. 컴퓨터로 채점을 하는 사지선다형 시험이었다. 선생님이 시험지를 나누어 주는 동안 나는 2B 연필, 연필깎이, 지우개를 연습장 옆에 가지런히 놓고 정확하게 직각이 되도록 각도를 조절했다. 시험지는 받아서 정확하게 책상 한가운데 놓았다. 그것은 마치 나에 관한 비밀을 캐내려고 하는 설문지처럼 보였다.

"시작해도 좋아요." 시험지 넘기는 소리가 요란하게 났다. 나는 문제를 부지런히 읽어 내려가며 뾰족하게 깎은 연필로 직사각형의 답 칸에 컴퓨터가 헷갈리는 일이 없도록 정성들여 칠을 했다. 뒤로 갈수록 문제는 점점 더 어려워졌고 이해를 하려면 몇 번씩 읽어야 했다. 이런 식의 수학 응용 문제는 처음이었지만 마음을 차분하게 가라앉히고 질문에서 단서를 찾았다. 학교 안은 아주 조용하고 평화롭게 느껴졌다. 운동장은 텅 비어 있었고, 태양은 천천히 하늘을 가로질러 갔다.

"끝났습니다." 선생님이 말했고, 아이들은 시험지를 제출하고 우르르 밖으로 몰려 나갔다.

"시간만 낭비했어." 조지나가 말했다.

소피아는 맞장구를 쳤지만, 이번에 나는 아무 말도 하지 않았다.

몇 주후 채플 시간에 첫 찬송가를 부르고 나자 교감 선생님이 연설을 하기 위해 일어섰다.

"방금 아주 놀라운 소식을 들었습니다. 8학년의 한 학생이 웨스트팩 수학 경시대회에서 뛰어난 성적으로 자신과 우리 학교의 이름을 드높였습니다."

나는 얼굴이 화끈거리기 시작했다. 그것이 내가 아니기를 바라면서 또 나이기를 바랐다.

"그 학생과 아직 개인적으로 이야기할 기회는 없었지만, 남부 호주의 전체 학년에서 세 명이 메달을 받는데 그중에 애나 골즈워디가 있습니다. 애나, 어디 있죠?"

내가 손을 들었다.

"아, 그 위에 성가대석에 있군요."

전교생이 동시에 나를 올려다보았다.

"너무 멀리 있으니까, 지금 내려오라고 해야겠군요."

나는 어쩔 수 없이 일어섰다. 채플 시간에 앞으로 불려 나가는 것은 내가 상상하던 최악의 악몽이었다. '걸려 넘어지면 안 된다. 걸려 넘어지면 안 된다.' 나는 좌석을 빠져나오면서 중얼거렸다. 그런데 왜 모두들 수군거리는 거지? 아이들이 뒤에서 못된 장난을 치는 건 아닐까? 계단으로 거의 나왔을 때 9학년생 메조소프라노가 내 팔을 잡아당겼다.

"왜요?"

그 학생은 나를 자기 옆자리로 끌어당기며 말했다. "지금 내려오지 말라고 그러셨어."

전교생이 웃음을 터뜨렸다.

"정숙하세요!" 교감 선생님이 소리쳤다. "나중에 채플에서 공식적으로 소개할 기회가 있을 거예요. 애나. 지금은 한 차례의 박수로 축하해 주기로 하죠."

그날 오후 실내 체육관에서 소피아와 나는 탁자 뒤에 서 있는 9학년 스포츠 주장에게 허들에서 받은 점수를 보고했다.

"너, 머리가 꽤 좋은가 보구나." 그가 내게 말했다.

나에게서 덮개가 이미 벗겨진 마당에 굳이 아니라고 부정할 필요는 없었다.

"그런가 봐요." 내가 대답했다. 옆에서 소피아가 나를 쳐다보며 입을 딱 벌렸다.

"수학이라도 잘하니 다행이네." 그가 말했다, "허들에는 영 소질이 꽝이니까 말이야."

6장
슈베르트

"슈베르트는 절대 절대 거짓말을 하지 않아.

그는 음악 속에 살아 있어.

그의 모든 세상, 그의 모든 사랑, 그의 모든 인생이 여기 있어."

프란츠 페터 슈베르트 Franz Peter Schubert, 1797~1828, 오스트리아 작곡가

빈에서 출생. 8세 때 교회에서 기초적인 음악 지도를 받고 11세 때 국립 기숙 신학교에 들어가 작곡을 배웠다. 사범학교를 다닌 뒤, 1816년까지 아버지의 학교에서 교사로 일하던 시기에 가곡 〈실을 잣는 그레트헨〉, 〈방랑자의 밤의 노래〉, 〈들장미〉, 〈마왕〉 등을 작곡했다. 병마와 가난에 시달리면서 1823년 〈아름다운 물레방앗간의 아가씨〉, 1827년 〈보리수〉를 포함한 가곡집 〈겨울나그네〉를 발표하며 차츰 국외로도 명성이 퍼져 갔다. '가곡의 왕'이라 불릴 만큼 샘솟는 듯한 아름다운 선율에 로맨틱하고도 풍부한 정서가 담긴 600여 곡이 넘는 주옥같은 가곡을 남겼다. 이전의 고전파 시대에는 별로 주목 받지 못했던 가곡이 슈베르트에 힘입어 비로소 독립된 주요한 음악의 한 부문으로 자리를 잡았다. 베토벤이 고전주의 음악과 낭만주의 음악의 분수령에 위치한 음악가라면, 슈베르트는 음악의 어떤 형식에 얽매이지 않고 자유롭게 자신의 음악을 펼쳐 보인, 낭만주의 음악의 진정한 출발점에 서 있는 음악가라고 할 수 있다. 교향곡을 비롯한 기악곡 분야에서도 풍부한 선율과 아름다운 화음으로 고전적이고 서정적인 음악을 작곡했다. 31세의 젊은 나이로 세상을 떠났으며 유해는 본인의 희망에 따라 빈의 베링 묘지의 베토벤 무덤 옆에 안장되었다.

내가 여덟 살이었을 때 아버지는 처음으로 아리송한 제목의 책 두 권을 출판했다. 하나는 「군도」라는 제목의 단편집이고, 다른 하나는 「전도서 읽기」라는 시집이었다. 애들레이드 작가의 주간 행사가 열리고 있는 동안 남동생과 나는 건물 밖 잔디밭에서 깔깔거리며 뒹굴고 놀았다. 나는 아버지가 쓴 책에 별 흥미가 없었지만 — 시는 운도 맞지 않았다 — 우리 아버지가 유명한 사람이라는 것을 자랑하려고 「군도」를 학교에 가져갔다.

담임 선생님은 나를 자신의 무릎 위에 앉히고 그 책에 나오는 첫 번째 단편소설을 아이들에게 읽어 주기 시작했다.

만능 수리공이 옆집에 산다는 것은 결코 즐겁지 않았다. 게다가 그는 아주 부지런했다.

"당신은 그 사람을 본받아야 해요!" 아내는 내게 말하곤 했다.

그럴 때마다 나는 대답했다. "내가 보기에 그 녀석은……"

선생님은 읽기를 멈추고 난감한 표정으로 안경 너머로 나를 흘깃 쳐다보며 말했다. "욕설은 읽지 않고 넘어갈게요."

아이들이 킬킬거렸다. 선생님은 열정이 좀 식었지만 계속 읽어 내려 갔다.

아내는 그가 해 놓은 일을 볼 때마다 그냥 지나치는 법이 없었다.
"옆집 남자는 자기 집 앞에 벽돌을 깔았더군요." 아내는 나를 나무라듯 말 했다.
"그 사람이 벽돌을 깔든 화장품 아줌마를 깔고 앉든 상관하지 않겠소……."

선생님은 책을 탁 하고 덮어 버렸다. "그만 읽기로 하죠." 그녀는 애 써 밝은 목소리로 말했다. "모두들 훌륭한 아빠를 둔 애나에게 큰 박수 를 쳐 줍시다!"

그 후 오 년에 걸쳐 아버지는 꾸준히 시와 소설을 발표하면서 과대평 가를 받는 다른 소설들보다 자신이 쓴 작품들이 순수문학에 가깝다고 주장했다. 얼마 전부터 아버지는 아침마다 새로 장만한 매킨토시 128 위로 구부정하게 앉아 클로드라는 수학자가 주인공인 소설을 쓰기 시작 했다. 원고가 벽장 안에 점점 쌓여 가더니 사람 키만큼 높아졌다. 때로 아버지는 나에게 자신이 쓴 원고를 읽어 보라고 건네주었다. 그 이야기 는 애들레이드 힐튼 인터내셔널의 호텔 방 안에서 일어나는 일이 전부 였다. 클라이맥스에서 클로드는 거울 앞에서 옷을 벗고 자신의 몸에 난 사마귀를 모두 세어 본다. 나는 원고를 읽으면서 중복되거나 잘 이해가 되지 않는 부분을 연필로 표시했다. 아버지는 「에이지」 잡지와의 인터뷰에서 나를 자신의 훌륭한 편집자라고 말했다. 아버지가 나를 칭찬한 말이 기사화된 것을 보고 놀랍기도 하고 기분이 우쭐하기도 했다. 그것은 열세 살 때 나 자신이 가장 자랑스럽게 느껴졌던 일이다.

어느 토요일 오전, 피아노 이론 레슨을 받고 돌아와 아버지 서재로 어슬렁거리고 들어갔다.

"클로드는 어떻게 되어 가요?"

"너에게 보여 줄 게 있다." 그는 둘둘 만 종이를 건네주었다. "이거 한 번 읽어 봐라, 파이."

나는 원고를 받아 그 자리에서 읽기 시작했다.

그는 내 코앞에서 집게손가락을 들고 흔들었다. 그것은 두 번째 아니면 세 번째 레슨이었던 것 같다.

"이 손가락은 이기적이야. 탐욕적이고……. 범죄자야. 그는 다른 네 명의 친구들을 도둑질하고, 속이고, 거짓말을 할 거야."

"그런데 클로드는 어떻게 되는 거죠?" 내가 물었다.

"클로드에 대해서는 걱정하지 마라. 잠시 이 이야기가 어디로 가는지 보려고 하는 거니까."

나는 계속해서 읽어 내려갔다.

그는 집게손가락을 마치 등산용 칼처럼 주먹 안으로 접어 넣더니 이번에는 가운뎃손가락을 펼쳤다. "이 손가락은 착해." 그는 그 손가락으로 반복해서 중앙 C음을 두드렸다. "선생님의 귀염둥이. 선생님이 시키는 대로 하는 모범생이지."

그는 마지막으로 넷째 손가락을 펼쳤다.

"이 손가락은 친한 친구를 따라다니지, 가끔 친구에게 기대고 싶어 해."

그는 양팔을 굽혀서 들어 올렸다.

"손가락이 학생이라면, 팔꿈치는 선생님이야."

"이러시면 안 돼요!" 나는 원고를 읽다 말고 소리쳤다. 나는 아버지가 주변 사람들을 자신의 소설에 등장시킨다는 것을 알았지만 이것은 더 나빴다. 도둑질이나 다름없었다. "시반 선생님에게 허락을 받고 쓰시는 거예요?"

"걱정 마라, 파이. 다 끝내고 나서 보여 드릴 거야. 만일 끝낸다면 말이다. 사람들은 보통 책의 주인공이 되는 것을 좋아하니까 걱정하지 마라."

나는 뒤뜰로 달려가서 어머니에게 일러바쳤다. 어머니는 잠시 잔디 깎던 기계를 멈추고 차양 모자 아래서 찡그린 눈으로 나를 바라보았다.

"저런, 저런, 세상에나." 그녀는 이렇게 말하고는 기계를 다시 작동시켜서 잔디 깎는 일로 돌아갔다.

다음 레슨 시간에 나는 결코 아버지의 공모자가 아닌 것처럼, 아무 일도 없는 듯 가방에서 슈베르트의 즉흥곡 악보를 꺼내 스탠드 위에 올려 놓았다.

"슈베르트의 비극은 무엇일까?" 시반 선생님이 물었다. "두 가지를 기억해야 해. 첫째는 죽음에 대한 그의 직관이야. 그는 자신이 젊은 나이에 죽을 것이라고 예감했지. 다른 한편으로 그는 삶을 무척이나 사랑했어. 자신이 암에 걸렸다는 것을 알지만 엄마나 아빠나 훌륭한 의사가 살려 줄 거라고 믿는 어린아이처럼 말이다. 어떤 면에서 비극이라고 말하는 것은 적절하지 않을 수도 있어. 그보다는 '왜'라는 질문에 가깝지. 그의 음악은 기본적으로 슬프고 고통스럽지만 아주 가볍고 순수해."

그녀는 피아노에 놓인 상자에서 티슈를 꺼내 눈물을 훔쳤다. "슈베르트는 그 누구보다도 아름다운 노래를 작곡한 음악가라는 것을 잊지 마라. 물론 너는 '그럼, 모차르트는요?' 하고 묻겠지."

나는 고개를 끄덕였다.

"모차르트의 곡은 오페라이지만, 슈베르트의 곡은 오페라가 아니라 단지 노래일 뿐이야. 왜냐고? 아주 친밀하니까. 모든 음이 아주 개인적이야. 오로지 내 목소리만이 여기 있을 수 있지." 그녀의 얼굴이 어두워졌다. "한 가지 말해 줄게. 슈베르트는 절대, 절대 거짓말을 하지 않아. 그는 음악 속에 살아 있고, 그의 모든 세상, 그의 모든 사랑, 그의 모든 인생이 여기 있어."

그녀는 의자에서 뒤로 기대앉더니 아버지와 내게 말했다. "물론, 거짓말쟁이는 피아노 연주를 할 수 없습니다. 불가능해요. 우리는 말로 뭔가를 숨길 수 있지만, 음악으로는 숨길 수 없죠. 때로는 거짓말을 할 필요도 없어요. 그저 아무 말도 하지 않는 것으로 충분합니다."

나는 전전긍긍하면서 아버지를 바라보았다.

"도덕적인 바탕이 매우 중요합니다. 거짓말을 하면 소리가 그 즉시 죽어 버리죠!" 그녀는 다시 내 쪽으로 몸을 돌렸다. "너는 정말 운이 좋은 아이야. 저렇게 너에게 관심을 갖고 열심히 필기를 하는 아버지가 계시다니 말이다."

나는 아버지가 고백을 하기 바라면서 그를 노려보았다. 하지만 아버지는 받아쓰기를 계속했다.

"슈베르트는 천성이 아주 로맨틱하지만, 또한 베토벤의 터치를 느끼게 하지. 물론 슈베르트는 베토벤에게 많은 영향을 받았고 그를 모사했지만 내면세계는 완전히 달랐어. 베토벤이 용감한 투사이고 끊임없이 세상과 싸움을 한다면, 슈베르트는 싸움을 시작하기도 전에 항복을 하지." 그녀는 내 손가락을 잡고 피아노에서 슈베르트의 음 하나를 끌어냈다.

"마치 바늘에 찔리는 것 같지?" 그 소리는 달콤함과 함께 뭔가 어두운 느낌이 있었다. "슈베르트는 베토벤보다 백만 배 로맨틱하고 백만 배 친절해. 슈베르트 음악의 선율은 철저하게 낭만적이지만 형식과 구조는 아주 고전적이야."

그녀는 악보를 넘겨 A플랫의 즉흥곡을 펼쳤다.

"A플랫 단조 화음으로 시작하는 거야. 연주를 하면서 귀를 기울여 잘 들어야 해. 이 화음 안에는 놀라운 이야기가 있단다. 아주 감성적인 이야기지. 그리고 동시에 리듬에 대해, 그리고 소리의 울림에 대해 생각해야 한다."

그녀가 연주하는 소리들이 나의 시야 안으로 들어왔다 나갔다 하면서 손짓을 하며 나를 불렀다. 나는 그녀의 세계 속으로 들어가는 길을 찾아

헤맸지만 허사였다. 레슨을 끝내고 나올 때 나는 그녀의 얼굴에서 나만큼이나 지친 기색을 볼 수 있었다.

"이번 주에는 귀 기울여 듣는 연습을 하겠다고 약속해, 알았지? 피아노 연주는 우리가 말을 하는 것처럼 자연스러워야 한다. 우리가 말을 할 때 어떻게 하지? 단지 입과 혀를 움직이는 것이 아니지! 절대! 비전을 전달해야 하는 거야."

나는 그러겠다고 약속했지만, 집에서 연습할 때는 듣는 것보다 연주하는 것이 더 쉬웠다. 결국 자포자기한 심정으로 즉흥곡의 삼중주 파트를 팔이 아플 때까지 반복하다가 나 자신과 슈베르트가 불쌍해서 흐느껴 울었다.

"아니야." 그다음 주에 그녀가 말했다. "슈베르트는 절대 감상적이지 않다. 절대로!" 그녀는 슈베르트의 소리로, 장조와 단조 사이의 그 절묘한 영역으로 다시 나를 데리고 갔다. 나는 거짓과 의심, 태만함에서 벗어나 그 소리 안에 언제까지나 머물러 있고 싶었다.

나는 펨브로크의 여학생이 되겠다는 포부를 접고 대신 예술가가 되기로 마음을 먹었다. 운동장에 나가면 마치 뭔가에 홀린 사람처럼 머리를 갸우뚱하고 꿈꾸는 듯한 표정으로 테니스공을 경계하며 어슬렁거렸다. 사실 나는 머릿속으로 끊임없이 피아노를 연주했다. 그것은 주변에서 일어나는 사건들이 주는 충격에서 나 자신을 보호하는 효과가 있었다. 우리 학년에서는 남학생 세 명이 대마초를 거래하다 정학을 당했는데 좀 더 조사를 해 보니 그들이 만든 대마초는 라벤더와 로즈메리를 섞은 것으로 드러났으며, 니나가 주말 파티에서 샘에게 오럴 섹스를 했다는 소문이 돌았다.

쉬는 시간에 나는 소피아와 잔디밭에 앉아 매점에서 산 초콜릿 스프레드를 작은 플라스틱 숟가락으로 퍼먹고 있었다.

"니나에 대한 소문이 정말일까?" 내가 소피아에게 물었다.

소피아가 어깨를 으쓱했다. "아마 거짓 소문일 거야."

우리는 잠시 말없이 먹기만 했고, 나는 다른 할 말을 생각했다.

"우리 아버지는 연말에 새로운 소설집을 발표할 거야. 그리고 브리스베인 그래머 고등학교에서 거주 작가로 초청을 받으셨어."

"아버지는 누구나 있어." 그녀가 톡 쏘아붙였다. "단지 시도 때도 없이 아버지 얘기를 하지 않을 뿐이지."

소피아는 내가 어린아이처럼 아버지 자랑이나 하는 것으로 생각하는 것일까? 이 세상에는 나를 이해해 주는 사람이 아무도 없는 것일까? 나는 말없이 풀잎 하나를 뜯어서 멍하니 들여다보았다. 어느새 슈베르트의 즉흥곡 G플랫 장조가 내 머릿속에서 시작되었다. 그 곡이 끝났을 때 쉬는 시간도 끝났다.

"슈베르트는 어떤 면에서 가장 불행한 작곡가였어." 시반 선생님은 말했다. "그는 불행한 삶을 살았어. 돈도 없었고, 이름을 날리지도 못했고 인정도 받지 못했어. 물론 그에게는 음악에 대한 뚜렷한 비전이 있었지. 그는 음악이 영원하다는 것을 알고 있었어. 하지만 그는 음악에서 자기주장을 하지 않았다는 점은 매우 흥미로워. 누구나 그의 노래를 부르거든. 그가 누구인지도 모르면서 말이다. 그는 일생에 단 한 번 콘서트를 했는데 그날 무슨 일이 일어났을까?"

"무슨 일이 있었는데요?"

"위대한 바이올리니스트인 파가니니가 비엔나에 온 거야! 그리고 사람들은 당연히 파가니니의 콘서트로 몰려갔지. 그리고 또 다른 게 있었어……." 그녀는 목소리를 낮추었다. "잘은 몰라도 그는 아주 못생긴 남자였단다."

그즈음 나는 외모에 대한 열등감에 시달리는 중이었다. 사춘기는 내 얼굴을 여드름으로 망쳐 놓았을 뿐 아니라 내 몸을 해체해서 엉터리로 조립을 하고 있는 듯했다. 나는 항상 키가 컸지만 보기 흉할 정도로 지나치게 커졌다. 내가 구부정한 자세로 걸어갈 때 자동차들이 경적을 울리는 일은 더 이상 없었다. 저녁에는 내 몸이 어떻게 변했는지 보고 싶지 않아서 내 눈을 피해 후다닥 옷을 갈아입었다. 나는 아직 여성스러움을 강조하는 듯한 퉁퉁한 넓적다리와 튀어나온 엉덩이를 받아들일 준비가 되어 있지 않았다.

하루는 어머니가 자신이 다니는 고급 미장원에 나를 데리고 갔다. 거기서 내 머리를 라이자 미넬리(미국의 가수이며 여배우 – 옮긴이)처럼 커트를 해서 귀밑으로 머리카락을 늘어뜨렸는데 여드름투성이 얼굴이 더욱 두드러져 보이는 듯했다. 하루는 아버지가 새로운 단편소설집의 출판기념회를 위해 쓴 연설문을 내게 보여 주었다. 나는 펜을 들고 열심히 교정할 곳을 찾다가 다음과 같은 글을 만났다.

나는 요즘 여드름이 진화론적으로 도움이 된다는 생각을 하고 있습니다. 여드름이 사춘기 아이들을 못생기게 만들어서 부모들이 그들을 집에서 내보내는 서운함을 견디기 쉽게 해 주니까요.

나는 원고에 아무 표시도 하지 않고 아버지에게 돌려주면서 말했다. "잘 쓰셨어요."

그날 저녁, 나는 어머니에게 그 내용에 대해 아버지에게 한마디 해 달라고 부탁했다. 물론 나는 이제 그런 이야기에 상처받을 정도로 철이 없지는 않았다. 내가 아버지의 훌륭한 편집자라는 사실은 세상이 알고 있었다. 다만 아버지가 출판기념회에서 여드름투성이 딸이 옆에 서 있는데 그런 연설을 한다면 모두들 난처해할 것 같았다.

"그건 그저 농담일 뿐이야, 파이." 아버지가 밤에 내 방에 들어와서 말했다. "사람들은 그 말을 진지하게 받아들이지 않을 거야. 그냥 웃자고 하는 이야기니까."

결국 그는 출판기념회에서 그 이야기를 했고 여기저기서 짧은 웃음이 터졌다. 아무도 나를 쳐다보지 않았지만 내 얼굴은 여드름 뒤에서 빨갛게 달아올랐다.

아버지가 손가락에 대해 묘사한 글은 점차 소설의 형태를 갖추기 시작했고 클로드가 주인공인 소설은 벽장 안에 손을 대지 않은 채로 남아 있었다.

"소설은 어차피 완성이 없는 거야." 그가 설명했다. "단지 어떤 단계에서 버려두는 거지."

때로 주말에 나는 아버지를 따라 애들레이드 대학의 도서관에 가서 레셰티츠키의 계보에 대해 읽었다. 듀이 십진법 체계 786.2의 어둑한 서고에서 아버지와 함께 책을 읽는 시간은 언제나 행복했다. 그 작은 공간 안에서는 피아노 연주가 이 세상 모든 사람들의 주요 관심사인 것처럼 느껴졌다.

나는 해럴드 C. 숀버그가 쓴 「피아노의 거장들」을 포함해서 몇 권의 책을 빌렸다. 숀버그의 확신에 찬 어조는 쉽게 읽혔고 전설적인 피아니스트들을 마치 우리가 서로 아는 친구들인 것처럼 이야기하는 방식이 마음에 들었다. 그중에서도 피아노 앞에 앉아 긴장을 풀고 '사용하지 않는 근육들의 힘을 빼라고' 강조한 레셰티츠키의 이야기가 흥미로웠다. 아르투어 슈나벨은 '레셰티츠키는 표현의 진실성을 강조했으며, 진실이라고 믿는 것에서 한 치도 벗어나거나 위반하는 것을 참지 못했다.'라고 회고했다. 거짓말쟁이는 피아노를 연주할 수 없다는 시반 선생님의 말이 기억나면서 내가 거장들의 철학을 그녀를 통해 이어받고 있다는 것을 알았다.

레슨을 하러 가면 종종 케이트 스티븐스가 먼저 와 있었다. 케이트가 연주를 할 때 시반 선생님은 상기된 표정으로 흥얼거리거나, 손 모양을 바로잡아 주거나, 변화를 주어 시연을 해 보였다. 건반에서 멀리 떨어져 소파에 앉아 있을 때면 선생님이 요구하는 것을 좀 더 분명하게 이해할 수 있었다. 그리고 그녀가 내는 소리마다 특별한 설득력이 있는 것을 알 수 있었다.

"그렇지! 그런데 이 F는 어디로 가야 할까?"

케이트는 틀려도 풀이 죽는 법이 없었다. "B 플랫이요."

"그렇지. 훨씬 나아졌다. 하지만 아직 왼손이 치는 것을 충분히 듣고 있지 않아. 왼손은 좀 더 멀리, 좀 더 떨어져 있어야 해. 함께 참여하지 않는 것이 아니라, 서로에게 피해를 주지 않도록 조심하는 거지." 그녀는 몸을 돌려 아버지에게 말했다. "아시다시피, 때로는 너무 많은 도움을 주는 것이 오히려 해로울 수도 있습니다."

케이트는 다시 시도했다.

"훌륭해!" 시반 선생님은 다시 돌아앉으면서 외쳤다. "우리는 언제나 두 가지 방식으로 발전해야 한다. 그렇지?"

"네." 케이트가 말했다. "노예와 주인으로요."

"그렇지, 노예가 되어서 음악의 장식과 정보에 완전히 숙달해야 해. 한편, 주인이 되는 것은 우리 몸에 새로운 수문을 여는 거야. 음악의 주인이 되어서 자신만의 호흡을 갖고 시야를 넓혀야 한다."

레슨이 끝나자 케이트는 일어서서 허벅지 뒤에 붙은 스커트를 떼어냈다. "한 번도 쉬지 않고 네 시간이나 연습했어요." 그녀가 활짝 웃으며 말했다.

"정말, 그렇게 오래 했나?" 시반 선생님이 말했다. "물론 연습을 열심히 하면 시간 가는 줄 모르는 법이지."

시반 선생님이 케이트를 배웅하는 동안 나는 피아노 의자로 옮겨 앉으며 방금 어깨 너머로 배우고 이해한 것이 머리에서 떠나지 않기를 바랐다. 하지만 건반을 마주하고 앉자 다시 악기를 연주하고 소리를 내는 데 온통 정신이 팔렸다. 슈베르트 즉흥곡 A 플랫 장조를 치기 시작하자마자 시반 선생님이 외쳤다.

"아니야. 너는 지금 소리를 듣지 않고 있어. 그리고 소리를 높이려면 새끼손가락을 자유롭게 움직여야 한다."

나는 케이트처럼 틀려도 주눅이 들지 않고 꿋꿋하게 계속했다.

"아니야. 이 악상은 달라. 계속 소리의 울림과 내부의 박자에 귀를 기울여야 해!"

잠시나마 나는 그녀가 말하는 의미를 이해하고 파도를 타듯 16분 음표를 연주했다. '마음으로 듣는' 자유가 느껴졌다. 그렇게 듣는 방식을 약간 바꾸었는데 놀랍게도 기술적인 문제가 해결되었다.

"바로 그거야! 여러 가지 재료들을 적절하게 사용해서 맛있는 케이크를 만드는 것과 같은 거지. 이번 주에 귀를 기울이는 연습을 하겠다고 약속해 줄래? 연주를 하면서 들어야 해."

나는 알았다고 말했지만 집에 오자 마음먹은 것과는 달리 연주는 다시 단조롭고 기계적이 되었다. 결국 피아노를 닫고 「피아노의 거장들」을 집어 들었다.

레세티츠키는 오래 연습하는 것이 무조건 유익하다는 생각은 잘못이라고 주장했다. 그는 학생들이 하루에 6~8시간씩 연습하는 것을 질색했다. "그렇게 오래 하다 보면 기계적인 연주가 될 수밖에 없고, 그런 연주에 나는 관심이 없다. 단지 자신의 연주에 귀를 기울이고 모든 음을 비판적으로 들으면서 연습할 수 있다면 누구나 두 시간, 길어야 세 시간 정도로 충분하다."라고 그는 말했다.

아마 두세 시간이 아니라, 제대로만 한다면 삼십 분으로 충분할 수도 있지 않을까? 나는 하루이틀 연습을 하지 않고 피아노에 대한 책을 읽기로 했다. 만일 정신을 집중해서 연습을 한다면 내 나름의 방식으로 콘서트 피아니스트가 될 수 있는 방법을 찾을 수 있을 것 같았다.

7장
모차르트

"모차르트가 사는 계절은 항상 봄이야.
우리 삶에서 봄은 어떤 것일까? 희망, 꽃봉오리, 기대,
여린 잎사귀들, 모차르트는 그 모든 것으로 가득해!"

시반 선생님 댁에서 레슨을 하는 동안 우리를 둘러싸고 있던 방은 조금씩 변해 갔다. 보는 각도에 따라 색이 변하던 핑크색 벽은 우아하고 부드러운 크림색으로, 낡은 호두나무 피아노는 커다란 야마하 그랜드 피아노로 바뀌었다. 책꽂이 위에 놓인 피아노 미니어처들이 해마다 점점 더 늘어나 아래쪽 선반까지 내려왔다. 그리고 나중에는 방 자체를 확장해서 새 양탄자를 깔고 작은 샹들리에 두 개를 달았다. 다른 것들은 그대로 남았다. 벽에는 내가 지쳤을 때 흘깃거리고 쳐다보는 기하학적 모양의 빨간 시계가 걸려 있고, 벽난로 위에는 쇼팽의 은판 사진이 놓여 있었다. 피아노 위쪽에는 시반 선생님이 열여덟 살에 국제 대회에 참가해서 찍은 사진이 걸려 있었는데 대리석처럼 희고 매끄러운 피부를 하고 맹렬한 눈빛으로 도도하게 방 안을 내려다보고 있었다.

"무대가 안방처럼 느껴져야 해." 그녀는 종종 나에게 상기시켰다. 나는 해마다 그녀의 거실에서 피아노 시험을 보면서 그 말을 이해하게 되었다. 카드 테이블 앞에서 후룩거리며 차를 마시는 시험관의 존재가 낯설기는 하지만 장난감 피아노들이 작은 친구들처럼 서 있고 위풍당당한 표정의 선생님 사진이 내려다보고 있는 그 방에서는 편안한 마음으로 연주할 수 있었다. 시반 선생님은 내게 불필요하다고 생각하는 시험은 뛰어넘게 했고, 점수는 A와 A플러스 사이를 오락가락했다. 열세 살이 되었을 때는 마지막으로 준학사 학위가 주어지는 8급 시험을 남겨 두고 있었다.

8급 시험에 통과하려면 모든 음계에 숙달해야 하고 공식적으로 지정된 장소인 플린더스 스트리트 음악원에서 시험을 봐야 했다. 토요일 오후, 그곳은 춥고 음산했다. 시반 선생님의 집에 있는 장난감 피아노들과 샹들리에의 흔들리는 불빛이 그리웠다. 응시생들이 가방을 들고 분주히 움직이거나 닫힌 문 뒤에서 연습을 하고 있었다. 나도 연습실에 들어가 감기로 계속 코를 훌쩍거리며 'A 플랫 선율 단음계 제6음 스타카토'를 연습했다. 평소에는 연주를 시작하기 전에 음계의 전체적인 지형과 자취를 건반 위에서 볼 수 있었다. 하지만 낯선 환경에서 내 마음속 지도는 사라져 버리고 시작부터 F와 G 주변을 머뭇거렸다. 다시 시도했지만 내려가다가 또 실패했다. 뒤에 앉아 있는 아버지는 초조한 듯 계속 목젖의 피부를 잡아당겼다.

"제발 그거 그만 좀 하실래요?"

그가 손을 놓자 늘어난 목 피부가 다시 제자리로 돌아갔다.

사무원이 문을 노크했다. "심사위원이 기다리십니다. 골즈워디 양."

나는 피아노 덮개를 덮고 그를 따라 시험장으로 들어갔다. 커다란 회전문을 열고 들어갈 때 아버지가 속삭였다. "잘해라, 파이." 늘어지고 잔주름으로 덮인 그의 목을 보니 문득 안쓰러운 마음이 들었다. 나는 애써 외면을 하고 안으로 들어갔다.

반달 모양의 안경을 쓴 심사위원이 플라스틱 탁자를 앞에 놓고 내 앞에 있는 뵈젠도르퍼 피아노처럼 육중한 몸집으로 떡하니 앉아 있었다. 그는 오르간 연주자였는데, 바흐를 잘 친다는 평가를 종종 듣는 나로서는 좋은 징조였다.

"편안하게 연주하세요." 그는 끙끙거리며 신음하듯 말하고 나서 다시 앞에 놓인 서류를 들여다보았다.

나는 익숙하지 않은 악기 앞에 앉았다. 베이스 음이 네 개가 더 많은 커다란 피아노가 나를 향해 쓰러질 듯 아찔하게 기울어져 있었다.

"준비가 되면 시작하세요."

바흐의 전주곡과 푸가를 시작하자마자 콧물이 흐르기 시작했다. 악보를 훑어보며 손수건으로 코를 훔칠 수 있는 기회를 찾았지만 푸가가 시작되기 전까지는 그럴 시간이 없었다.

"수고했어요." 연주가 끝났을 때 그가 짧게 말했다.

나는 다시 코를 풀고 나서 건반을 응시하며, 모차르트로 만회를 해야겠다고 생각했다. '모차르트가 사는 계절은 항상 봄이야. 우리 삶에서 봄은 무엇일까? 희망. 꽃. 기대. 여린 잎사귀들. 모차르트는 그 모든 것으로 가득해!'

추운 겨울에 삭막한 건물 안에서 봄을 상상한다는 것은 쉽지 않았다. 나는 마음속에서 최대한 봄기운을 끌어내 소리에 불어넣었고, 피아노는 그 소리를 확대해서 다시 내게로 돌려보냈다. 모차르트가 끝났을 때 추위는 사라진 듯했다. 음악이 주는 활력에 힘을 얻어 계속해서 슈베르트와 코플랜드(1900~1990 미국의 작곡가)를 연주했다. 심사위원은 몇 가지

음계를 쳐 보라고 하고 고개를 끄덕이더니 갑자기 시험이 끝났다고 말했다.

나는 회전문을 열고 나가 긴장을 늦추지 못하고 있는 아버지를 안심시켰다. "친절한 사람 같던데요."

그다음 주 수요일 성가대 연습을 마치고 집에 돌아와 보니 주방 의자에 개봉하지 않은 봉투가 나를 기다리고 있었다. 아버지는 말레이시아에서 열리는 시인 협회에 참가하기 위해 짐을 꾸리다가 방에서 나왔다. "네게 편지가 왔더구나."

나는 냉장고로 가서 오렌지 주스를 컵에 따랐다.

"안 열어 보니?" 어머니가 물었다.

우리 부모님은 왜 이리 호들갑일까? 나는 봉투를 움켜쥐고 식당으로 가져갔다. 그 안에 있는 결과에 흠이 가지 않도록 아주 조심스럽게 개봉하는 것이 중요했다. 의자들을 탁자 주위에 똑바로 놓고 나서 컵에 담긴 오렌지 주스를 소수인 열한 모금으로 나누어 마셨다. 그리고 봉투를 식탁 한가운데에 직사각형의 식탁과 완벽하게 평행이 되도록 올려놓고 마음의 준비를 했다. 물론 A 플러스라면 더 이상 바랄 것이 없었지만 A라고 해도 실망하지 않기로 했다. 그래도 봉투를 열고 평가표를 꺼낼 때 가슴이 두근거렸다.

내가 비명을 질렀는지는 모르겠지만 갑자기 부모님이 식당으로 뛰어 들어왔다.

평가표 아래 왼쪽 구석에 있는 네모 칸에 커다란 두꺼비가 웅크리고

있는 것처럼 보이는 글자가 씌어 있었다. 'C.'

"이건 말도 안 돼!" 아버지가 외쳤다. 그는 봉투 앞면에 씌어 있는 내 이름과 지원자 번호를 보고 또 보았다. 평가표 왼쪽에 세로로 씌어 있는 레퍼토리 목록도 확인했다. 바흐, 모차르트, 슈베르트, 코플랜드. 그리고 그 옆에 알아보기 힘든 글씨체로 짧은 심사평이 실려 있었다.

'실망스러움. 개선이 필요함. 전반적으로 성공적이지 못했음.'

나는 C 자를 들여다보면서 혹시 A를 이상하게 쓴 것이 아닌지 생각했지만 아무리 보아도 분명 C였다. 그 글씨가 심사위원의 모습과 합체가 되면서 육중한 무게로 나를 깔고 앉는 것처럼 숨이 막혀 왔다.

"자, 애야, 이건 단지 한 사람의 의견일 뿐이야." 어머니가 내 어깨에 팔을 두르면서 말했다.

나는 어머니를 밀어냈다. 어머니는 알면서 모르는 체하는 건가? C라는 점수는 명목상으로는 합격을 의미했지만 준학사 학위를 받기 위해서는 적어도 B를 받아야 했다. 나는 B를 받는 것도 상상하지 않았다. 그런데 C를 받다니. 그것은 내 앞길을 가로막는 것이나 다름없었다. 공식적인 국가 기관인 호주 음악평가원에서 사형 선고를 받은 것이다. 에이스테드포드 대회에서도 상을 받지 못한 적이 있지만 탈락자 서른 명 중에 한 명이 되는 것은 그렇게 망신스럽지 않았다. 하지만 이번에는 영원히 C라는 낙인이 찍힌 실패자가 된 것이다. 나는 흐느껴 울기 시작했다. 동생들이 미닫이 유리문 밖에서 서성거리며 걱정스러운 표정으로 안을 들여다보았다.

"이럴 수가!" 아버지는 방을 왔다 갔다 하며 말했다. "이게 무슨 날벼락이야. 쿠알라룸푸르의 어두운 골목에서 그 심사위원을 만나면 혼쭐을 내줄 텐데."

나는 아버지가 한 말에서 위안을 찾을 수 있는지 가늠해 보느라고 잠시 멈추었다가 다시 울기 시작했다. 하지만 그 와중에도 내가 C를 받을 수밖에 없었던 이유가 있을 것이라고 생각했다. 지난 일들이 생각났다. '애나는 콘서트 피아니스트가 되지 못할 것'이라는 시반 선생님의 말을 시작으로 지금까지 내게 좌절을 안겨 주었던 일들이 주마등처럼 뇌리를 스쳐갔다.

"있을 수 없는 일이야." 시반 선생님은 그 평가표를 보고 말했다. "전화로 소식을 들었을 때는 사실 나도 깜짝 놀랐어. 하지만 이 일에서 네가 배워야 하는 가장 중요한 교훈은, 결과에 매달리지 말아야 한다는 거야."

그녀는 내 손에서 평가표를 받아 훑어보았다. "대체로 그는 악의적인 사람은 아니다. 절대. 그는 단지 오르간 연주자일 뿐이고 피아노를 이해하지 못하는 거야. 그런데 이게 무슨 말일까? '실망스럽게 수월하다'라는 뜻이 뭐지?"

"그 사람은 제가 모차르트를 너무 쉽게 친다고 생각한 거예요."

"바로 그거군!" 그녀는 의기양양하게 말했다. "이제 이유를 알겠구나. 그 사람은 모차르트를 전혀 이해하지 못하는 거야. 자기가 오르간을 연주하듯이 네가 피아노를 치기를 바랐던 거지."

그녀는 오르간의 왼손 연주법을 흉내 내면서 모차르트 소나타의 오프닝을 치기 시작했다. 그러다가 갑자기 그녀 자신의 활기 넘치는 피아노 연주로 넘어가 나의 실패를 춤으로 날려 보내고 노래로 지워 버렸다.

"이게 진정한 모차르트야." 그녀가 소리 내어 웃었다. "모차르트는 아주 인간적이란다. 무엇보다 그는 사람, 자신을 둘러싼 사람들을 사랑했어! 그리고 물론 젊은 소프라노, 레지에로 소프라노(밝고 경쾌한 목소리로 노래하는 소프라노 – 옮긴이)를 좋아했지. 왜? 작은 꽃봉오리들이 활짝 피어오르는 광경을 상상하게 해 주니까."

그녀는 다시 진지한 표정을 하고 내게 말했다. "아버님이 무척 화를 내시며 항의 편지를 보내겠다고 하시기에 내가 그러지 마시라고 말렸어. 쓸데없이 적을 만들 필요가 없다고. 내년에 다시 시험을 보면 된다고. 그건 어려운 일이 아니야. 우리에게는 레퍼토리가 얼마든지 있으니까. 그리고 다음 주 콘서트에서 아름다운 연주로 모차르트의 참모습을 보여 주기로 하자."

일주일 후 나는 마지못해 리허설을 하기 위해 엘더홀 무대에 올라갔다. 나는 다시 말 등에 올라타고 마음속으로 소리쳤다. '힘내자!'

엘더홀에는 드문드문 학생들이 앉아 있었을 뿐 대부분 비어 있는 푹신한 붉은색 좌석들이 심사위원처럼 조용히 나를 노려보고 있었다. 자기 회의라는 무거운 짐을 지고 만들어 내는 소리들은 빈 좌석에 부딪쳤다가 밑으로 가라앉아 양탄자 속으로 스며들었다. 나는 시반 선생님이 무대 위로 올라와 잘못을 바로잡아 주기를 기다렸지만 그녀는 객석에 계속 남아 있다가 내가 다가가자 우아하게 박수를 쳤다.

"전반적으로 그다지 나쁘지 않았어." 그녀가 말했다. "물론 좀 더 귀 기울여 들어야 해. 예를 들어, 프레이즈의 끝에서 멈추면 안 돼. 항상 구두점이 어디 있는지를 기억해야지." 그녀는 보조개가 파이는 통통한 손으로 자신의 무릎을 건반 삼아 두드리며 머릿속에서 들리는 소리에 눈을 빛냈다.

"모차르트에게는 여러 가지 미소가 있지. 그의 음악은 비극적인 삶속에서도 놀라울 정도로 낙천적이야. 왜? 음악을 완성하기 위해 고민할 필요가 없었으니까. 그냥 떠오르는 악상들을 악보에 옮기기만 해도되었지. 하지만 무엇보다 그의 삶은 그 자체가 사랑이었기 때문이야. 그러니까 중요한 것은 무대를 즐기는 거야. 음악을 함께 나누는 게 중요해."

나는 그녀가 나를 위로하고 있다는 것을 알고 수치심에 울기 시작했다. 그녀는 자리에서 일어나 객석을 향해 돌아섰다. "애나는 아주 위대한 교훈을 얻었습니다. 가장 중요한 교훈이죠! 음악은 항상 성숙한 내면에서 나온다는 것입니다. 이것을 깨닫는 것이 눈에 보이는 결과보다훨씬 더 중요하죠." 그녀는 나를 감싸 안고 내 머리카락에 입을 맞추었다. "난 네가 무척 자랑스럽다!"

그녀의 학생들은 내키지 않는 동정심에서 내게 박수를 보냈다. 나는 양해를 구하고 그곳에서 나와 어머니와 만나기로 한 장소로 갔다. 누군가 내 뒤를 따라오는 것 같아서 돌아보니 케이트 스티븐스였다. 그녀의 귀에서 금귀고리가 햇빛에 반짝거렸다. 학기말 고사를 보고 나서 그녀는 여학생의 모습을 벗고 좀 더 성숙하고 화려한 모습을 보여 주려는 것 같았다.

"괜찮니?" 그녀가 물었다.

"괜찮아요."

그녀는 잠시 말없이 내 옆에서 걸었다. "시험에 대해 들었어. 뭐라고 할 말이 없네. 어처구니가 없다는 말밖에."

"걱정하지 마세요. 상관없어요."

"그래야지. 시반 선생님 말씀처럼, 결과에 너무 매달리지 마."

내가 그렇게 할 수 있는지는 자신이 없었다. "학교 시험은 끝났어요?"

그녀가 활짝 웃었다. "음, 모두 끝났어! 이제 내가 원하는 만큼 피아노 연습을 할 수 있어!"

그녀는 목소리를 낮추고 말했다. "학교에 다닐 때는 겨우 네 시간씩 연습을 할 수 있었어. 이제 하루 종일 피아노만 칠 수 있어서 행복해."

나는 정말 그럴까 의심스러웠다. 정말 하루종일 피아노만 치고 싶을까?

"집에 그랜드 피아노가 있어요?"

"응. 하지만 크게 다른 건 잘 모르겠어. 어쨌든, 너의 모차르트는 훌륭했어, 내일 저녁에 잘해 봐."

그녀는 긴 머리카락을 흩날리며 연습을 하기 위해 엘더홀로 돌아갔다. 케이트가 연습을 그렇게 많이 한다니 놀라웠다. 그녀는 연습 시간에 대해 레셰티츠키가 한 말을 모르고 있는 걸까? 기계적이 되는 것을 걱정하지 않는 것일까?

"잘하고 있는 거지?" 차 안에서 생각에 잠겨 있는 내게 어머니가 물었다.

하지만 케이트의 연주는 기계적인 것과 거리가 멀었다. 자유롭고 과감하고 흥겨웠다.

"리허설은 어땠어?" 내가 8급 시험을 망친 후로 부모님은 지나치게 내 눈치를 보고 있었다.

"잘했어요. 걱정 마세요."

물론 시반 선생님은 내가 처음 그녀에게서 배우기 시작했을 때 매일 두 시간 정도 연습을 하라고 했지만, 나는 그 말을 단지 권장하는 의미로만 여겼다. 게다가 요즘에는 연습을 하는 대신 음악에 대한 책을 읽으면서 보내는 시간이 길어졌다. 주초에 읽은 피아니스트 루이스 켄트너의 책에는 다음과 같은 글이 있었다.

피아니스트들은 세 가지 부류로 나눌 수 있다. 많은 연습을 하고 그렇다고 인정하는 사람, 많은 연습을 하면서 그것을 부정하는 사람, 그리고 연습을 하지 않으므로 피아니스트가 아닌 사람.

나는 이 글을 무시해 버렸다. 위대한 레셰티츠키가 옳다고 생각했다.

하지만 만일 켄트너가 옳다면 어떻게 하지? 얼마나 더 연습을 해야 하는 걸까?

시반 선생님은 나에게 연습 시간을 늘리라고 강요하지 않았다. 대신 그녀는 매주 참을성 있게 나를 지도하면서 귀를 기울여 들으라고 강조했을 뿐이다. 하지만 그녀와 오 년을 함께하는 동안 내 연주는 비약적으로 발전했다. 나는 이제 케이트처럼 될 수 있을 것이라고 생각했다. 뭔가를 간절히 원하면 그것을 얻을 것이다. 피아니스트가 되겠다는 꿈을 위해 이미 많은 것을 희생하지 않았는가! 학교에서 왕따가 되는 것도 감수하지 않았는가!

집에 돌아가자마자 나는 어머니가 끓여 주는 차도 마다하고 곧장 피아노 앞으로 달려가 저녁을 먹기 전까지 한 시간 반 동안 연습을 했다. 시반 선생님이 멈춤과 구두점에 대해 이야기한 것을 기억하려고 노력하며 모차르트를 연주했다.

저녁밥도 허겁지겁 먹고 일어났다. "먼저 일어나도 돼요?"

"열심히 하는구나." 어머니가 말했다.

"열심히 해야 해요." 내가 차근차근 설명했다. "케이트 언니는 학교에 다니면서 하루 네 시간씩 연습했대요. 하지만 물론 그 언니는 그랜드 피아노가 있고, 그래서 더 쉬울 거예요."

부모님이 미안해하는 표정을 지었으므로 나는 곧 내가 한 말을 후회했다.

"영화사에 내 소설의 저작권을 팔게 되면 그랜드 피아노를 사야겠다." 아버지가 말했다.

"그리고 큰 집으로 옮겨야겠구나." 엄마가 말했다. "에드워드 스트리트에 있는 그 빌라 같은 곳으로. 그러면 우리가 원하는 것은 뭐든지 들여놓을 수 있는 공간이 생길 거야."

"실내 자전거 트랙을 만들어요." 남동생이 소리쳤다.

"토끼도 길러요!" 여동생도 끼어들었다.

한 주가 흐르는 동안 패배감은 자포자기로 변했다가 다시 결연한 의지로 바뀌었다. 이제 그 누구도 나를 멈추게 할 수 없다고 다짐했다.

금요일 저녁, 엘더홀의 무대 뒤에서 관객의 웅성거림을 들으며 나는 그들에게 모차르트를 소개하기 위한 마음의 준비를 했다. 무대 위로 나가자 부모님과 남동생과 여동생, 할아버지 할머니가 거의 한 줄을 차지하고 나를 열렬히 응원하고 있는 것이 보였다. 나는 그들의 뜨거운 성원에 보답해야 한다는 책임감을 느꼈다.

하지만 모차르트를 연주하면서 나는 이런저런 부담감을 잊고 더없는 자유로움을 느꼈다. 그 연주는 시험이 아닌 콘서트를 위한 것이었다. 얼마 안 있으면 크리스마스이고 방학이 되면 마음껏 피아노 연습을 할 수 있을 것이다. 성가시지만 나를 사랑하고 지원하는 가족이 거기 와 있었다. 그리고 나는 손에 닿는 것은 모두 노래로 만들었다는 모차르트를 연주하고 있었다. 내가 느끼는 기쁨은 소리로 변해서 관객들에게 감사를 전달하고 내가 지금까지 경험한 일들을 이야기했다.

그것은 진정한 모차르트는 아니었을지 모르지만 오르간 연주자의 모차르트는 아니었다. 엘더홀은 안방은 아니었지만 무덤도 아니었다.

그 순간 엘더홀은 고귀한 생명들을 태우고 있는 거대한 노아의 방주가 되었다. 그 안에서 우리는 음악에 실려 영원히 떠다닐 수 있을 것 같았다.

8장
쇼팽

"쇼팽은 피아노를 무한히 신뢰했지.

그와 피아노 사이에는 어떤 서먹함도 없었어. 아주 친밀했으니까.

이렇게 두 손을 완전히 맡기고 피아노를 끌어안은 거야."

프리데릭 쇼팽 Fryderyk Chopin, 1810~1849, 폴란드의 작곡가, 피아니스트

바르샤바에서 출생. 아버지는 프랑스인으로 바르샤바 육군학교에서 교사로 일했고 어머니는 폴란드의 명문 귀족 출신이었다. 어려서부터 피아노 연주에 뛰어난 재능을 보였고, 1822년에 바르샤바 음악원에 입학하여 러시아 황제 앞에서 피아노를 연주하고 찬사를 들었다. 여름방학은 시골에서 보내며 폴란드의 민속음악을 접할 수 있었다. 1830년 프랑스와 이탈리아를 여행할 때 폴란드에서 혁명이 일어났으며 1831년 러시아군에 의해 혁명이 실패했다는 소식을 듣고 크게 실망했다. 마리 다구 백작 부인이 주최한 파티에서 여류 문학가인 조르주 상드와 만나 사랑에 빠진다. 상드는 쇼팽의 지병에 신경을 쓰며 모성애적 애정으로 그를 돌봐주었고 두 사람의 관계는 십여 년이나 계속되었다. 그 후로 계속 건강이 나빠졌지만 경제적인 문제 때문에 1848년 영국으로 건너가 연주회를 열었다. 파리로 돌아간 후 건강 상태는 더욱 악화되어, 개인 교수 이외의 활동을 할 수 없게 되었고, 이듬해 가을 세상을 떠났다. 그의 무덤에는 그가 바르샤바를 떠날 때 선물로 받은 폴란드의 흙이 뿌려졌다. 주요 작품으로 가곡과 첼로 소나타, 피아노 3중주곡 등도 있으나, 무엇보다 약 200곡에 이르는 피아노곡이 중요하다. 리듬이나 프레이징에서 당시로서는 상당히 자유로운 구조를 쓰고 있으며, 또 화음에서도 불협화음과 반음계주의를 사용하며 시대를 앞서 갔다.

"기쁜 소식이 있어!" 시반 선생님이 말했다. "케이트가 12학년 전체에서 우승을 했다는구나. 남부 호주 전체에서 최고의 피아니스트일 뿐아니라 최고의 악기 연주자로 말이야."

"축하합니다." 아버지가 말했다. "훌륭하군요."

"그냥 훌륭한 게 아니라 정말 놀라운 일이죠. 케이트는 거의 완성 단계에 있어요. 모두들 그 아이에게 피아노 말고 바이올린을 하라고 권했지만 케이트는 뜻을 굽히지 않았답니다. 결국 우리가 깜짝 놀랄 결과를 만들어 낸 거죠."

그녀는 다시 나를 돌아보며 말했다. "다음번에는 우리 애나와 함께 깜짝 놀랄 결과를 만들어야겠다. 콘서트에서 보면 애나에게도 투지가 있다는 것을 알 수 있지. 물론 앞으로도 엄청나게 노력을 해야 하지만 말이다. 지금 당장 쇼팽의 에튀드로 출발하자." 그녀는 피아노 위에 쌓여 있는 악보를 뒤적이다가 낡은 베이지색 표지에 오렌지색 키릴 문자가 쓰인 책을 찾아 스탠드 위에 경건하게 올려놓았다.

"쇼팽의 에튀드는 아주 중요하지만 성서처럼 많은 사람들이 그 안에 있는 내용을 이해하지 못하지. 쇼팽은 모든 비밀을 음으로 썼으니까 더 위험해. 쇼팽을 이해하려면 충분한 머리가 있어야 하고, 또 뭐가 필요할까?"

"충분한 가슴이요?"

"그렇지, 충분한 가슴이지! 그리고 충분한 지식과 직관, 그리고 뛰어난 기교가 필요해. 이 에튀드들은 기교의 백과사전이라고 할 수 있지만 기계적인 연주로는 표현이 불가능해. 그 즉시 고통을 느끼게 되니까." 그녀는 목소리를 낮추었다. "러시아에서 나를 처음 가르쳤던 선생님도 나에게 이렇게, 나비 기법으로 연주하라고 하셨어." 그녀는 팔을 크게 움직이면서 에튀드를 연주했다. "나는 손이 작아서 그 즉시 고통을 느꼈지. 그러자 선생님은 아픈 것이 정상이니까 걱정하지 말라고 하셨어!"

"그래서 어떻게 하셨어요?" 내가 물었다.

그녀는 앞쪽으로 두 손을 쭉 뻗으면서 말했다. "내 작은 손을 신이 주신 선물이라고는 말할 수는 없겠지만 뇌가 작은 것보다는 훨씬 낫지!" 그녀는 소리 내어 웃었다. "그래서 내가 그 선생님에게 물었지. '쇼팽의 에튀드가 그렇게 고통스러운 거라면, 쇼팽은 마조히스트인가요? 아니면 새디스트인가요?'"

아버지가 배를 잡고 웃으며 물었다. "그랬더니 뭐라고 하시던가요?"

"사실 그 선생님뿐 아니라 모든 사람들이 그렇게 말했어. 하지만 나는 이 에튀드 안에 고통을 느끼지 않을 수 있는 비밀이 있다고 생각했지. 그러다가 열여덟 살 때 교수님을 만났고 그녀의 피아노 연주를 들으며 깊은 감동을 느꼈어. 놀라운 절제력과 놀라운 시야를 갖고 있는 분이었지. 피아노에 이렇게 손을 얹고 놀라운 집중력과 치밀함과 완전한 몰입을 보여 주셨어."

그녀가 건반 속에 손을 담그고 한 줌의 음들을 끌어올리자 소리들이 힘차게 올라와 합창단처럼 그녀를 맞이했다.

"모든 소리가 여기 있어. 정확히 내가 찾고 있던 소리를 들을 수 있지. 그 교수님은 아네트 에시포프에게 배웠단다. 하지만 나를 제자로 원하지 않으셨어."

"왜요?"

그녀는 창문 밖을 응시했다.

"그건 다른 이야기야. 어쨌든 그 선생님은 피아노를 완전히 이해하셨어. 이 에튀드들은 너에게 무한한 기술적 자유로 가는 길을 열어 줄 거야. 이 곡은 첫 번째 에튀드이고, 전통적으로 가장 어렵다고들 하지."

그녀는 오프닝을 치기 시작했고 저음의 옥타브가 방 안에 울렸다. 그녀의 작은 오른손은 마치 뱀이 먹이를 삼키듯 자유자재로 늘어났다가 줄어들어다가 했다. "모든 비밀은 자세, 듣기, 그리고 내부의 박자에 귀를 기울이는 것에 있어."

그다음에는 두 번째 에튀드로 향해 갔다. "자, 여기서는, 손가락 끝으로, 마치 발레 무용수가 발가락 끝으로 서듯, 아주 정확하고 아주 섬세하게 연주해야 한다." 그녀는 넷째 손가락과 새끼손가락으로 반음계를 누르며 공기처럼 가볍게 오프닝을 연주했다.

"그리고 3번은 아주 개인적이면서 동시에 아주 객관적이다. 쇼팽은 항상 모든 사람이 느낄 수 있는 감정을 들려주었지만 그러한 감정의 배경이 되는 자신의 특별한 경험에 대해서는 비밀로 했어. 그래서 그의 음악은 신비롭지. 그는 사랑이 많은 사람이지만 그가 누구를 사랑하는지, 얼마나 사랑하는지는 비밀이야."

그녀는 다시 한 번 3번 에튀드의 오프닝을 연주했다. "우리는 주어진 시간에 느끼는 감정에 따라 백 가지로 해석을 바꿀 수 있다. 그리움을 표현하거나, 순결해지거나, 뭐라더라…… 이상향을 꿈꾸거나 …… 해석은 자유야! 하지만 객관성은 절대 변하지 않아. 내가 여자와 남자에 대해, 큰 그림과 세밀한 부분에 대해 했던 이야기를 기억하니? 쇼팽의 음악은 큰 그림을 보기 위해 아주 세밀한 부분까지 노력해야 한다는 것을 가르쳐 주는 완벽한 본보기지."

그녀는 악보를 넘기면서 처음에 연습할 다섯 개의 에튀드에 동그라미를 쳤다. "쇼팽의 에튀드를 치지 않고 피아니스트가 될 수는 없어. 이 곡들은 유치원생이나 초등학교 저학년생이 치기 어려워. 기교가 절정에 달해야 하니까."

나는 여름방학에 소피아네 집 수영장 옆에서 일광욕을 하는 대신 쇼팽 연습을 하며 보냈다. 이제 더 이상 연습을 허투루 하지 않기로 마음을 단단히 먹고, 손을 믿고 귀를 기울이라는 시반 선생님의 가르침을 염두에 두면서 각각의 에튀드를 꼼꼼하게 분석했다. 모든 음이 중요하다고 선생님은 반복해서 말했다. 연주를 하다가 집중력이 떨어지는 것 같으면 다시 처음부터 시작해서 명상을 하듯 음 하나하나에 정신을 집중했다.

쇼팽 연습은 그의 비밀을 알아 가는 재미 외에도 일종의 중독성이 있어서 한번 시작하면 지칠 때까지 멈출 수 없었다. 이해하는 것만으로는 충분하지 않다고 시반 선생님은 말했다. '안정적으로 연주할 수 있어야 한다. 그리고 백 퍼센트 안정적이 되는 것으로는 충분하지 않아. 무대 위에서는 적어도 이백 퍼센트는 안정적이 되어야 하지.'

서서히 피아노 연습은 내 몸이 필요로 하는 습관처럼 되어 갔다. 연습을 안 하면 초조하고 뭔가 허전했다. 방학이었지만 내가 피아노 앞에 앉아 있으면 어머니는 심부름을 시키지 않았다. 패시지워크(작품의 주제와 관계없이 화려하고 장식적인 부차적 부분 - 옮긴이)를 반복할 때는 밖에서 어머니가 분주하게 움직이는 소리도 들리지 않았다. 하루는 오후가 다 지나서야 서재에서 나와 보니 마당에 퇴비가 쌓여 있고 벤치 위에는 방금 구워서 김이 모락모락 올라오는 번 빵이 놓여 있었다.

"이제 또 뭘 해야 하지?" 어머니가 말했다.

남동생은 심부름에 지친 표정으로 소파에 누워 있었다.

"나는 다시 들어가서 연습할게요." 나는 빵을 하나 집어 들고 서재로 돌아갔다.

"내가 오늘 몇 시간 연습을 했는지 알아맞혀 보세요." 저녁을 먹으면서 내가 말했다.

"여덟 시간?" 어머니가 말했다.

"무한대?" 남동생이 말했다.

"다섯 시간이나 했어요!"

더 이상 아무도 놀라지 않았다.

어느 주말, 아버지는 그랜드 피아노 구경이나 하자면서 나를 악기점으로 데리고 갔다. 나는 피아노를 이리저리 옮겨 다니며 쇼팽 에튀드 5번 중에 암기하고 있는 시작 부분을 연주했다.

근처에서 어슬렁거리던 점원이 다가와서 말했다. "전문가용을 찾고 계시는 것 같군요."

"그냥 구경하는 겁니다. 고마워요." 아버지가 대답했다.

"이건 아주 좋은 제품입니다. 일본에서 수리해서 곧바로 들여온 제품이죠. 새것이나 마찬가지입니다. 새것보다 낫다고 할 수 있죠. 음악원에서 쓰던 거라 길들이는 수고를 덜 수 있습니다."

나는 그 피아노 앞에 앉아 다시 에튀드를 치기 시작했다. 그러자 에튀드의 화려함이 살아났고, 다른 고객들이 고개를 돌려 쳐다보았다. 내 연주를 감상하는 관객이 생기자 전곡을 연주하고 싶었지만 아직 첫 페이지밖에 암기하지 못했다. 나는 마치 피아노에 실망한 것처럼 짐짓 한숨을 내쉬며 일어섰다. "소리가 그저 그러네요."

하얀 이를 드러내고 미소를 짓던 피아노는 상처를 받은 듯 보였지만 우리가 진짜 피아노를 사려고 했던 것이 아니기 때문에 미안해하지 않기로 했다.

"쇼팽은 어떠니?" 시반 선생님이 다음 레슨에서 물었다.

"위대해요." 내가 대답했다.

"물론 쇼팽은 위대하지! 세 가지로 위대하다. 위대한 작곡가이면서 위대한 피아니스트이자 위대한 스승이었지."

나는 피아노 앞에 앉아 그동안 에튀드 5번을 얼마나 잘 치게 되었는지 보여 줄 준비를 했다.

"아니야!" 내가 시작하자마자 그녀가 소리쳤다. "연주를 하는 것이 아니라 날아다녀야 해. 뭐라더라…… 떨쳐 내는 식으로 말이지." 그녀는 손가락을 콩처럼 튕기면서 수정처럼 맑은 오프닝을 시연했다. 그다음에 내 손을 잡고 검은 건반 위에서 춤추게 했다. "여기서는 박수를 치고, 여기서는 흩뿌리고, 이제는 춤을 춘다." 그녀는 내 손을 꼭두각시 인형처럼 조종했고 내 손가락은 탄력을 받아 위로 날아올랐다.

"그렇지! 쇼팽의 무도법은 종류가 무궁무진해. 어떤 발레 무용수도 이 에튀드처럼 다양한 무도법을 구사하지 못한다. 이것은 완전히 새로운 테크닉이야. 다시 말하지만, 쇼팽은 위대한 스승이다. 왜 그럴까?"

"훌륭한 제자들을 배출했나요?"

"전혀 아니야. 그는 돈이 필요했기 때문에 귀족들을 가르치긴 했지만, 그가 위대한 스승이라는 증거는 이 에튀드의 정밀함에 있단다." 그녀는 의자에서 뒤로 기대앉았다. "단, 그의 제자가 되기 위해서는 한 가지 조건이 있어."

"그게 뭔데요?"

"읽는 방법을 알아야 해. 그래야 쇼팽에게서 분명한 레슨을 받을 수 있지."

나는 악보를 들여다보며 행간을 읽어 보려고 했지만, 내가 볼 수 있는 것은 음표들과 드문드문 씌어 있는 부호들뿐이었다. 화려하게, 부드럽고 매끄럽게, 점점 세게 등등.

"선생님은 어떻게 교수님의 제자가 되셨어요?" 나는 화제를 바꾸었다.

그녀는 잠시 생각에 잠겼다. "나는 너처럼 항상 논리적이었어. 내가 말했지. '교수님이 저를 선택하실 것이라고는 기대하지 않습니다. 단지 선생님께 연주를 들려 드리고 싶어요. 그 전에는 저를 거부하지 마세요.'라고."

"그러고 나서 선생님이 받아 주셨군요."

그녀는 내 손을 잡고 마치 책을 검사하듯이 앞뒤로 뒤집어 보았다. "나는 그분의 손을 읽을 수 있었고, 내가 읽은 것을 다른 학생들에게 전해 줄 수 있었어. 그래서 나에게 가르치는 재능이 있다는 걸 알 수 있었지."

10학년이 되었을 때 나는 학교에서 반장으로 지명되었지만 사양했다. 무엇보다 내가 가장 존경하는 선생님에게 인정을 받았기 때문에 무척 기뻤지만 피아노 외에 다른 일에 시간을 뺏기고 싶지 않았다. 나 자신을 콘서트 피아니스트로 완전히 바꾸는 일에 매진해야 했다. 다른 아이들이 밖에서 놀고 있는 동안 나는 점점 더 깊이 피아노에 빠져들었다.

매주 토요일 오전에 이론 레슨을 받고 집에 돌아오면 네이비색의 운동복 바지와 빨간색 점퍼에 어그 부츠를 신고 연습을 했다. 때로 엄마가 집 구경을 같이 가자고 했는데 그러면 할 수 없이 옷을 갈아입었다.

어머니는 주말마다 자신이 어릴 적에 살던 동쪽 교외에 있는 켄싱턴 가든스와 노우드에 매물로 나온 부동산들을 보러 다녔다. 나는 기본적으로 이사를 하는 것에 찬성이었다. 동쪽 교외로 이사하면 통학 시간이 줄어들 것이고 피아노 연습을 할 시간이 많아질 테니까. 하지만 어머니는 오랫동안 구경만 하고 어떤 결정도 내리지 않았으므로 그냥 심심풀이로 집을 보러 다니는 것이 아닌지 의심이 들기 시작했다. 피아노 연습에 바쳐야 하는 시간을 어머니의 차에 실려 이리저리 끌려 다니며 보내는 것이 아깝다는 생각이 들었다. 나는 더 이상 어머니와 함께 집 구경을 다니지 않겠다고 선언했다.

어느 날 점심을 먹고 나서 어머니는 다시 프로스펙트로 집 구경을 갈 것이라고 말했다.

"누구랑 가는데요?"

"우리 가족 모두 갈 거야. 하지만 너는 바쁘니까 안 가도 된다."

나는 옷을 갈아입을 테니 기다리라고 했다. 프로스펙트는 단 몇 블록 거리였으므로 원하면 중간에 혼자 집으로 걸어올 수 있었다.

"시간 낭비야!" 가족들과 차 안에 끼어 앉으며 나는 한숨을 쉬었다. "거긴 뭐 하러 가는 건지 모르겠네. 프로스펙트는 학교에서 더 멀어요."

하지만 차가 로즈 가에 들어서서 넓은 정원이 딸린 저택 옆에 멈추었을 때 학교와의 거리는 더 이상 중요하지 않았다.

"와, 넓다." 여동생이 입을 딱 벌렸다.

커다란 문을 열고 들어간 우리 가족은 현관에서 스테인드글라스에 정신을 빼앗긴 채 서성거렸다.

"자, 다들 들어가 보자!" 엄마가 앞장을 섰다. "꾸물거리지 말고!"

어머니는 우리를 끌고 복도를 지나갔고 커다란 내닫이창이 있는 거실에 도착했다. "이 자리에 그랜드 피아노를 놓으면 딱 좋겠구나." 어머니가 들뜬 목소리로 말했다.

우리 가족은 다른 방으로 옮겨 갔지만 나는 어머니의 말에 공감하며 그곳에 머물러 있었다. 내닫이창은 그랜드피아노를 위해 안성맞춤이었다. 그 내닫이창 옆에서 악기점에서 보았던 그랜드 피아노에 앉아 쇼팽의 에튀드를 치고 있는 내 모습을 상상했다. 집을 보러 온 다른 사람들이 들락거렸지만 나는 몰래 창문과 벽을 만져 보고 벽난로 선반을 열한 번 두드리고, 전등 스위치를 잠깐 껐다가 다시 켜면서 마음속으로 그 집이 우리 집이 되기를 빌었다.

"쇼팽에 대한 비밀을 알려 주지." 시반 선생님이 말했다.

"그에게는 피아노가 가장 친한 친구였어. 사실, 친구 이상이었어. 쇼팽은 피아노에게 자신의 모든 비밀을 털어놓았단다. 이렇게 피아노에 손을 얹고 말이지."

그녀가 손을 뻗어 내 어깨에 얹었다. 나는 몸을 움츠렸지만 그녀의 손은 따뜻하고 부드러웠다.

"그는 피아노를 무한히 신뢰했지. 그와 피아노 사이에는 어떤 서먹함도 없었어. 아주 친밀했으니까." 그녀는 손을 건반 위로 옮겨 갔다. "이렇게 두 손을 완전히 맡기고 피아노를 끌어안은 거야."

그녀는 목소리를 낮추었다. "내 생각에, 조르주 상드는 쇼팽의 삶에서 진정한 사랑이 아니었어. 그의 진정한 사랑은 바로 피아노였지. 그는 피아노에 육체적 사랑까지 느꼈지. 우리에게는 몸으로 아는 능력이 있단다. 쇼팽에게, 무엇과 어떻게는 둘이 아니라 하나였어. 기계적인 소리는 절대 안 돼. 그런 소리는 쇼팽을 즉시 죽여 버리거든. 이 중간 부분을 다시 쳐 봐라."

나는 에튀드 op. 25. 5번의 중간 부분을 치면서 피아노를 끌어안으려고 노력했다. 시반 선생님이 내 왼손을 잡고 말했다. "이 부분의 힘을 빼야 해." 그녀가 내 손바닥의 한 점을 누르자 내 손이 연주를 하는 것이 아니라 피아노를 주무르는 것처럼 느껴졌고 밀가루 반죽처럼 말랑말랑한 소리가 나왔다.

"쇼팽은 우리 몸과 마음을 낭만적으로 만들어 주지. 한편 감정적으로 아주 솔직해. 그는 피아노에게 고백을 했고 아무것도 감추지 않았어. 말보다는 음악으로 더 많은 이야기를 할 수 있는 사람이었어. 사람들이 쇼팽의 비밀이 뭐냐고 물으면 나는 대답했어." 그녀는 몸짓으로 악보를 가리켰다. "모든 비밀이 여기 있다고. 하지만 아주 작은 것 하나도 놓치면 안 돼. 그래야 진정한 쇼팽의 제자가 되는 거야."

소피아에게는 새로 친한 친구 제시카가 생겼다. 그들이 점심시간에 본 조비의 노래 가사를 읊조리면 나는 옆에 앉아서 머릿속으로 그날 잠자리에 들기 전까지 피아노를 연습할 시간이 얼마나 남았는지 계산했다.

"이 노래 어때? 토미는 부둣가에서 일했지……"

"워-호! 믿음으로 살았지!"

소피아는 노를 젓는 흉내를 내기 시작했다. 그녀의 몸은 운동선수처럼 날렵했고, 치아교정기를 제거하자 영화배우처럼 가지런한 치아가 드러났다. 나는 그녀가 예뻐지는 것에서 약간 배신감을 느끼기도 했고 서로 관심사가 달라서 우리 사이가 점점 멀어지는 것이 슬펐다.

학교에서 집에 돌아오면 나는 피아노에게 가서 이런저런 고민을 털어놓았다. 쇼팽의 에튀드가 나를 부드럽게 감싸고 위로해 주면 어느새 모든 것을 잊고 연습에 몰두할 수 있었다. 잠시 쉬기 위해 주방으로 가는데 거실에서 어머니의 걱정스러운 목소리가 들려왔다.

"애나는 요즘 하루 종일 피아노만 치는데. 괜찮은 걸까요?"

아버지가 중얼거렸다. "엘시가 그러는데 소피가 남자 친구들을 만나기 시작했다는군."

나는 콧방귀를 뀌었다. 남자 친구? 나는 그런 거 필요 없어. 내게는 피아노라는 연인이 있는걸.

몇 주 후 부모님은 로즈 가에 있는 집을 입찰로 구입했다는 소식을 전했다.

"만세!" 여동생이 소리쳤다. "우리는 이제 백만장자가 된 거야!"

나는 그 집을 보러 갔을 때 빌었던 소원이 이루어진 것이라고 생각했다. "그러면 이제 그랜드 피아노를 사 주실 거예요?"

"네 마음에 드는 것이 있으면 사기로 하자." 아버지가 말했다.

며칠 후 아버지는 나를 다시 악기점으로 데리고 갔고 우리는 더 이상 구경만 하지 않았다.

"이 피아노에 정말 많은 분들이 관심을 보이십니다." 점원이 말했다. "하지만 제가 팔지 않겠다고 거절했죠. 선생님 댁에서 가져가셔야 하니까요."

그리고 엿새 후, 그 피아노와 나는 새 집의 거실에서 만났다. 1.85미터 높이의 검은색 야마하 C3은 내닫이창에 완벽하게 들어맞았다. 날마다 학교에서 돌아오자마자 나는 가방을 방에 던져 놓고 내닫이창 옆에서 어두워질 때까지 쇼팽의 에튀드를 연습했다. 연주를 하다가 고개를 들면 하늘거리는 커튼을 통해 지나다니는 행인들이 보였다. 때로 발걸음을 멈추고 귀를 기울이는 사람이라도 있으면 내 연주는 새로운 활기를 띠었다. 나는 연습을 할수록 기교를 익히는 재미에 흠뻑 빠져들었다.

5번과 17번 에튀드를 연습한 후에는 누구나 가장 어렵다고 한다는 1번으로 돌아갔다. 처음에는 확대경으로 들여다보듯, 음들이 흩어졌다가 다시 모이면서 이어지는 정확한 순간들을 확인하고 내부의 박자에 귀를 기울이며 느린 속도로 연주했다. 그러고 나면 놀랍게도 제 속도로 온전하게 연주를 할 수 있었다. 나는 속도에 취해서 점점 더 빠르게 연주했다. 하루는 블라드미르 아슈케나지(1937~, 러시아 태생의 피아니스트 – 옮긴이)가 초인적인 속도로 연주하는 CD를 들으며 그를 따라잡아 보기로 했다. 그의 옆에서 나란히 바람을 가르며 달려가는데 또 다른 내가 건반 위에서 나풀거리는 두 손을 내려다보고 있는 듯했다. 그러고 나서 CD를 틀지 않고 에튀드를 시도했다. 그런데 갑자기 마치 브레이크가 작동

한 것처럼 손에 쥐가 나는 바람에 더 이상 연주를 할 수 없었다. 에튀드를 기계적인 소리로 연주했으니 벌을 받아 마땅했다.

"쇼팽은 기교의 완성이라고 할 수 있어." 시반 선생님은 나에게 상기시켰다. "하지만 음악으로 장난을 치면 안 된다. 에튀드 하나하나가 모두 위대한 음악 작품이야."

나는 처음으로 다시 돌아가야 했다. 다시 한 번 나 자신을 믿고, 건반을 믿으라고 내 손을 타일렀다.

"바로 그거야." 그녀가 말했다. "그것이 진정한 자유다. 단지 물속에 있는 물고기가 아니야. 더욱 큰 자유! 세상 속의 물고기! 우주 속의 물고기! 바닷속으로 뛰어들고 하늘로 날아오르는 거야!"

그해 애들레이드 에이스테드포드 대회에서 나는 처음으로 우승을 했다. 그날 저녁 아버지가 퇴근해서 들어오자마자 나에게 어떻게 되었는지 물었다.

"우승했어요." 나는 항상 이 말을 할 때 어떤 기분이 들지 궁금했다. 하지만 실제로 해 보니 기대했던 것만큼 감격적이지는 않았다.

"이제야 사람들이 너의 재능을 알아보는구나." 아버지는 소파를 뛰어넘어 와서 나를 포옹했다.

"물론 잘된 일이지." 시반 선생님은 다음 레슨 시간에 말했다. "하지만 여론에 의지하지 마라. 우리는 승리와 패배에서 교훈을 배우지만 실제로 패배에서 더 많은 것을 배우는 법이야. 무엇보다 여론에 흔들리지 않는 법을 배워야 해. 구름 위로 올라가거나 지옥으로 떨어지지 않도록 해라. 땅에 발을 단단히 딛고 서 있어야 해. 사람들은 너를 위로 떠웠다가 아래로 끌어내렸다가 하겠지만, 상관하지 마."

"잘은 모르지만. 애나는 열심히 노력을 했으니까, 자격이 있다고 생각합니다." 아버지가 말했다.

"물론이죠……. 내가 장담하는 것은 노력을 많이 할수록 더 많은 것을 갖게 된다는 거야. 그렇지만 세상은 만만하지 않아. 우리는 선택받은 사람들일까? 물론이지. 그래도 세상은 우리의 가치를 쉽사리 인정해 주지 않아."

나는 열심히 고개를 끄덕였다. 특히 우승을 하고 나서는 예술의 순교자가 되겠다고 마음을 먹었다.

"우리는 정신적인 일을 하고 있어. 정신적인 일을 하는 사람에게는 항상 그에 걸맞은 물질적인 보상이 돌아오는 것은 아니야. 피아노 연주를 해서 백만장자가 되는 건 기대하지 마라!" 그녀는 소리 내어 웃었다. "대신 우리는 풍요로운 삶을 살 수 있어. 언제나 행복이라는 보상을 받고 있지. 아주 중요한 일을 하고 있다고 느낄 수 있으니까."

이제 나는 학교에서 공개적으로 아이들에게 피아니스트가 될 거라고 말했다. 의사와 법관과 경영인을 꿈꾸는 아이들에게는 마치 내가 서커스 단원이 되겠다는 것처럼 허황되게 들렸을 것이다. 나는 그들이 놀라는 표정을 보는 것이 재미있었다.

"너는 좀 더 현실적이 될 필요가 있을 것 같다." 같은 반 친구가 말했다. "누구나 꿈을 꾸지만 돈에 대해서도 생각할 필요가 있어."

"돈은 못 벌어도 상관없어." 나는 웃어 넘겼다. "음악가는 정신적인 직업이니까."

몇 시간씩 연습을 하고 잠자리에 누워 눈을 감으면 내 머릿속에서 합성이 일어나면서 생각이 음악으로 바뀌는 듯했다. 이런저런 걱정들이 뒤섞여 다성음악이 되고 협화음이 되어 용해가 되면 피카르디 3도(단조의 곡에 마침화음으로 사용하는 장3화음 – 옮긴이)의 달콤한 잠이 몰려왔다. 그리고 아침이 되면 눈을 뜨자마자 어떤 생각이 언어로 바뀌기 전에 피아노로 곧장 달려갔다. 아직은 오프닝을 시작할 때 주의를 집중하기가 어려웠다. 하지만 이제 시반 선생님이 레슨 시간에 하는 말을 점차 분명하게 이해했고 집에 와서 적어도 한동안은 기억할 수 있었다.

"해가 갈수록 점점 깊이 들어가게 될 거야." 시반 선생님은 장담했다. "음악은 네 안으로 들어가는 마법의 문이란다."

그 마법의 문을 여는 것은 이제 내 인생에서 중심 목적이 되었다. 피아노 앞에서 성숙하는 것이 내 인생의 유일한 과제가 될 것이다. 죽으면 연습을 중단해야 한다는 것이 두려워졌다. 하지만 그것은 아직 먼 훗날의 일이었다.

그해 연말 나는 다시 8급 시험을 치렀고 최고점인 A플러스로 합격해서 텔마 덴트 메모리얼 장학금을 받았다. C를 받고 절망했던 날들은 이제 지난 이야기가 되었다. 내 머리카락은 자라고 있었고 내 손은 활기에 넘쳤다. 내닫이창 옆에 놓인 피아노에 앉아 나는 미래를 향해 날아올라 우주의 물고기가 되어 별들 사이로 헤엄쳐 다녔다.

9장
리스트

"리스트는 타고난 바람둥이였어.
하지만 그 이상이었지. 그는 관객을 유혹했어.
사람들은 미쳐버리고 여자들은 기절했지."

프란츠 리스트 Liszt, 1811~1886, 헝가리의 피아니스트 작곡가

오스트리아 라이딩에서 토지관리인의 아들로 태어났다. 어려서부터 피아노 연주에 비상한 재능을 보였으며, 1820년 9세 때 처음 연주회를 열어 사람들을 놀라게 했다. 귀족들의 후원으로 10세에 본격적인 공부를 하기 위해 가족들과 함께 빈으로 이사했다. 빈에서는 피아노 교칙본으로 유명한 체르니에게 피아노 지도를 받았고 살리에리에게 작곡 이론을 배웠다. '피아노의 파가니니'라고 불리며 피아노로 할 수 있는 최고 수준의 기교를 발휘했으며, 유럽 순회공연을 하며 잘생긴 외모와 쇼맨십으로 '리스트 광풍'을 일으키기도 했다. 또한 19세기 낭만주의 음악의 가장 중요한 소산 중 하나인 교향시를 창시했다. 낭만주의 음악은 문학과 음악의 결합을 추구했고, 표제 음악인 교향시에 문학을 결합한 교향시는 다른 예술과 음악이 결합된 가장 대표적인 형식이다. 그의 피아노곡들은 어려운 연주 기교를 구사하여 화려한 효과를 내는 풍조를 따르고 있다. 대표작으로 〈헝가리안 랩소디〉, 〈초절 기교용 연습곡〉 등이 있다. 리스트의 피아노 연주는 동시대는 물론 후세의 연주가나 작곡가에게 많은 영향을 주었으며, 훌륭한 음악가들을 많이 배출한 교육자이기도 하다.

새 집으로 이사한 후 내가 피아노 연습을 하는 동안 어머니는 이 방 저 방 다니며 바닥을 쓸고 닦고 벽면의 돌림띠에 꼼꼼하게 크림색과 회백색을 다시 칠했다. 아버지는 새로운 소설을 열심히 써 내려갔다. 「클로드」를 쓸 때보다 훨씬 더 진도가 빠른 것 같았다. 일요일 점심시간에 아버지는 편집자에게서 최근에 받은 팩스 내용을 큰 소리로 읽어주었다.

'마지막 장면에서는 폴이 켈러 선생님의 연주를 묘사하는 것이 좋을 것 같습니다. 그 장면은 이 작품에 카타르시스와 깊은 감동을 더하는 가장 적절한 클라이맥스로 보입니다. ······ 이 작품의 제목은 「마에스트로」로 하면 어떨까요?'

아버지가 처음에 쓴 원고를 읽었을 때 마치 거울로 나 자신을 들여다보는 듯했다. 스무 살이 젊은 할아버지와 할머니, 시반 선생님과의 첫 피아노 레슨, 아버지와 함께 레셰티츠키 연주법을 공부하던 도서관의 서가까지. 하지만 원고를 수정할 때마다 그 거울은 점점 흐릿해졌고 마침내 그것은 더 이상 나의 이야기가 아니라 소설이 되었다. 할아버지 할머니는 머리 색깔이 바뀌었고, 도서관의 듀이 십진분류법 786.2의

서가는 섹스 장면으로 더럽혀졌으며, 시반 선생님은 알코올중독자인 오스트리아 피아니스트 에두아르트 켈러의 모습과 겹쳐지면서 알아볼 수가 없어졌다. 무엇보다 나를 불편하게 만드는 대목이 있었다. 끝에 켈러가 죽으면서 그의 제자 폴에게 열려 있던 마지막 문이 닫혀 버리는 것이다.

켈러 선생님이 살아 있을 동안, 오랫동안 서로 만나지 않았지만, 그는 언제나 나를 보호해 주는 안전망이었다. 그는 나에게 실낱같은 마지막 희망이었고 나를 리스트, 체르니, 레셰티츠키로 이어 주는 생명줄이었다. 나는 언제라도 스완에 있는 그의 방으로 돌아가 음악 세계를 마지막으로 공략할 준비가 되어 있었다. 하지만 이제 처음으로 혼자가 된 나 자신을 마주해야 했다.

시반 선생님 역시 나의 생명줄이었다. 나는 가끔 그녀에게 지나치게 의지했다. 때로는 음 하나하나를 어떻게 연주해야 하는지 가르쳐 주기를 원했다. 그녀가 없으면 안개 속을 헤매는 기분이었다. 이런 걱정을 내비치면 그녀는 말했다.

"나는 너에게 주고 또 줄 거야. 네가 소화를 하면 내가 주는 것은 네 것이 되고 해가 갈수록 너에게 더 많은 문이 열릴 거야."

나는 그녀의 말을 믿기로 했다. 오랜 세월 그녀가 발산하는 빛 속에 몸을 담그고 있으면 자연스럽게 그녀의 정통함을 물려받게 될 것이다. 나의 손은 그녀의 손만큼 빠르고 자연스러워질 것이고, 이해는 빨라지고 감성적으로 자유로워질 것이다. 하지만 이런 기대와는 달리 나는 시간이 흐를수록 그녀의 예술성과 나 자신의 미성숙한 소리의 차이를 분명히 들을 수 있었다.

그런 면에서 켈러는 나에게 고약한 스승이었다. 더 이상 고약할 수 없었다. 그는 나에게 완벽함을 보여 주는 동시에 나에게서 빼앗아 갔다. 자기비판을 가르쳐서 결코 나의 한계를 잊을 수 없게 만들었다.

나는 종종 한밤중에 문득 나에게 예술성이 없을지도 모른다는 두려움에 사로잡혔다. 내게는 그것이 도덕성이 부족한 것보다 더 심각한 문제 같았다. 하지만 아침이 되어 피아노 앞에 앉으면 불안감은 사라지고 점점 나아질 것이라는 희망을 믿었다. 나의 잠재력은 무한하다. 그리고 시반 선생님이 언제나 곁에서 나를 지도해 줄 것이다.

마침내 아버지는 「마에스트로」의 원고를 시반 선생님에게 보여 주었다.

"아주 재미있게 읽었어요." 시반 선생님은 그다음 주에 말했다. "다만 위대한 피아니스트를 알코올중독자로 만드신 것이 마음에 들지 않는군요."

그 책은 9월에 출간되었고 애들레이드 동물원에서 출판기념회가 열렸다. 이슬비가 내렸고, 사람들은 둥근 지붕의 강당 안으로 밀려들었다.

남동생과 나는 피아노와 클라리넷으로 배경 음악을 연주했다. 하지만 음악 소리가 공기 중의 습기에 흡수되고 샴페인 잔이 부딪치는 소리에 의해 묻혀 거의 들리지 않았다. 우리는 연주를 하는 둥 마는 둥 하고 있었다.

아버지는 편집자와 에이전트, 여러 친구들에게 감사를 표하고 책의 헌정사를 읽었다.

부모님과 딸 애나, 그리고 제가 아는 최고의 피아노 선생님인 엘리오노라 시반 여사, 이렇게 네 분의 피아니스트에게 이 책을 바칩니다.

시반 선생님은 고개를 숙여 그의 인사를 받았고, 한껏 멋을 부리고 나온 어머니는 조각상처럼 위풍당당하게 서서 박수를 쳤다. 대단원의 서막을 알리는 듯, 어디선가 사자가 으르렁거리는 소리가 들렸다.

아버지가 책에 사인을 하기 시작했을 때 나는 줄을 서 있는 사람들 사이를 비집고 앞으로 나아갔다. "아빠, 피아니스트 케이트 스티븐스가 왔어요."

아버지 앞에서 외증조할머니가 커다란 푸른 눈에 눈물을 글썽거리며 왜 헌정사에서 어머니를 빼먹었는지 따져 묻고 있었다.

"아빠, 케이트는 오래 있을 수 없어요." 내가 끼어들었다.

아버지는 나를 보더니 외증조할머니의 추궁을 면할 수 있어서 다행이라는 표정을 지었다. "무슨 일이니, 파이?"

"케이트는 내일 에드먼드 라이트 하우스에서 연주를 한대요."

"아, 그렇구나. 행운을 빈다고 전해 주겠니?"

"호주 건반음악협회에서 주관하는 거래요." 내가 계속 설명을 했지만, 아버지는 이미 다른 사람의 책에 사인을 해 주고 있었다.

나는 우산을 들고 케이트를 문까지 배웅했다.

"너도 협회의 회원이 되는 것에 대해 생각해 봐." 그녀가 제안했다.

"어디요, 호주 건반음악협회요?" 나는 미심쩍어하면서 물었다. "하지만 나는 아직 열다섯 살인데요."

"처음에는 홈 리사이틀을 하게 될 거야. 그래서 네 연주가 그들의 마음에 들면 다음에 에드먼드 라이트 하우스에서 열리는 런치 리사이틀에 초청할 거야."

에드먼드 라이트 하우스는 킹 윌리엄 거리에 있는 웅장하고 역사적인 건물로 그곳에서는 데뷔 연주회를 비롯해서 아주 중요한 행사들이 열렸다.

"내가 홉굿 여사에게 이야기해 볼게." 그녀가 말했다.

"고마워요, 언니." 나는 케이트에게 우산을 돌려주고 그녀가 자신의 차로 달려가는 것을 지켜보며 서 있었다. 나에게 찾아온 행운이 믿기지 않았다. 원숭이들이 끽끽거리는 우리를 지나 시끌벅적한 파티장을 향해 뛰어갈 때 비옥한 흙냄새가 올라와 나를 구름 위로 밀어 올렸다. 나는 아버지와 함께 영광된 미래를 맞이하기 위해 비와 기쁨에 젖은 채 강당 안으로 들어갔다.

그다음 주 레슨을 하러 가서 시반 선생님에게 홈 리사이틀에 초대를 받았다는 소식을 전했다. "호주 건반음악협회에서 주관하는 연주회예요." 내가 설명했다.

"케이트한테 들었어. 분명 너를 런치 리사이틀에도 초대할 거야. 내가 장담한다. 그리고 케이트가 너를 돌봐 준다니 정말 대견하구나. 음악을 하는 사람은 관대해야 한다. 어떤 사람들은 모든 걸 혼자 차지하고 함께 나누려고 하지 않는데, 그러면 곧바로 소리가 죽어 버리고 말아. 음악은 삶의 예술이고, 나눔의 예술이니까."

"어떤 곡을 연주할까요? 리스트로 할까요?"

"홈 리사이틀에서 연주할 곡은 본인이 선택할 수 있지. 바흐, 모차르트, 쇼팽 에튀드…… 또 뭐가 있을까……." 그녀가 갑자기 눈을 반짝이며 말했다. "리스트의 〈리골레토 편곡〉은 어떨까! 너는 잘할 수 있을 거야. 베르디 오페라의 이야기를 피아노로 연주한 곡이지."

그녀는 서재에 들어가 악보를 가지고 나왔다.

"관대한 마음에 대한 이야기가 나왔으니 말인데, 리스트야말로 아주 관대하고 개방적인 음악가였어. 나는 세월이 흐를수록 이 사람이 점점 더 좋아지는구나. 정말 풍부한 교양을 지닌 사람이었지. 리스트는 체르니에게서 음악을 배웠으니까, 그것은 곧 그가 베토벤에 뿌리를 두고 있다는 것을 의미하지. 하지만 또한 그는 모든 것, 모든 사람에게서 배웠어. 기꺼이 주고 기꺼이 받았지! 때로는 항상 관대하지만은 않았던 쇼팽에게서도 받았어. 쇼팽은 자신이 사랑하는 피아노에게는 항상 관대했지만."

나는 마음속에서 쇼팽을 한쪽으로 밀어놓고 리스트를 위한 자리를 마련했다.

"리스트는 시, 문학, 오페라, 발레 모두가 피아노에서 오고 피아노로 간다고 생각했단다. 지식과 상상력이 풍부한 사람일수록 어떻다고?"

"더 많은 것을 줄 수 있다고요?"

"그렇지. 창고 안에 더 많은 것을 갖고 있으니까."

그녀는 악보를 스탠드에 올리고 첫 페이지를 펼쳤다. 왼손 옥타브가 내 가슴을 설레게 했다.

"리스트는 아주 철학적인 작곡가였고 항상 세 가지 질문을 했다. 사랑, 삶, 그리고 죽음에 대해. 우리 삶에서 무엇이 부정적이고 무엇이 긍정적일까? 무엇이 그르고 무엇이 옳은 것일까? 모든 것은 상황과 장소에 따라 달라지는 법이지."

"그렇죠." 나는 홈 리사이틀에서 리스트를 연주하는 상상을 하며 건성으로 대답했다.

"악마와 하느님, 친절함, 관대함과 옹졸함은 언제나 많은 문학과 음악의 주제였어. 단지 소리로 표현하는 것이 다를 뿐이야."

내가 건반으로 손을 내밀자 그녀가 곧바로 내 손을 잡았다. "이 곡은 이야기 속 인물들이 등장하는 오페라야. 리골레토는 기본적으로 광대, 뭐라더라…… 어릿광대이고, 아주 비극적인 인물이야. 그에게는 질다라는 순진한 딸이 있어. 그리고 유혹의 전문가인 공작이 있지. 처음에는 베르디가 아닌 리스트의 철학적인 서곡으로 시작된다."

오프닝 옥타브를 시도해 보니 생각보다 어려웠다.

"아니야! 단지 옥타브를 위한 옥타브는 안 돼! 사람들은 항상 질문하지. 옥타브의 비밀이 뭐냐고. 그러면 나는 비밀 따위는 없다고 말하지. 옥타브는 단지 음악이야! 그러니까 먼저 이렇게 질문해야 하는 해. 이 프레이즈는 어떤 구조로 되어 있는가? 라고."

그녀는 내 엄지를 잡고 건반 위에서 첫 프레이즈의 윤곽을 그렸다. "B 가 걸어 올라가서 F샤프를 향해 가는 거야, 그렇지? 그다음에 E단조 두 번째 자리바꿈은 뭔가를 질문하는 듯하지."

그러자 내 눈에 그 윤곽이 들어왔다. 첫 프레이즈는 쉬워 보였다. 나는 엄지손가락만으로 다시 쳐 보았다.

"항상 프레이즈, 항상 단어로 표현해야 해. 비어 있는 소리가 되면 절대 안 된다. 하지만 단어마다 철자를 정확하게 써야 해."

나는 오프닝 페이지를 반복해서 연습했다.

"아니야. 그러면 안 돼. 리스트는 피아노 앞에서 완전히 자유로웠어. 가장 위대한 것은 어렵지 않고 수월해 보이지. 그런데 동시에 리스트의 곡은 항상…… 뭐라더라…… 그래, 손이 바빠."

"잠시도 가만히 있지 못하는 거요?"

"그래 바로 그거야. 피아노가 그를 흥분시켰으니까. 리스트에게는 오히려 장식음(음을 화려하게 꾸며 주고, 화성을 풍부하게 하며, 선율의 매력을 고조시키는 구실을 한다 - 옮긴이)이 없는 단순한 프레이즈를 연주하는 것이 어려웠지. 어떤 면에서 그는 지나치게 부지런한 사람이었어. 하지만 그에게는 모든 것이 아주 수월했어. 단지 손 모양을 잡고 피아노에 손을 내려놓으면 되는 거였으니까."

그녀는 각각의 블록코드(양손의 손가락을 동시에 사용하여 4성부 이상의 코드를 연속적으로 연주하는 것 - 옮긴이)의 손 모양을 보여 주었다. 그녀를 따라 하자 패시지가 아주 자유롭게 폭포처럼 쏟아져 내렸다.

"그렇지! 환상이 많아지고 논리적 원칙이 사라지면 정신병원에 가야겠지. 반면에 환상이 없는 원칙은 어떻게 된다고?"

"사체 부검요?"

"그렇지."

나는 집에서 시간이 날 때마다 리스트의 〈리골레토 편곡〉을 연습하다가 두 주가 지난 후 홈 리사이틀의 리허설을 하는 셈 치고 할아버지에게 그 곡을 들려주겠다고 말했다.

"대환영이다!" 할아버지가 말했다. "나도 너에게 파이프오르간으로 들려주고 싶은 곡들이 있단다."

할아버지는 은퇴 후에 파이프오르간 레슨을 받으며 빠른 진척을 보이고 있었다. 우리 가계의 전설적인 초견 연주자인 할머니는 할아버지에게 피아노를 완전히 양보했고 할아버지는 하루 여섯 시간씩 연습한 끝에 호주 음악평가원의 시험에 통과했다. 나는 할아버지의 추격이 자랑스럽기도 하고 부담스럽기도 했다. 우리 두 사람은 연말에 함께 준학사 학위를 받을 예정이었는데, 왠지 내가 그에게 뒤처지는 기분이 들었다.

"하루 날을 잡아서 우리 둘만의 연주회를 갖기로 하자. 방학이 시작되는 다음 주 화요일이 어떠니?"

그다음 주 화요일, 할아버지는 나를 데리고 시내에 있는 필그림 교회로 갔다. 그는 두 팔을 걷어붙이고 오르간 콘솔 앞에 앉아 마치 조종석에 앉은 비행사와 같은 몸짓으로 스톱을 조작하며 뷔만의 토카타 〈고딕 모음곡〉을 연주하기 시작했다. 뒤쪽으로 웅장한 소리가 밀려 나왔고, 그의 뒤에 서서 나는 오르간 연주가 주는 감동을 이해할 수 있었다. 할아버지는 두 손으로 건반을 오르내리다가 스톱을 잡아당기고 발로는 탭 댄서처럼 민첩하게 페달을 누르며 놀라운 협응 능력을 보여주었다.

"너도 알겠지만, 이 웅장한 토카타는 위도르의 유명한 토카타인 〈오르간 심포니 5번〉의 마지막 악장과 스타일이 아주 비슷하다. 하지만 어떤 토카타도 요한 제바스티안 바흐의 토카타에 비견할 수 없지." 그는 바흐의 토카타 D단조를 시연했다. "이것은 그 자체가 환상곡과는 확연하게 다르고 전주곡과 푸가와도 완전히 다른 장르야."

그 후 계속해서 이런저런 푸가 연주가 이어졌다. 나는 의자에 앉아 책가방에서 〈리골레토 편곡〉의 악보를 꺼냈다. 어둑한 불빛과 흔들리는 대기 속에서 악보를 읽다가 깜빡 잠이 들었는데 눈을 떠 보니 할아버지는 아직 연주를 하고 있었다. 얼마 후 할아버지는 콘솔에서 일어났지만 피곤한 기색은 보이지 않았다. 우리는 할아버지 댁에 가서 저녁을 먹었다.

"세 시간이나 걸리다니 아주 긴 콘서트였네요." 할머니는 감자를 건네며 상냥하게 말했다.

"당신은 두 명의 위대한 음악가와 대화를 나누고 있다는 것을 알아 둬요." 할아버지가 대답했다. "다음 코스는 피아노 레퍼토리의 산해진미가 될 거요."

저녁식사 후에는 내가 〈리골레토 편곡〉를 연주했다. 하지만 내 귀에는 아직도 할아버지의 웅장한 오르간 연주가 들리는 듯했고 내가 연주하는 옥타브 패시지는 기대한 것만큼 흥겹지 않았다.

"아주 잘했다." 할아버지가 활짝 웃으면서 말했다. "내가 시반 선생님에게서 받은 첫인상을 생각하면 네가 그분에게 배우며 날로 발전하는 것이 당연하지. 덧붙여 말하지만, 느린 곡일수록 어려운 법이야. 내가 실제로 그 증거를 보여 주지."

그는 피아노 앞에 앉더니 쇼팽의 왈츠 A단조를 연주했다.

"알아요." 내가 말했다. "하지만……."

내가 뭐라고 반박을 하기도 전에 그는 다시 C샤프 단조의 왈츠를 치기 시작했고 이어서 멘델스존의 〈가사 없는 노래들〉을 연주하고 그다음에 쇼팽의 〈녹턴 E플랫 장조〉로 끝을 맺었다.

"내 말이 맞다고 인정해라."라고 말하며 할아버지는 건반에 빨간 펠트 커버를 덮고 뚜껑을 닫았다.

그다음 주 브라이턴에 있는 홉굿 여사 댁의 문 앞에 도착했을 때에도 나는 여전히 자신감이 없었다. 〈리골레토 편곡〉은 행사 규모에 적절한 곡이었지만 내 연주는 아직 이백 퍼센트 안정적이지 않았고 대중 앞에서 연주하기에는 너무 이른 것 같았다. 아버지가 초인종을 누르자 홉굿 여사가 문을 열었다.

"네가 애나구나. 그리고 애나의 자랑스러운 아버님 골즈워디 선생님이시죠?"

"피터입니다." 아버지가 손을 내밀면서 말했다.

연푸른색의 캐시미어를 입고 양털처럼 하얀 머리를 단정하게 위로 올린 흡굿 여사는 인자한 할머니 같은 분이었다.

"들어오세요. 들어오세요." 그녀가 우리를 데리고 들어간 방에는 한쪽 옆에 그랜드 피아노가 차지하고 있고 다른 쪽에는 커다란 테이블 위에 오후에 마시는 차와 컵케이크와 크럼핏 빵과 에그 샌드위치가 차려져 있었다. 방 한가운데 관객들이 세 줄로 나란히 식탁 의자에 앉아 있었다. 찬장 위에 있는 사진 속에서는 한 젊은 군인이 침울한 표정으로 내려다보고 있었다.

"우리 협회의 부회장님을 소개하죠." 흡굿 여사가 우리를 흰 모자를 쓴 노인에게 데리고 갔다. "프리즐 대령이십니다. 이쪽은 애나이고, 이분은 애나의 자랑스러운 아버님인 골즈워디 선생님입니다."

"피터입니다." 아버지가 다시 말했다.

프리즐 대령은 자리에서 일어나 우리 둘을 내려다보았다. "안녕하세요. 협회에 잘 오셨습니다."

케이트가 먼저 쇼팽의 〈스케르초 1번〉을 신들린 듯 연주했다. 내 옆에 앉은 중년 여성은 몸을 움찔거렸고, 테이블 위에서 찻잔들이 두려움에 떨며 흔들렸다. 케이트의 연주가 끝나자 정중한 박수갈채가 쏟아졌고, 뒤이어 나이가 지긋한 회원이 피아노 앞에 앉더니 콧수염 뒤에서 얼굴을 붉히며 슈베르트의 즉흥곡을 연주했다.

모두들 감탄사를 연발했다. "터치가 아주 멋져요, 아서."

마지막으로 내가 〈리골레토 편곡〉을 연주했다. 자유와 환상이 사라지고 없는 연주였다. 시반 선생님이나 할아버지가 그곳에 없는 것이 천만 다행이었다. 하지만 아버지가 나에게 윙크를 보냈으므로 차를 마시는 동안 얼굴을 들고 있어도 되겠다고 생각했다.

"아주 잘했어요." 홉굿 여사가 샌드위치를 돌리면서 말했다. "프리즐 대령님, 이 두 아가씨를 내년 9월에 열리는 런치 리사이틀에 초청하면 어떨까요?"

"좋은 생각입니다." 그가 흔쾌히 승낙했다. 그는 창백한 푸른 눈으로 나를 보며 말했다. 〈리골레토 편곡〉은 아주 어려운 작품이죠."

"나는 사람들이 왜 굳이 편곡을 연주하는지 모르겠더군요." 아서가 말했다. "마치 피아노 레퍼토리가 부족한 것처럼 말입니다."

"편곡이 유행인가 봐요." 홉굿 여사가 말했다. "시드니국제대회에서도 러시아 피아니스트가 〈리골레토 편곡〉을 연주했죠? 그의 이름이 뭐더라…… 타라소프?"

"그다지 훌륭한 연주는 아니었어요!" 베레모를 쓴 여자가 말했다. "나는 같은 곡인 줄도 몰랐다니까요."

"정말 그랬어요." 아서는 카레를 넣은 계란 요리를 입안에 가득 넣은 채 말했다. "그래서 내가 말했잖아요? 타라소프의 테크닉과 나의 음악성을 합칠 수 있다면 완벽한 피아니스트가 될 거라고!"

그다음 주에 할아버지는 나와 함께 시반 선생님에게 가서 쇼팽의 왈츠를 들려주었다. 그녀는 할아버지의 연주에 진지하게 귀를 기울였고 단지 두 번 조언을 했다. 나는 할아버지와 자리를 바꿔서 피아노 앞에 앉으며 그녀가 내 연주도 똑같이 관대하게 평가해 주기를 바랐지만 〈리골레토 편곡〉악보의 두 번째 페이지에 도착했을 때 연주를 멈추게 했다.

"공작은 유혹적이어야 해! 아니면 아무런 문제가 생기지 않을 테고 그러면 이야깃거리가 없겠지." 그녀는 소리 내어 웃었다. "어렵다는 건 알아. 너는 아직 열다섯 살 소녀니까. 사실 공작보다는 질다에 더 가깝지. 하지만 이 곡을 연주하려면 그 모든 인물들이 될 수 있어야 한단다. 질다, 리골레토, 막달레나, 지휘자, 오케스트라, 공작, 감독, 누구라도 될 수 있어야 해!"

"나는 애나에게 단순한 곡을 잘 치기가 더 어렵다고 말했습니다." 할아버지가 끼어들었다.

"리스트는 항상 유혹에 관심을 가졌어." 시반 선생님은 할아버지 말을 무시하고 계속했다. "그는 누구나 유혹을 받을 수 있다고 믿었지."

"과연 그럴까요?" 할아버지가 말했다.

"그건 사실입니다. 단, 유혹자의 능력에 달려 있죠. 사람은 누구나 약점이 있는 법이죠. 예를 들어, 누구는 바람에 약하고, 누구는 칭찬에 약하고, 누구는 돈에 약할 수 있죠."

할아버지가 고개를 끄덕였다.

"선생님은 어떤 사람이 와서 선생님의 손녀를 칭찬하면 곧바로 항복하실걸요!"

할아버지가 껄껄 웃으면서 말했다. "제 손녀는 사실 칭찬할 만하죠. 안 그렇습니까?"

"물론이죠! 저는 이 아이를 사랑합니다!" 그녀는 나를 끌어안으며 말했다.

"어쨌든, 우리는 유혹에 넘어가지 않는다고 장담할 수 없어. 우리도 모르게 마법에 걸릴 수 있지. 리스트는 그런 상황에 항상 흥미를 느꼈어. 만일 메피스토펠레스가 진짜 얼굴을 드러낸다면 당연히 우리는 그를 피할 수 있겠지. 하지만 매력적인 사람이 아름다운 말을 한다면 깜박 속아 넘어갈 수 있는 거야. 자, 이 세레나데는 왼손으로 시작한다."

그녀가 손을 퉁기듯 반주를 하자 피아노의 음들이 마치 기타 소리처럼 공기 속을 떠다녔다.

"그럼 이제 우리의 테너를 골라 볼까. 파바로티 좋아하니?" 그녀가 멜로디를 연주하자 파바로티의 목소리처럼 각각의 음이 감정으로 부풀어 올랐다.

"아니면 플라시도 도밍고는 어때?" 그녀는 좀 더 온화하게 연주를 하며 웃었다.

"가능성은 무궁무진해! 리스트는 유혹에 대해 아주 잘 알고 있었지. 모든 여자들이 그와 사랑에 빠지지 않고는 못 배겼다더구나." 그녀는 목소리를 낮추었다. "이제 너는 다 큰 처녀니까 이런 말을 해도 되겠지? 리스트는 타고난 바람둥이였어. 하지만 그 이상이었지. 그는 관객을 유혹했어. 큰 무대를 싫어했던 쇼팽과는 정반대였지. 리스트는 파가니니의 바이올린 연주에 영감을 받고 기교의 무한한 가능성에 고무되어 관객을 자극하고 흥분시켰지! 사람들은 미쳐 버리고 여자들은 기절했어. 때로 그는 인간을 초월해서 악마의 힘을 갖고 있는 것 같았지. 리스트의 피아노 연주는 일종의 마술이었어."

새해가 되었을 때 융한 찬이라는 바이올리니스트가 싱가포르에서 우리 학교로 전학을 왔다. 그는 수업 시간에 얌전하고 조용했지만 파가니니의 〈카프리스〉를 연주할 때는 악마의 힘에 사로잡힌 듯 보였다. 그가 불도그처럼 씩씩거리면서 흰자위가 보이도록 눈을 굴리며 연주를 하면 나는 그 자리에 못이 박힌 듯 꼼짝도 할 수 없었다. 그에 비하면 나는 취미로 피아노를 치는 얌전한 숙녀처럼 느껴졌다.

"학교를 마치면 어떤 진로를 선택할 계획인가?" 새로 부임한 교장 선생님이 학생 면담을 하면서 내게 물었다. "학생은 학업 성적이 아주 우수하군."

"음악가가 될 겁니다." 내가 대답했다.

그는 잠시 나를 유심히 쳐다보고 나서 창문 밖에 보이는 운동장으로 시선을 돌렸다.

"그렇게 되면 아주 좋은 일이지만, 융한 찬을 봐라. 그는 음악가야. 딱 보면 알 수 있지. 우리랑 다르지 않니?"

이 말에 자존심이 상한 나는 다시 한 번 사람들에게 나의 가능성을 보여 주어야겠다고 다짐했다.

그해 나는 애들레이드 에이스테드포드 대회의 여러 부문에 참가해 대부분 우승을 했고, 열여섯 살 이하의 가장 촉망받는 피아니스트로 야마하 메달리온을 수상했다. 홉굿 여사에게서 에드먼드 라이트 하우스에서 9월에 연주회를 해 달라는 전화가 왔으므로 아버지는 매킨토시로 전

단지를 만들었다.

"상 받은 건 쓰지 마세요!" 내가 외쳤다. "잘난 척하는 거 같잖아요."

"잘 들어라, 파이." 아버지는 의자를 돌려놓고 앉아서 나를 바라보며 진지하게 말했다. "나는 항상 세상이 우리가 가는 길을 알려 줄 것이라고 생각하지만, 때로는 약간의 격려가 필요해. 너에 대한 정보를 알리는 것은 당연한 거야."

아버지는 문구점에서 노란 형광색 종이에 전단지를 복사해 가지고 와서 학교에 가져가라고 내게 건네주었다. 나는 그것을 학교에 가져가긴 했지만 한 장만 빼고 모두 사물함 안에 숨겨 두었다. 그리고 그 한 장을 구석진 곳에 있는 게시판에 붙이면서 교장 선생님과 우리 반 아이들이 지나가다가 읽어 주기를 간절히 바랐다.

9월 26일 아침 일찍 아버지는 나를 에드먼드 라이트 하우스로 데려다 주었다. 천장이 금박으로 반짝이고 은은한 확산 조명이 비추고 있는 그곳에는 아직 아무도 없었다. 나는 스타인웨이 피아노를 연주하면서 거대한 성 안에 사는 아이처럼 자유로움을 느꼈다. 피아노 소리가 사방의 벽과 천장으로 퍼지면서 장식 홈들을 따라가 객석에 있는 아버지에게 전달되었다.

"소리가 어때요?" 내가 소리쳤다.

"너무 애쓰지 마라, 파이. 콘서트를 위해 힘을 아껴야 해."

아직 콘서트는 거의 세 시간이나 남아 있었다. 나는 공기 속에서 반짝이는 리스트 음악에 도취되어 연습을 계속했다. 얼마 후 조율사가 도착했으므로 우리는 집에 가서 쉬다가 다시 오기로 했다.

점심시간에 다시 그곳에 갈 때는 자신감이 사라지고 없었다. 우리는 몇 블록 떨어진 곳에 주차를 하고 걸어갔다. 나는 보도블록 사이의 틈을 피해 걸으면서 아무 말도 하지 않았다. 콘서트를 위해 준비한 시폰 드레스는 처음 입어 보았을 때는 모양이 살아 있었는데 이제 봄바람을 맞으며 걸어가니 가슴과 다리 사이로 달라붙어서 마치 벌거벗고 있는 듯 느껴졌다.

아버지는 휘파람으로 〈리골레토〉의 주제곡을 불렀다. 즐거워하는 그의 모습이 너무 얄미워서 나는 눈을 흘겼다.

"왜 그러니, 파이?"

"그만하시면 안 돼요?"

아버지는 잠시 후 다시 휘파람을 불기 시작하였다. 나는 우리 사이를 뭔가가 가로막고 있는 것처럼 외로워졌다. 아버지는 내 편이긴 하지만 내가 무대 위에 올라가 있을 때 그는 저 멀리 객석에 앉아 있을 것이다.

"연주를 하다가 또 깜빡하면 어떻게 하죠?" 나는 생각만 해도 숨이 막히는 것을 느끼며 말했다.

아버지는 어깨를 으쓱했다. "어떻게 하긴? 그런다고 죽기야 하겠니?"

어떻게 저리 태연할 수 있을까?

"사실, 깜빡할 수도 있지." 그가 계속했다. "그게 무슨 대수라고! 내가 아는 한, 너는 그 상황에서 빠져나올 수 있을 것이고 거의 아무도 눈치 채지 못할 거야. 어쨌든 모든 사람들이 네가 잘하기를 바랄 거다."

킹 윌리엄 스트리트로 들어서자 에드먼드 라이트 하우스 앞에서 사람들이 표를 사기 위해 길게 줄을 서 있는 것이 보였다. 나는 뜨끔해서 발걸음을 멈추었다.

"문전성시로군!" 아버지가 큰 소리로 외쳤다. 나는 아버지가 친구들에게 손을 흔들 때 그의 뒤로 숨었다가 옆문으로 슬금슬금 들어가는데 흡굿 여사와 마주쳤다.

"왔군요!" 그녀는 상기된 표정이었다. "이리로 곧장 가면 분장실이 나올 거예요. 십 분 후에 데리러 올게요."

십 분이면 아직 육백 초나 남았다고 나 자신을 안심시켰다. 육백 초 안에 무슨 일이 일어날지 알 수 없었으므로 미리 가방에서 악보를 꺼내 문 옆에 놓아두었다. 오백사십 초. 행운의 브라를 하고 있는지 확인하고 립스틱을 다시 칠했다. 이백사십 초. '너는 관객을 유혹할 거야.'라고 거울 속에 있는 놀란 토끼 같은 얼굴에게 말했지만 그 얼굴은 내 말을 믿지 않았다.

홉굿 여사가 문을 두드렸다. "시간이 되었어요." 그녀는 환한 미소를 보냈다.

나는 새로 산 구두를 신고 저벅거리며 무대로 나갔다. '넘어지면 안 된다, 넘어지면 안 된다'라고 익숙한 주문을 외우며 앞으로 나아가 관객 너머에 있는 벽을 바라보고 마치 멀리 있는 친구에게 인사를 하는 것처럼 미소를 보내며 고객를 숙였다. 피아노 앞에 앉자 오른쪽 다리가 후들거리기 시작했다. 나는 그 다리가 내 것이 아닌 척했다. 정신을 집중하고 마음을 가라앉히면 진정될 것이다. '진정한 예술가는 무대에서 편안하게 느낄 수 있다.' 시반 선생님은 말했다. '무대는 연습을 하는 곳이 아니다.'

바흐와 모차르트는 정신없이 지나갔다. 푸가에서 잠시 머뭇거렸으나 아버지가 장담한 것처럼 곧바로 빠져나올 수 있었다. 나는 일어서서 관객에게 인사를 했다. 무사히 한 고비를 넘기고 나니 그제야 관객들이 눈에 들어왔다. 우리 가족이 모두 와 있었다. 제일 어린 사촌에서부터 할아버지 할머니까지. 태양 광선이 객석을 가로지르며 왼쪽 끝에서 손수건으로 눈물을 훔치고 있는 할머니와 그 옆에서 블라우스를 쥐어짜고 앉아 있는 어머니를 비추었다. 그 뒤에는 시반 선생님과 그녀의 남편인 아이작, 그들 뒤쪽에 소피아, 제시카, 그리고 프리즐 대령이 보였다. 관객은 더 이상 잠재적인 폭도가 아니라 상냥하고 우호적인 친구들이 되었다.

나는 다시 자리에 앉아 리스트를 치기 시작했다. 손가락에 닿는 건반의 촉감을 느끼며 달콤하고 익숙한 소리에 귀를 기울였다. 마침내 허벅지의 긴장이 풀리고 흥이 나는 것을 느끼면서 연주에 활기가 살아났다. 나는 수월하게 공작의 세레나데로 들어가 유혹을 하고 유혹을 받았다. 잘하고 있는 것 같다고 말하는 소리가 머릿속에서 들렸지만 그 소리도 대기 속으로 내보내고 마술을 계속했다.

열렬한 박수 소리와 함께 홉굿 여사가 장미, 은방울꽃, 아이리스가 섞인 커다란 꽃다발을 가져왔다. 나는 그것을 피아노 위에 올려놓고 앙코르 곡을 연주했고, 다시 커튼콜을 위해 무대로 돌아갔다.

박수 소리가 잠잠해졌을 때 나는 출입구로 나가 호흡을 가다듬으며 기다렸다. 할아버지가 제일 먼저 밖으로 나왔다. 그는 감격한 나머지 눈물을 글썽거리며 내 손을 잡고 말했다. "정말 잘했다."

시반 선생님은 나를 따뜻하게 안아 주었다. "훌륭한 연주였어. 나도 놀랐다. 콘서트 피아니스트가 될 수 있다는 것을 보여 주었구나."

"아주 훌륭했어!" 아버지가 춤을 추듯 걸어 나오면서 말했다. "무대가 체질인 것 같던데."

"그 아름다운 꽃다발은 누가 가져왔지?" 어머니가 카드를 들여다보며 물었다. "'성공적인 공연이 되길 바랍니다.'라고 씌어 있네. 우리가 아는 사람은 여기 모두 와 있는데. 아마 내 비서가 보낸 것 같군. 자상하기도 하지. 그런데 너무 과용을 했네!"

나는 즉시 누가 그것을 보냈는지 알았다. 불어 수업을 같이 듣는 잘생긴 남학생 샘이었다. 나는 종종 그가 나를 쳐다보고 있는 것을 느꼈다. 그는 복도에서 내 전단지를 발견하고 방학 때 다른 지방에 가기 때문에 연주회에 못 갈 것 같다고 미안해했다. 학교에 가서 그를 만났을 때 나는 너무 수줍어서 고맙다는 말을 하지 못했다.

"이 아이는 제게 큰 교훈을 주었습니다." 시반 선생님이 말했다. "애나는 어린아이답지 않게 의젓해요. 처음에는 애나의 재능을 잘 알 수 없었어요. 케이트는 곧바로 알 수 있었죠. 그 아이는 감성이 아주 풍부하니까요! 하지만 애나는 항상 다소 감정을 자제합니다. 항상 먼저 생각하고 그다음에 느끼죠. 하지만 이제 애나의 내면에서 완전한 혁명이 일어났어요! 이 아이의 눈빛이 변했습니다. 아름다운 눈빛이죠. 아주 따뜻해졌어요!"

"아, 댁이 선생님이시군요. 그렇죠?" 한 할머니가 물었다. "그럼, 이 아가씨는 아직도 레슨을 받고 있나요? 학생을 가르쳐도 될 것 같은데."

우리는 모두 케이트의 연주를 듣기 위해 다시 객석으로 갔지만, 아직 흥분이 가라앉지 않은 나의 귀에는 아무것도 들리지 않았다. 나는 다시 무대에 올라가고 싶었다. 따뜻하고 날렵한 나의 손이 건반을 두드리면 꽃향기가 공기 중에 퍼지면서 음악과 함께 어우러질 것이다. 계속해서 앙코르를 연주하면 사람들은 미쳐 버리고 여인들은 기절할 것이다. 나는 마술을 부려 그들 모두를 유혹할 것이다. 피아노 독주회는 그 무엇보다 내가 살아 있다는 것을 느끼게 해 주었다.

10장

프로코피예프

"프로코피예프는 자신의 주변 세상을 음악에 반영하는,

정신적으로 자유로운 현대 작곡가였어.

하지만 세상이 한꺼번에 변할 수는 없지?"

세르게이 프로코피예프 Sergey Prokofiev, 1891~1953, 러시아 작곡가

예카테리노슬라프에서 유대인 대지주의 아들로 태어나 피아니스트였던 어머니에게 음악 교육을 받고, 5세 때 이미 작곡을 하는 등 비범한 재능을 나타냈다. 페테르부르크 음악원에 입학하여 재학 중에 〈피아노 협주곡 제1번〉을 비롯한 초기의 대표적인 작품을 발표했다. 1914년 러시아 발레단의 기획자인 디아길레프를 만나 발레곡 〈알라와 롤리〉, 〈어릿광대〉를 작곡했다. 1917년에 러시아 혁명이 일어나자 이듬해 미국으로 망명한 뒤 실험적이고 유머러스한 곡상으로 서구 모더니즘의 총아로 불리며 세계적인 명성을 얻었다. 조국을 그리워하다가 1933년에 귀국한 후로 민족적이고 알기 쉽고 평이한 음악을 세련된 기법으로 작곡해 대중적이고 서정적인 걸작들을 내놓았다. 영화음악 〈키제 중위〉, 발레음악 〈로미오와 줄리엣〉, 〈신데렐라〉, 어린이를 위한 동화음악 〈피터와 늑대〉 등이 있다. 〈피터와 늑대〉는 1936년 5월 모스크바 필하모닉 오케스트라의 '어린이를 위한 콘서트'에서 초연된 이래 전 세계 어린이들에게 사랑받는 곡이 되었다. 전통적인 러시아 음악과 서유럽의 형식주의와의 모순에 항상 갈등하면서 작풍이 크게 변화해 왔지만, 궁극적으로 차이코프스키에서 현대에 이르는 러시아 음악의 전통을 계승하고 발전시켰다.

데뷔 연주회로 정신없이 시간을 보내고 나니 벌써 학기말 시험이 1년 앞으로 다가왔다. 나는 케이트 스티븐스의 뒤를 이어 돈메이너드상을 받는 것으로 시반 선생님이 말한 놀라운 결과를 보여 주어야 했다.

"케이트와 같은 놀라움을 주는 것으로는 충분하지 않아." 그녀는 내게 말했다. "전혀 새로운 놀라움을 줄 수 있어야 해. 너는 쇼팽의 발라드를 연주하고 위대한 영웅의 이야기를 들려주는 것이 좋겠다. 절대적으로 성숙한 연주를 해야 할테고. 하지만 또 다른 뭔가가 있어야 할 텐데."

"리스트는 어때요?" 내가 물었다.

"아니, 완전히 대비가 되는 뭔가가 필요해…… 아, 프로코피예프를 하면 좋겠다!"

그녀는 서재로 들어가 프로코피예프 토카타의 악보를 갖고 나와 스탠드 위에 올려놓았다.

"프로코피예프가 누구지?" 그녀가 물었다.

"1891년 태어난 러시아 작곡가죠."

"그렇지. 하지만 그런 사실 말고, 프로코피예프는 어떤 사람일까?"

내가 우물쭈물하는 동안 그녀는 악보를 펼쳤다.

"작곡가를 살아 있는 사람으로 이해하는 것은 중요해. 작곡가는 의도적이든 아니든 자신의 경험을 곡에 반영하지. 글을 쓰는 작가나 마찬가지야. 어떤 작가도 자신이 모르는 것에 대해 쓰지는 않지." 그녀는 아버지를 향해 몸을 돌리고 말했다. "「마에스트로」라는 소설은 어떤가요?"

아버지는 어깨를 으쓱하며 말했다. "기본적으로는 그렇습니다. 삶에서 영감을 받으니까요."

"그렇죠! 소설적이라는 것은 정확히 말하면 현실적이라는 것이죠! 그리고 음악은 문학보다도 정직합니다. 왜냐고요? 음악은 기본적으로 추상적이기 때문에 작곡가가 완전히 진실해질 수 있는 무한한 자유를 줍니다. 이 점을 이해하는 것이 아주 중요해요!"

그녀는 손금을 보듯이 악보를 가까이 들여다보며 말했다.

"모든 답이 여기 있어. 이 안에 작곡가의 온전한 인품, 온전한 자서전이 담겨 있지. 한 청년이 자신이 가진 힘과 사랑에 빠져 있어. 그는 과시욕이 아주 강한 사람이야!" 그녀는 건방지고 오만하게 화려한 오프닝을 연주했다.

"완전히 새로운 스타일이지? 이 곡은 리듬이 아주 중요하고 화성이 혁명적이야. 물론 불협화음들이 있어. 여기서 뭘 알 수 있을까? 프로코피예프는 자신의 주변 세상을 음악에 반영하는, 정신적으로 자유로운 현대 작곡가였어. 하지만 세상이 한꺼번에 변할 수는 없지?"

"물론이죠."

"맞아! 당시는 기계의 시대였어. 엄청나게 파괴적인 시기. 그리고 파괴하는 것은 건설하는 것보다 백만 배는 더 쉽지."

"계란을 깨지 않고는 오믈렛을 만들 수 없어요." 나는 학교에서 러시아 혁명을 공부하면서 배운 글귀를 인용했다.

그녀는 어두운 미소를 지었다. "어떤 면에서 프로코피예프는 매우 성실한 사람이었어. 그는 러시아를 떠났다가 다시 돌아갔지."

"왜요?"

그녀는 어깨를 으쓱했다. "그들은 스트라빈스키에게도 돌아오라고 했지만 스트라빈스키는 훨씬 신중했지. '우리는 당신을 사랑하고, 당신의 음악은 우리나라에서 아주 인기가 많습니다.'라고 하면 스트라빈스키는, '그거 고맙군요. 거기서 나를 사랑하세요. 내 작품을 보내 주겠소.'라고 말했지." 그녀는 우울하게 웃었다. "하지만 프로코피예프는 아마 고향이 무척이나 그리웠던 모양이고, 그들이 하는 말을 믿은 거야. 하지만 러시아로 돌아간 그에게 그들은 어떻게 했을까? '우리가 시키는 대로 하시오. 안 그러면 또 다른 프로코피예프를 찾아보겠소.'라고 했지. 그런 상황은 당연히 그를 망가뜨렸어." 그녀의 표정에서 갑자기 우울한 기색이 보였다. "그는 스탈린과 같은 날 죽었어."

"기억이 나세요?"

그녀는 창문 밖으로 보이는 잎사귀가 노랗게 물든 나무를 응시했다. 그녀는 그 나무가 낙관적이기 때문에 좋아한다고 말한 적이 있었다.

"우리 모두 스탈린을 위해 슬퍼했지만 프로코피예프를 위해 슬퍼한 사람은 없었지. 나는 그때 어린아이였고 스탈린이 죽었을 때 우리는 사랑하는 지도자를 잃었다고 생각했어. 절절한 슬픔을 표현하는 추모시를 쓰기도 했지."

그녀는 다시 밝은 표정을 지으며 피아노로 주의를 돌렸다. "항상 기억해라. 프로코피예프는 피아노의 거장이었다는 것을. 그는 우리 계보에 속하고, 아네트 에시포프에게 배웠어. 그는 매우 혁명적이면서 동시에 수준 높은 피아니즘과 문화를 갖고 있었어. 이런 사실을 알고 연주를 하면 어떤 느낌이 들까?"

"믿음요?"

"그렇지. 안정감. 답이 이미 여기 있다는 것을 알 수 있으니까. 피아니스트를 배려하지 않은 스트라빈스키와는 달라. 프로코피예프를 연주할 때는 우리가 따로 방법을 찾을 필요가 없어. 그에게서 찾으면 되니까."

그녀는 오프닝을 다시 연주하기 시작했다.

"무엇보다, 지휘를 해야 해. 그리고 항상 박자를 기억해라. 음의 박자, 내면의 박자, 느낌의 박자. 피아노는 기본적으로 타악기야."

그녀는 내 팔을 두드리면서 박자를 맞추었다. "그리고 다 한 번, 다 두 번, 그리고 다딩 한 번! 다-다-다-다 -다-다-다-다-다 그리고 딩 두 번!"

그녀는 이 리듬이 내 몸의 세포 하나하나에 충전이 될 때까지 반복해서 연습을 시켰다.

"단어는 중요하지, 그렇지? 하지만 부호 역시 아주 중요해. 모든 박자가 갖고 있는 정확한 문법을 알아야 해. 부호에는 정서적 관점이 실려 있다는 사실을 잊지 마라."

"부호가 갖고 있는 정서적 관점." 나는 자신 없이 따라 말했다.

"그렇지! 내가 생각해도 아주 훌륭한 표현이구나. 방금 만들어 낸 말이지만." 그녀는 소리 내어 웃었다.

사실은 어떤 종류의 관점 – 정서적인 관점이든, 다른 무엇이든 – 도 그 당시에 나는 이해하지 못했다. 돈메이너드상 외에도 나에게는 여러 가지 목표가 있었다. 영어를 가르치는 클라크 선생님은 학기말 시험을 잘 치르라고 말하면서 나에게 의미심장하고 위협적인 윙크를 보냈다. 나는 그것이 어떤 의미인지 알았다. 주 전체에서 영어 시험에 최고점을 받은 학생에게 주는 테니슨 메달을 내가 받아야 한다는 것이었다. 그 상을 받으면 대학 입시에서 아주 유리했다. 우리 집안에서는 20년 전에 제프 삼촌이 받은 적이 있었다. 나는 또한 최우수 학생으로서의 자리를 지켜야 하고, 완벽한 수학 점수를 받아야 하고, 학교 토론 팀의 주장으로 최종 결선에서 승리를 거두어야 하고, 애들레이드 에이스테드포드 대회에서 우수한 성적을 유지해야 하고, 호주 건반음악협회에서 주관하는 두 번의 독주회를 준비해야 했다. 게다가 학교 합창단의 피아노 솔로로 세인트존스, 스미스 스퀘어, 런던 등지를 순회하는 유럽 연주 여행을 떠날 예정이었다. 그것은 나의 첫 외국 여행이니만큼 성공적인 데뷔가 되어야 했다.

내가 너무 욕심을 부리는 것 같아서 그중에 어떤 것을 포기할 수 있는지 저울질해 보았지만 어느 것 하나도 양보할 수 없었다. 나는 언제부턴가 성공을 기뻐하는 것이 아니라 단지 실패하지 않는 것을 다행으로 여기게 되었다. 메피스토가 파우스트에게 요구한 것처럼 운명은 나에게 성공에 따른 대가를 치르게 하려고 준비하고 있을 것만 같았다. 예를 들어, 나를 평생 노처녀로 살게 하거나 우리 부모님을 이혼시킬 수도 있었다.

"음악가들은 모두 미신을 믿어. 누가 뭐라 하든 상관하지 마라." 시반 선생님이 언젠가 말했다. "스트레스를 많이 받는 직업을 가진 사람들은 다 그래. 미신을 믿지 않는 의사가 있으면 나와 보라고 해! 미신은 오랜 경험에 의해 만들어진 것이고 틀릴 수 있고 맞을 수도 있다. 하지만 특히 무대 위에서는 아주 작은 불안감 때문에 연주를 망칠 수 있지."

시반 선생님과 피아노 레슨을 하는 동안 나는 우리 집에서 믿는 미신 외에 러시아의 미신을 물려받았다. 문턱에 서서 키스를 하려고 하는 남자는 멀리했고, 차를 따를 때는 무병장수를 위해 잔을 가득 채워야 했다. 나의 개인적인 운명론은 러시아 민간 신앙까지 더해져서 점점 복잡해지고 있었다.

유럽으로 가는 비행기 안에서 합창단원들이 크리스마스 특집판 「보그」잡지를 보고 있을 때 나는 로사리오 묵주를 돌리듯 피보나치수열을 마음속으로 암기하며 무사 착륙을 기도했다. 유럽의 거리를 다니다가 보도에 깔린 자갈을 잘못 밟으면 무대 위에서 연주할 때 깜빡할 수 있었다. 엽서에 우표를 비스듬히 붙이면 집에 있는 우리 가족이 위험해질 수 있었다.

"이게 대체 뭐야?" 북부 독일의 작은 마을 후줌에서 함께 숙소를 쓰고 있던 룸메이트가 어느 날 오후 빨래를 개다가 물었다. 그녀의 손에는 수도 없이 빨아서 너덜너덜해진 내 행운의 브라가 들려 있었다.

"너는 몰라도 돼." 나는 깜짝 놀라 그녀의 손에서 그것을 잡아챘는데, 그만 내 행운의 브라가 찢겨져 버렸다. 나는 울기 시작했다.

"집이 그리운가 보구나." 그녀가 상냥하게 말했다. "나도 그래."

그날 밤 나는 애들레이드에서 프로코피예프의 토카타를 연주하는 꿈을 꾸었다. 피아노가 이상하게 말을 듣지 않는다고 생각했는데, 알고 보니 피아노가 아니라 전자 키보드였다. 게다가 점차 음역이 줄어들면서 4음계에서 2음계로, 그리고 나서 1음계가 되었다. 토카타를 음역에 맞추려고 했으나 아무리 애를 써도 자꾸 옆으로 밀려났다. 관객은 웅성거리고 야유를 퍼붓다가 하나둘씩 자리를 박차고 나가 버렸고, 나는 1음계 안에 갇혀서 몇 시간 동안 무대 위에서 허둥거렸다.

다음 날 아침, 간밤에 꾼 꿈 때문에 찜찜한 기분으로 리허설을 하러 갔는데 합창단 감독이 새로운 소식을 전했다.

"자, 잘 들어요. 후줌 시청에서 콘서트를 해 달라는 시장님의 초대를 받았어요. 아주 특별한 영광이죠." 그가 말을 멈추고 반응을 기다리자 합창단원들은 적절한 놀라움과 기쁨을 표시했다. "그런데 유감스럽게도 피아노가 아닌 전자 키보드밖에 준비가 되지 않는다고 해요. 그래도 애나가 프로코피예프의 토카타를 연주할 수 있을까?"

'말도 안 돼!' 나는 머리를 흔들며 속으로 중얼거렸다.

그의 눈썹이 이마 위로 솟구쳤다. "애나, 만일 음악가로서 자신의 원칙에 맞지 않는다고 생각한다면 지금 그렇다고 말해 주세요."

나는 잠시 생각에 잠겼다. 이것은 충분히 거절을 해도 되는 일이다. 전자 키보드는 프로코피예프의 토카타에 적절하지 않았다. 하지만 내가 그렇다고 말하면 음악가의 원칙이라기보다는 비겁한 변명으로 들릴 것이다.

나는 이제 때가 되었다고 생각했다. 행운의 브라도 없는 마당에 이런 일이 벌어졌다. 이제부터 미신에 매달리지 말자. 내 의지만으로 두려움을 당당히 마주해야 할 때가 되었다.

"하겠어요." 내가 대답했다.

그의 눈썹이 다시 내려왔다. "그게 바로 내가 말하는 프로 정신이라는 거예요. 그리고 우리 합창단에 필요한 거죠."

그날 밤 나는 보통 브라를 하고 콘서트에 갔다. 시청으로 가는 길에는 조약돌에 숨겨진 비밀 메시지를 무시하고 지나갔다. 피보나치수열이 머리에 떠오를 때는 주문 따위는 믿지 말고 나 자신을 믿자고 타일렀다.

우리가 캐럴을 부르기 시작하자 이층 객석에서 한 무리의 남학생들이 몸을 내밀고 우리 중에 예쁜 여자아이들을 가리키며 수군거렸다. 내 주위에 있던 여자아이들은 찰랑거리는 머리카락을 귀 뒤로 쓸어 넘겼다.

전반부가 끝나고 나는 전자 키보드를 치기 위해 앞으로 걸어 나갔다. 그 키보드는 내가 원하는 만큼 섬세하게 소리를 표현하지 못했다. 결국 타악기를 연주하듯, 마치 귀신을 물리치는 의식을 치르듯, 프로코피예프를 연주할 수밖에 없었다. 피보나치수열을 외우지 않고 무대에 선 것이 못내 마음에 걸렸지만 내 손이 잘해 줄 것이라고 믿었다. 마지막 글리산도(비교적 넓은 음역을 빠르게 미끄러지듯 연주하는 방법 – 옮긴이)를 향해 가는데 머릿속에서 우리 가족을 자연재해에서 구하기 위해서는 음을 잘

못 눌러야 한다고 말하는 목소리가 들렸다. 하지만 나는 음악이 결코 그렇게 악의적일 리가 없다고 무시해 버렸다.

결국 둔감한 악기로 평범한 연주를 했지만 나는 자리에서 일어나 인사를 하면서 끝까지 연주할 수 있었던 것만으로 위대한 승리를 이룬 것처럼 느꼈다. 내가 연주를 하는 동안 관객들은 자리를 지키고 있었고, 키보드는 7과 4분의 1 옥타브의 넓은 음역을 유지했다. 나는 드디어 마법에서 풀려났다. 이제 나도 다른 소녀들처럼 잘생긴 소년들의 시선을 받으며 머리카락을 쓸어 넘길 수 있을 것 같았다.

애들레이드에 돌아와서 나는 미신에 의지하지 않고 목표를 달성할 수 있는 새로운 방법을 찾기로 했다. 우선 시간표를 다시 짰다. 매일 아침 5시 30분에 일어나 텔레비전에서 하는 에어로빅 프로그램을 녹화해서 아침을 먹기 전까지 한 시간 동안 운동을 한다. 숙제는 학교에서 최대한 많이 한다. 에어로빅, 저녁 식사, 남은 숙제를 할 때를 제외하고는 쉬지 않고 피아노 연습을 한다. 9시 30분에 잠자리에 들어서 20분 동안 책을 보다가 내일을 위해 불을 끄고 잠을 청한다.

"너무 무리하지 마라, 파이." 어느 날 저녁 아버지가 말했다.

나는 못 들은 척하고 음악실로 가서 프로코피예프를 연습했다. 가족들이 텔레비전을 보며 웃는 소리가 들렸다. 왜 나 혼자 이렇게 고군분투를 해야 하는 것일까? 나는 문을 쾅 닫고 더욱 크게 피아노를 쳤다. 텔레비전 따위를 보면서 시간을 허비할 수는 없었다. 메트로놈을 50퍼센트에 맞추었다가 다시 75퍼센트로 높이고, 왼손 파트를 완전히 암기할 때까지 연습했다.

그다음 주에 내가 연습한 결과를 보여 주자 시반 선생님이 말했다. "아니지! 유머는 어디로 갔니?"

"유머요?"

"물론이지! 프로코피예프는 유머 감각이 뛰어났어. 유머러스하고 풍자적이고 때로는 냉소적이기도 해."

나는 유머러스해지려고 노력하며 다시 시작했다.

"아니야. 여기서는 아주 고약한 소문을 퍼뜨리는 거야." 그녀는 목소리를 낮추고 속삭였다. "다성음으로, '이런 소문 들었어? 응?' 하고 수군거리다가 갑자기 트롬본이 나오지."

그녀는 왼손으로 트롬본 부분을 연주하며 즐겁게 웃었다. "충분히 절제되어 있으면서 동시에 상상력이 풍부하지. 이 작품에서 프로코피예프는 아주 외향적이야. 그는 젊었고 자신의 힘을 믿었으니까!"

학창 시절이 끝나고 있었고 이제 진로를 결정해야 했다. 학교 교감 선생님은 나에게 순수수학을 공부하라고 제안했고, 어머니는 법학을, 아버지는 미술과 음악을 복수 전공 할 것을 권했다.

"애나가 유학을 가야 할까요?" 아버지는 시반 선생님에게 물었다.

그녀는 잠시 생각하다가 말했다. "저는 애나에게 줄 수 있는 모든 것을 줄 것입니다. 하지만 제가 줄 수 없는 것이 있는데, 그것은 환경이죠. 예를 들어, 러시아에서 우리는 많은 것을 누렸어요. 매주 공연하는 키로 프 오페라와 발레, 그리고 도처에 거장들이 있었죠. 쇼스타코비치, 하차 투리안, 카발레프스키, 로스트로포비치, 리히터, 길렐스, 오이스트라흐 ……."

그녀는 손가락이 모자라서 그들의 이름을 다 꼽을 수 없는 것이 안타 깝다는 듯 미소를 지었다. "러시아가 완벽하다고 말하는 것은 아닙니 다. 하지만 때로는 물질적으로 궁핍한 상황이 사람들을 정신적으로 만 들 수 있죠."

"애나가 러시아로 가는 것이 좋을까요?" 아버지가 물었다.

"지금으로서는 불가능합니다. 안전을 보장할 수 없어요. 다만 제가 말할 수 있는 것은, 애나는 어디를 가든 계속 배우게 될 것이라는 점입 니다. 스펀지처럼 말이죠. 자, 그럼 다시 프로코피예프로 돌아갈까?"

그해 겨울, 호주 건반음악협회 주관으로 피아니스트 더글러스 오웬 의 자선 독주회가 애들레이드의 엘더홀에서 열렸다. 더글러스 오웬은 나보다 네 살이 많은, 성품이 온화하고 예의 바른 청년이었다. 아버지와 나는 그가 멜버른에서 법학을 공부하면서 애들레이드를 방문했을 때 잠 깐 만난 적이 있었다. 그리고 얼마 후 그는 이태리 대회에서 우승을 하 고 뉴욕의 줄리아드 음대에서 수학했다.

더글러스의 독주회는 애들레이드에서 열리는 연주회로서는 큰 행사 였고, 아버지와 나는 사람들로 북적이는 입구를 통과하며 우리가 아는 사람이 유명 인사라는 사실을 실감했다.

"더글러스는 법학 공부에 대해 뭐라고 하던가요?" 내가 큰 소리로 물었다.

"글쎄, 뭐라고 했더라. 아, 맞다! 공부는 제쳐두고 피아노 앞에서 너무 많은 시간을 보내고 있어서 걱정이라고 하더구나."

"래클런과 더글러스가 멜버른 대학을 같은 시기에 다닌 것은 아니에요." 두 여자가 우리 옆을 지나쳐 가면서 말했다. "그렇죠. 하지만 물론 둘은 서로 아는 사이죠."

우리는 강당에 들어가 자리를 잡았다. 옆에는 케이트 스티븐스와 그녀의 친구가 앉아 있었다. "어쩌면 좋아. 울음이 터질 것 같아." 케이트의 친구가 말했다. 그녀는 금발 머리를 한 늘씬한 미인이었다. "벌써부터 눈물이 나올 것 같아."

"왜요?" 내가 물었다.

"더글러스의 연주를 들으면 나는 항상 눈물이 나거든." 그녀의 눈에는 벌써 눈물이 그렁그렁 맺혀 있었다. "그의 연주는 정말 감동적이야."

조명이 어두워졌고, 사람들이 헛기침을 하는 소리가 강당을 가로질러 지나갔다.

"조지의 여동생이 더글러스와 같은 유치원에 다녔대." 우리 뒤에서 한 여자가 속삭였다. "분명 그는 어린 시절이 없었을 거야."

더글러스는 흰 턱시도를 입고 무대 위로 걸어 나왔다. 키가 크고 점잖고 진지해 보이는, 다소 구시대적인 남성처럼 보였다. 그는 멋쩍어하는 미소를 지으며 인사를 했고, 재킷의 단추를 풀고 피아노 앞에 앉더니 스트라빈스키의 〈페트루슈카〉를 연주했다. 시반 선생님은 스트라빈스키가 피아니스트를 배려하지 않았다고 말했지만, 더글러스는 그 곡을 수월하게 다루었다. 그는 캐리 그랜트처럼 꼿꼿한 자세로 앉아 피아노에서 활기 충만한 거리의 장면을 불러냈다. 가장무도회, 마부들, 하인들, 칸막이 안의 꼭두각시, 발레리나와 춤추는 곰…… 나는 몸을 앞으로 기울이고 그의 연주에 빠져들었다. 케이트의 친구가 울고 있는지 궁금했다. 내 눈에도 눈물이 고였다. 그러자 내가 감동했다는 사실에 더욱 감동을 받아 결국 소리를 내어 흐느끼기 시작했다. 아버지가 깜짝 놀라 내 무릎에 손을 얹었다.

집으로 가는 차 안에서 우리는 연주회에서 받은 감동이 아직 가시지 않은 상태로 침묵을 지켰다. 아버지는 오코넬 거리에서 신호등 앞에 차를 멈추었을 때 나를 돌아보며 엄숙하게 말했다. "콘서트 피아니스트가 되려면 네가 생각하는 것보다 훨씬 더 잘해야 할 것 같구나."

나는 천천히 고개를 끄덕이며 나에게 주어진 사명을 받아들였다.

"유학을 서두를 필요는 없겠지. 시반 선생님이 여기 계시니까. 하지만 작은 연못에서 큰 물고기가 되기는 쉽지 않아. 어떤 단계에 올라서면 다른 환경이 필요해질 거야."

신호등이 초록색으로 바뀌었고 차가 다시 움직이기 시작했다. 나는 차창 밖으로 별이 빛나는 하늘을 올려다보았다. 내 눈 속에서 아직도 페트루슈카가 춤추고 있었다. 무어인이 도끼를 들고 지나가고 한 무리의 유모들이 젖을 흘리면서 나타난다.

"줄리아드를 생각해 봐야 할 것 같다." 아버지가 말했다.

"그래야겠어요." 내가 중얼거리듯 대답했다. 창문 밖으로 거리의 불빛들이 혜성처럼 지나갔다.

그다음 주, 시반 선생님은 로스앤젤레스에 사는 언니를 만나기 위해 애들레이드를 떠났다.

"기억해라, 단지 음을 연주하는 것이 아니라 이야기를 해야 해." 그녀는 떠나기 전에 나에게 상기시켰다. 그녀는 전력을 다해 프로코피예프의 토카타를 나에게 충전시켰고 나는 그 힘이 영원히 지속될 것이라고 확신했다.

"우리는 '왜, 무엇을, 어떻게'라는 세 가지 문제를 해결해야 해. 때로 '어떻게'는 타협을 할 수 있지만 '무엇'은 타협을 하면 안 돼. 그리고 물론 '왜'라는 문제와는 결코 타협을 할 수 없어. 이 점을 기억하면 모든 것이 잘될 거야."

"'왜'가 뭔가요?"

"'왜'는 기본적으로 철학적인 질문이다. 나는 왜 이것을 원하는가? 작곡가는 왜 이것을 요구하는가? 하지만 먼저 '무엇'이라는 질문을 해야 해. 여기서는 무엇이 일어나는가? 나는 무엇에 대해 이야기하는가? 나는 무엇을 목표로 하는가. 무엇, 무엇, 무엇."

"그럼, '어떻게'는 뭔가요?"

"어떻게 할 것인지는 매우 주관적인 문제야. 다만 작곡가가 어떻게 하라고 요구하는 경우에는 예외야. 그런데 프로코피예프는 정확하게 어떻게 하라고 요구를 하지."

그녀의 이야기는 논리적으로 들렸지만 나의 토카타는 그녀가 떠나자마자 힘을 잃었다. 피아노는 내게 말을 걸지 않았고 결혼이 내키지 않는 신부처럼 심드렁해 있었다.

시반 선생님은 피아노가 우리를 선택하는 거라고 말했다. 나는 피아노가 케이트와 더글러스를 선택했듯이, 나를 선택했다고 생각했다. 하지만 정말 그럴까? 피아노에게 나를 어떻게 생각하느냐고 물어보지도 않고 내 마음대로 선택한 것은 아닐까? 내게는 이차방정식을 풀고 시를 외우는 학교 공부보다 피아노 연주가 어려웠다. 나는 누구나 그럴 것이라고 생각했지만, 정말 그럴까? 때로 시반 선생님은 레닌그라드에 있는 제자들에 대해 이야기했다. "그곳의 음악원은 최고야. 학생들은 믿기 어려운 동물적 감각을 갖고 있어. 심포니를 처음 듣고 완전하게 쓸 수 있지."

그런 동물적 감각은 나와는 거리가 멀었으므로 나는 그 말을 재빨리 마음속에서 지워 버렸다. 하지만 그 말이 뒤늦게 나를 따라다니며 괴롭혔다. 나는 재능이 부족한 것인가?

재능은 은행에 돈을 넣어 둔 것과 같다고 시반 선생님은 말했다. '하지만 계속 꺼내 쓰기만 하면 빈털터리가 되지. 결국 많은 인재들이 쓰레기통이나 정신병원으로 들어가고 말아. 중요한 것은 재능을 발전시키는 거야. 재능에 물을 주고 끊임없이 보살펴야 해.'

그녀가 없는 동안 나는 재능을 발전시키기 위해 최대한 많은 투자를 했다. 저녁 식사를 마치고 휴식을 취하는 시간에서 15분을 더 잘라 냈다.

자제력과 극기에서 쾌락을 찾았다. 피아노가 나에게 말을 하지 않으면 내가 억지로 말을 시켰다. 연습은 기계적이고 자학적이 되었고 내 인생에서 즐거움은 사라졌다.

금요일 오후에 아버지는 학교로 나를 데리러 왔고, 집으로 가는 차 안에서 줄리아드 유학에 대한 조언을 구하려고 더글러스를 점심에 초대했다고 말했다.

"정말요? 더글러스 오웬을 초대했다고요?"

믿기지 않았다. 어떻게 아버지는 불쑥 그런 유명 인사에게 전화를 할 수 있을까?

"파이, 언제쯤 철이 들 거니? 너 자신을 세상에 알려야 해."

"하지만 너무 당황스러워요. 그 사람은 우리를 기억조차 못할 텐데. 뭐라고 하던가요?"

"우리를 기억하던걸. 애들레이드에 닷새를 더 머무를 것이고 다음 주 수요일에 시간이 있다고 했어. 오후에 약속이 있지만 점심에 한 시간을 낼 수 있대."

나는 즉시 그에게 약속 같은 것은 없다는 것을 알았다. 그것은 선택받은 사람들이 그렇지 못한 사람들에게서 자신의 시간을 지키려고 할 때 사용하는 정중한 변명이다.

"하지만 저는 줄리아드에 가고 싶지도 않아요."

"얼마 전에 그의 독주회를 보고 집에 갈 때는 그렇게 말하지 않았잖아."

그때는 내가 스트라빈스키에 취해 있었다. 그때는 시반 선생님이 옆에서 프로코피예프를 충전해 주고 있었다.

차가 사람들로 북적이는 애비뉴 쇼핑센터를 지나갈 때 나는 멍하니 차창 밖을 내다보며 말했다. "때로는 음악보다는 다른 분야가 적성에 더 맞는 것 같다는 생각이 들어요." 그것은 충격적인 고백이었다.

아버지는 운전대를 움켜쥐었다. "예를 들면, 어떤 거?"

"숫자 같은 거요." 내가 말을 더듬었다. "아니면 언어."

잠시 후 아버지가 투덜거리듯 말했다. "글쎄, 인생을 너무 쉽게 살려고 하는 건 아닐까?"

그다음 주 수요일, 아버지는 학교로 나를 데리러 왔고 우리는 빗속을 뚫고 더글러스의 거처가 있는 노우드로 갔다. 그는 가방을 들고 집에서 나와 아버지 옆자리에 조심스럽게 올라탔다.

"다시 만나서 반갑네, 더그, 시간을 내 줘서 고마워." 아버지가 말했다.

"초대해 주셔서 감사합니다."

"연주회 정말 좋았어요." 내가 뒷좌석에서 말했지만 그는 아무 대답이 없었다. 와이퍼가 삐걱거리는 소리 때문에 내 말이 들리지 않은 것 같았다. 나는 얼굴이 화끈거렸고 목적지에 도착할 때까지 침묵을 지켰다.

화이트 크레인 레스토랑에는 손님이 거의 없었다.

"골즈워디 선생님! 웨이터가 바에서 달려왔다. "어서 오십시오. 선생님이 즐겨 앉으시는 테이블로 안내하겠습니다."

그는 우리를 창가 테이블로 안내했다. 흰 테이블보 위에 연어색 냅킨이 왕관 모양으로 접혀 있었다. 나는 더글러스 앞쪽에 자리를 잡았다.

그는 타이를 매고 말끔하게 다림질한 셔츠를 입고 있었는데 무대에서 보았을 때보다 더 어려 보였다. 주근깨가 있었고 수줍어하는 표정이 심지어는 소년처럼 보였다.

"어젯밤 축구 경기 봤어요?" 아버지가 웨이터에게 말을 건넸다. "그 센터포드가 어찌나 엄살을 부리던지! 오스카상 후보감이더군요."

창문 밖으로 보이는 사람들은 우산을 부딪치며 웅덩이를 피해 걷거나 처마 밑에서 비를 피하고 있었다. 그들은 아무 걱정이 없는 듯 태평해 보였다. 비가 오는 것은 우리 몸을 불편하게 할 수 있어도 마음이 불편한 일은 아니니까.

"초고속으로 성찬을 준비해 줘요." 아버지는 웨이터에게 싱긋 웃으며 말했다. "여기 계신 우리 친구가 다른 약속이 있어서요. 서로 본 적이 있는지 모르겠군요. 베니, 이분은 콘서트 피아니스트 더글러스 오웬이에요."

"귀한 손님이 오셨는데, 최선을 다하겠습니다." 베니는 이렇게 말하고 주방으로 돌아갔다.

더글러스는 테이블보를 뚫어져라 내려다보았다. 나는 그에게 주제넘은 생각은 하지 않고 있으며 줄리아드 유학은 아직 진지하게 고려하지 않고 있다고 말했다.

"알고 있을지 모르지만, 우리 애나는 1989년 텔마덴트메모리얼상과 1990년 애들레이드 에이스테드포드 대회에서 최고 유망주에게 주는 야마하 메달리온을 받았다네."

"아빠!" 나는 식탁 밑에서 아버지 다리를 발로 찼다. 아버지는 지금 누구와 이야기를 하고 있는지 모르는 건가? 더글러스는 시타 디 세니갈리아 피아노 콩쿠르에서 우승한 사람이다.

"그렇군요." 더글러스가 말했다. "축하합니다."

"지금은 시반 선생님에게 많은 것을 배우고 있고 당분간 애들레이드를 떠날 생각이 없답니다."

"시반 선생님은 아주 특별한 분이죠. 안부 전해 주십시오."

"하지만 줄리아드 유학을 생각하고 있어요."

나는 아버지를 노려보았다. 그렇게 생각하는 건 아버지 혼자라고요!

"좋은 생각입니다." 더글러스는 가방에서 줄리아드 강의 요강을 꺼내 내게 건네주었다. 그 겉표지에는 파랑, 빨강, 노랑의 원색으로 어릿광대 그림이 그려져 있었다. "시간이 좀 지난 것이지만 그 이후로 많이 변하지는 않았을 겁니다."

나는 강의 요강을 받아 피아노 교수들의 명단을 펼치고 그들의 이름을 입 속에서 조용히 불러 보았다. 벨라 다비도비치, 허버트 스테신, 조지프 칼리히슈타인…… 무게와 신뢰가 느껴지는 이름들이었다. 그들의 이름으로 벽을 쌓아 올리면 내 주변에서 벌어지는 무서운 일들을 막을 수 있을 것 같았다.

"그리고 자네가 관심을 가질지 모르겠지만." 아버지는 그에게 자신의 책을 건넸다. "내 소설 「마에스트로」일세. 얼마 전에 보급판으로 나온 거야. 일부는 시반 선생님에게서 영감을 받았다네."

"정말 감사합니다."

침묵이 흘렀고 비브라폰으로 연주하는 〈오버 더 레인보우Over the

Rainbow〉라는 곡이 조그맣게 들려왔다. 아버지는 나와 눈을 맞추고 아무 말이라도 하라고 재촉하는 표정을 지었다.

"최근에 수재녀 파넬의 흥미로운 인터뷰를 보았는데." 아버지가 어쩔 수 없이 다시 말을 꺼냈다. "줄리아드에 처음 도착해서 복도를 걸어갈 때 연습실에서 흘러나오는 수준 높은 연주를 들으며 무척 겁을 먹었다는 이야기를 하더군."

"맞습니다." 더글러스가 말했다. "수준이 아주 높아요. 하지만 뉴욕이고 줄리아드라는 이름값도 있죠. 그래서 사람들이 그곳에 가는 거고요."

음식이 도착했다. 월남쌈, 오징어 튀김, 야채 볶음, 볶음밥이 나왔다. 나는 나이프와 포크를 집으려다가 더글러스가 젓가락을 잡는 것을 보고 내려놓았다.

"애나도 자네에게 물어볼 게 있을 거야." 아버지가 나를 재촉했다.

나는 할 말이 생각나지 않았다. 처음 만나는 사람들은 서로 어떤 질문을 하지? 나는 뭔가 할 말이 생각날 것이라고 기대하고 우선 입을 열었다. "뉴욕 날씨는 어떤가요?"

"요즘 굉장히 더워요. 애들레이드에 있어서 다행이라고 생각했는데 오늘 같은 날씨는 반갑지 않군요."

우리는 큰 소리로 웃었다.

"뉴욕 생활이 즐거우세요?" 나는 용기를 내서 계속했다.

"아주 즐거워요. 하지만 연습을 해야 하기 때문에 원하는 만큼 즐기지는 못합니다. 무슨 말인지 알 거예요."

"아다마다요!"

"어떤 레퍼토리를 연습하고 있죠?" 그가 내게 물었다.

"아, 쇼팽의 발라드 한두 가지와 프로코피예프의 토카타를 하고 있어요."

그가 생각에 잠겨 고개를 끄덕였다. "진지한 레퍼토리군요."

"줄리아드 오디션은 어땠나요?"

"무시무시했어요. 세계 도처에서 사람들이 날아오죠. 하지만 우리가 들려줄 수 있는 건 아주 작은 부분에 불과해요. 십 분 정도밖에 자신을 증명할 시간이 없어요."

내가 다음 질문을 생각하면서 방심한 순간 젓가락에서 오징어 한 조각이 새총으로 쏜 것처럼 날아갔다. 그것은 정확하게 더글러스의 타이에 맞고 튕겨져 나와 다시 그의 물 잔에 맞고 식탁보 위에 주저앉았다.

아버지가 껄껄 웃었다.

"미안합니다." 내 목소리가 기어들어 갔다.

"괜찮습니다." 더글러스가 말했다. 그는 계속해서 먹었지만 더 이상 질문은 하지 않았다. 창문 밖으로 보이는 빗줄기가 점점 더 굵어졌다.

"약속이 있다고 한 것 같은데." 아버지가 마침내 말했다.

"그렇습니다. 예!"

아버지가 계산을 했고, 우리는 차를 타고 노우드 거리를 지나갔다.

더글러스는 헛기침을 했다. "여기 내려 주시면 좋겠습니다. 감사합니다."

"비가 오는데 약속 장소까지 데려다 줘야지." 아버지가 주장했다.

아버지는 사거리에서 차를 돌려 고풍스러운 청석 주택 앞에 멈추었다. 더글러스는 점심 초대에 감사하며, 나에게 음악가로 성공하기를 바란다고 말했다. 그는 차에서 내려 잠시 나무 밑에서 머뭇거리더니 빗속을 뛰어서 모퉁이를 향해 우리가 온 길을 되돌아갔다.

아버지와 나는 어리둥절한 채 그를 지켜보았다.

"내가 멍청한 짓을 했구나!" 아버지가 갑자기 소리쳤다. "길을 잘못 왔는데도 너무 예의 바른 청년이라 말을 하지 않은 거야."

아버지는 재빨리 U턴을 해서 경적을 울리며 그를 따라갔지만, 더글러스는 뒤도 안 돌아보고 계속 뛰었다.

나는 아버지의 팔에 손을 얹었다. "그가 혼자 가도록 하는 것이 좋겠어요."

우리는 도보 옆에 차를 세우고 더글러스가 완전히 시야에서 사라질 때까지 지켜보았다. 나는 그가 피아노와 약속이 있었을 거라고 생각하며 그의 단순한 삶을 부러워했다. 피아노에게 선택을 받은 그는 자신을 선택해 준 피아노에게 돌아갔다.

한 달 후 시반 선생님은 미국에서 돌아왔고 나는 다시 선택받은 사람들 속에 포함되었다. 이제 그녀가 내 뒤에 있었고 피아노 건반은 다시 나의 놀이터가 되었다. 피아노 위에서 나는 프로코피예프의 손을 잡고 신의 법칙에 도전해 나 자신의 법칙을 다시 쓰며 무중력 상태에서 날아다녔다. 토카타가 주는 기쁨의 일부는 연주 자체에 있었다. 그 쉼 없는 질주에서 느끼는 짜릿함! 내 두 손은 이를 드러내고 웃고 있는 건반 위에서 마치 곡예를 하듯 아슬아슬하게 이리저리 건너다녔다. 이제 재능에 대해 걱정하는 것은 부질없는 강박관념에 불과했다. 나는 머릿속에서 성가시게 떠드는 목소리들을 우렁찬 트롬본 소리로 날려 보냈다.

시반 선생님과 프로코피예프 덕분에 나는 수월하게 목표를 하나하나 달성해 갔다. 애들레이드 에이스테드포드 대회의 주요 부문에서 우승을 했고, 호주 건반음악협회에서 주관하는 독주회를 성공적으로 마쳤다.

시반 선생님은 나에게 다시 상기시켰다. "쇼스타코비치가 말한 것처럼 우리는 모두 병사들이야. 하지만 물론 장군이 되고 싶어 하는 것은 좋은 일이다! 나는 야망이 나쁘다고 말하지 않아. 단계적으로 발전하는 것은 좋지만 우리의 목표는 자아도취가 아니라 창조에 있는 거란다."

3부

11장
바흐

"슈만은 바흐를 매일 먹는 양식으로 삼으면
훌륭한 음악가가 될 수 있다고 말했지.
이제부터 새로운 전주곡과 푸가를 연습하도록 해라."

1월의 어느 날 아침, 우편함 옆에서 결과가 도착하길 기다리고 있을 때 어머니가 전화를 들고 뛰어 나왔다. "고등교육 자격 평가원에서 전화가 왔다!"

나는 전화를 받아 정중하게 경청을 하고 끊었다.

"전 과목에서 만점을 받은 것 같아요."

"야호, 축하한다!" 엄마는 기쁨을 감추지 못했다.

"정말 다행이에요." 나는 어머니의 품에 안겨 이렇게 말하긴 했지만 뭔가 께름칙했다. 이 결과는 뭔가 과장된 것 같다는 생각이 들었다. 내가 그렇게까지 잘했던가?

인터뷰 요청을 하는 전화가 울리기 시작했고, 어머니는 나를 태우고 애드버타이저 신문사로 갔다. 나는 다른 최우수 학생들과 나란히 카메라 앞에 섰다. 오후에는 채널 7의 뉴스 팀이 집으로 찾아왔다.

"음악하고 영어 시험을 망친 줄 알았어요." 나는 겸손의 미덕을 발휘해서 말했다. "행운을 다 써 버린 것은 아닌지 걱정입니다."

일주일 후에는 다시 테니스 메달과 돈메이너드상을 받게 되었다는 전화를 받았다. 각각 다른 학생과 공동 수상이었다. 나는 병원에서 근무

중인 아버지에게 전화해서 소식을 알렸더니 그는 몇 초 동안 말이 없다가 뭔가 못마땅한 듯 투덜거렸다. "이런, 맙소사!"

그다음에는 시반 선생님을 만나러 갔다. "좋은 소식이구나!" 그녀는 마침 자신에게 레슨을 받고 있는 이비인후과 의사에게 나를 자랑스럽게 소개했다. "이 아이가 12학년에서 만점을 받았고 돈메이너드상과 테니슨 메달을 수상했답니다."

그 의사는 일어서서 내 손을 잡았다. "축하해요."

"전 이 아이에게 음악가가 되라고 강요한 적이 없습니다. 스스로 선택한 거죠. 얼마든지 다른 공부를 할 수 있었지만 피아노를 선택한 겁니다. 그래서 저는 아주 행복하고 뿌듯합니다. 음악은 왜 이 아이를 필요로 하는 걸까요?"

그가 어리둥절한 표정을 지었다.

"음악은 삶이고, 음악은 그 나라의 건강함을 보여 주죠! 우리는 미래를 위해 큰 책임을 지고 있습니다! 음악의 정신을 다음 세대에게 전달해야 하는 책임 말이죠." 시반 선생님은 마치 노래를 부르는 듯한 몸짓으로 이야기하며 열정으로 눈을 빛냈다. "음악은 아주 중요합니다! 젊은이들에게 아주 많은 것을 줄 수 있어요. 미래를 위해 필수적이죠. 음악은 우리의 정신을 고양하는 것 외에도 구체적인 지식을 제공하고, 아주 과학적입니다. 음악은 세상을 한꺼번에 변화시킬 수 없지만 우리를 한 번에 한 사람씩 변화시킬 수 있어요."

나는 두 사람에게 내 성적표를 보여 주었다. 거기에는 나를 모든 재난에서 막아 주는, 피보나치수열보다 더 강력한 숫자들이 세로로 줄지어 있었다. 게다가 마법의 주문과도 같은 힘을 가진 돈메이너드상과 테니슨 메달까지 받았다. 그런데 그런 것들이 나에게 무한한 행복과 성공을 보장해 줄 수 있을까?

다음 날 나는 공동 수상자인 프리야와 함께 「애드버타이저」에 인터뷰를 하러 갔다. 우리는 모트록 도서관 계단 위에서 서로 끌어안고 깔깔거리고 웃으며 사진을 찍었다.

"아주 멋지다. 모델 같아. 완벽해." 기자가 우리를 부추겼다.

프리야는 기자에게 약학을 공부할 계획이라고 말했고, 나는 콘서트 피아니스트가 될 것이라고 했다.

"그러면 다른 곳으로 가야 하는 건가요?" 기자가 나에게 물었다.

"기본적으로 세계를 여행하게 되겠죠."

"그렇군요. 하지만 애들레이드에 적을 두고 있을 거죠?"

나는 콘서트 피아니스트가 이따금 연주회를 한다는 것 외에 다른 것은 생각해 본 적이 없었다. 얼마나 자주 연주를 하게 될지, 어디에서 거주를 하게 될지는 알 수 없었다.

"그럴 거 같아요. 하지만 언젠가는 다른 곳으로 가게 되겠죠."

"예를 들면, 어디로?"

근처에 있는 박물관 분수에 아이들이 들어가 첨벙거리며 깔깔거리고 있었다. 나는 그들을 바라보다가 무심코 말했다. "시드니?"

프리야는 그녀의 어머니가 취학 전부터 읽기를 가르쳤다고 말했다. 나도 유치원 교사인 해켓 선생님에게 읽기를 배웠다고 말했다. 시반 선생님을 지나가는 말로 언급했지만 가족이나 선생님들에게는 감사를 표하지 않았다. 다음 날 기사가 실렸다.

'애나는 콘서트 피아니스트로 명예와 부를 좇아 시드니로 갈 계획이다. 그녀는 모든 성공을 자신에게 읽는 법을 가르쳐 준 유치원 교사에게 돌렸다.'

축하 전화가 걸려 오기 시작했다. "얼마 전에 내가 한 말 기억하니? 내가 지식은 힘이라고 하지 않았니?" 할아버지가 껄껄 웃었다. "할머니와 나는 네가 정말 자랑스럽다."

마지막 전화는 점심을 먹기 전에 걸려 왔다. "애나, 나다." 시반 선생님의 목소리에서는 평상시와 달리 따스함이 느껴지지 않았다. "오늘 매우 흥미로운 사실을 알았구나. 네가 시드니로 간다는 걸 신문에서 보고 알았다."

나는 모트록 도서관의 계단 위에서 교태를 부리며 조숙함을 과시하고 해외 진출 계획을 떠벌린 것이 생각나서 부끄러워졌다.

"정말 그런 건 아니고요. 단지 그럴지도 모른다는 거죠."

"아주 이상한 기사가 났더구나. 너의 모든 성공을 유치원 교사에게 돌린다고? 엄마와 아빠나 다른 사람은 너에게 아무 의미가 없니?"

나는 그녀의 이름이 기사에서 빠진 것을 알았다. "선생님 이름을 말했는데, 기자가 빼 버렸어요!"

"내가 신문에 이름이 실리기를 원할까? 나에게 그런 건 중요하지 않아. 다만 사람은 감사할 줄 알고 자신의 뿌리를 알아야 한다는 거다. 하지만 그런 것을 그저 당연하게 생각하기가 쉽지."

내 음악 인생이 그녀를 전제로 하고 있다는 것은 불을 보듯 자명한 사실이었다.

"저는 선생님을 그저 당연하게 생각하지 않아요."

"물론 그렇겠지. 그리고 물론 너는 지금 시드니에 가서도 안 된다."

그녀는 제자들과 갈등을 겪은 이야기를 한 적이 있었다. 그들 중에는 자신이 쇼팽을 넘어섰다고 생각하는 제자가 있었다. 리히터보다 자신이 낫다고 자부하는 제자도 있었다. 그들은 음악을 자기 마음대로 해석하고는 이렇게 말하곤 했다. '문제될 게 뭐 있어요? 그날 그날의 기분에 따라 해석은 얼마든지 바꿀 수 있잖아요.'

그녀가 내게 이런 이야기를 한 것은 겸손하고 감사하는 마음을 가지라는 뜻이었고, 나는 웃으면서 들을 수 있었다. 하지만 그녀가 전화를 끊고 난 지금, 나는 허허벌판에 버려진 기분이 들었다. 나는 아버지 서재로 허겁지겁 뛰어 들어갔다. "시반 선생님이 방금 저를 내치신 것 같아요."

아버지는 당장 나를 데리고 그녀를 만나러 갔다. 차창 밖으로 보이는 익숙한 길가의 풍경이 이별을 예견하듯 무심하고 낯설게 보였다. 처음으로 나는 그녀가 나를 위해 해 준 모든 것들을 차분하게 돌아보기 시작했다. 아홉 살 아이가 열세 살이 되고 다시 열일곱 살이 된 지금까지 그녀는 나에게 예술과 창조에 대해 한두 가지라도 더 가르치기 위해 수십 번씩 반복해서 설명했다. 그녀는 세계무대에 나가 연주를 하고 어느 음악원에서도 가르칠 수 있었지만 애들레이드의 교외에 살면서 나를 진정한 음악으로 인도했다.

그녀의 집 앞에 도착했을 때 나는 부끄러움과 함께 두려움에 사로잡혔다. 야단맞을 각오를 단단히 하고 두근거리는 가슴으로 문을 두드렸는데 문을 열고 나온 그녀는 그저 피곤해 보였다. 나는 처음 보는 그녀의 약한 모습에 충격을 받았다.

"죄송합니다." 나는 용서를 빌었다.

그녀는 피곤한 표정으로 내 얼굴을 살폈다.

"선생님께서 저를 위해 해 주신 모든 것에 대해 정말 고마워하고 있어요."

그녀는 어깨를 으쓱했다. "때로 나 자신도 내가 제자들을 잘 가르치고 있는 건지 아닌지 모를 때가 있어. 사람들은 자신이 하는 일에 대해 너무 많은 가치를 두니까."

"하지만 저는 선생님을 누구보다 소중하게 생각하고 선생님이 제게 주신 모든 것에 대해 감사합니다."

나는 이런 상황에서 어떤 말을 해야 할지 몰랐고, 내가 하는 말은 마음처럼 진심으로 들리지 않았다.

"물론 그렇겠지. 강한 사람은 항상 감사를 할 수 있어. 하지만 속으로 불안해하면서 강한 척한다면 감사를 표현하기 어렵지."

그녀는 들어오라는 몸짓을 했고 우리는 그녀를 따라 피아노로 갔다. 피아노 위에 그 불쾌한 기사가 실린 신문이 놓여 있었다.

"요컨대, 너는 너 자신을 아주 싸구려로 만든 거나 다름없어. 애나, 콘서트 피아니스트로 명예와 부를 좇다."

"저는 명예와 부를 원한다고 말한 적이 없어요. 그냥 콘서트 피아니스트가 되고 싶다고 했어요."

"그렇다고 해도 음악 세계는 그보다 훨씬 더 넓지. 너는 콘서트 피아니스트이자 피아노 교사가 되어야 해. 피아노 교사는 여러 면에서 콘서트 피아니스트보다 더 어려운 위치에 있다고 할 수 있어. 피아니스트가 된 후에야 피아노를 가르칠 수 있으니까 말이다. 우리에게는 큰 책임이 있는 거야. 책임이 아주 막중하지. 우리가 받은 유산을 전달해야 하니까. 그러니 이기적이 되어서는 안 된다. 항상 음악이 먼저야."

"알고 있어요."

"음악이 너를 위해 있는 것이 아니야. 네가 음악을 위해 있는 것이지."

"알아요. 죄송합니다."

"울지 마라." 그녀는 이제 내 손을 잡았다. "이번에 아주 좋은 교훈을 얻은 거야. 실수는 할 수 있어. 그러면서 성숙하는 거니까. 하지만 너는 이제 더 이상 학생이 아니야. 이제부터 훨씬 더 성숙해져야 한다."

우리가 떠날 때 나는 그녀의 포옹을 받고 잠시 안도감을 느꼈지만 그녀가 언제까지나 나를 지켜 줄 수는 없다는 것을 알았다. 세상은 생각처럼 만만하지 않았다. 무엇보다 완벽한 점수가 재난을 막아 주는 것은 아니었다.

졸업을 하고 나니 바깥세상의 유혹에 끌려 마음이 싱숭생숭했다. 여름은 새로운 세상을 향해 나에게 손짓을 했다. 클럽에서 남자들과 시선을 교환하며 춤을 추고, 소피아와 함께 마르가리타를 마시며 달콤한 저녁을 보내고, 태양이 땅을 달구며 하늘을 가로질러 가는 동안 보태닉 가든에서 샘과 나란히 누워 있었다. 어딘가에서 빈둥거리고 있는 동안 피아노를 연습해야 하는 시간은 덧없이 흘러가고 있었다. 하루는 마음을 잡고 피아노 앞에 앉아 있을 때 어머니가 음악실로 전화기를 가져다주었다. 샘이었다.

"피아노 소리가 멋진데, 무슨 곡이야?"

바흐의 평균율 1권의 전주곡과 푸가 C장조였지만 나는 대답하지 않고 화제를 돌렸다. 그와 음악에 대해 이야기하고 싶지 않은 것이 아니라 어떻게 이야기해야 할지 몰랐다. 밸런타인데이에 나는 그의 집에서 밤을 보냈다. 다음 날 아침에 눈을 뜨니 그가 조그맣게 코 고는 소리가 들렸다. 내 옆에는 어제 그에게서 받은 패딩턴 곰 인형이 놓여 있었는데 아주 완강하고 고집스러워 보였다. 나는 왜 이리 빈둥거리고 있을까? 자청해서 멍청해지려고 하는 건가? 나는 후다닥 일어나 곰 인형을 갖고 밖으로 나왔다. 그 인형 목에는 '이 곰을 돌봐 주세요, 감사합니다.'라고 쓴 꼬리표가 달려 있었다. 책임이 하나 더 늘었다!

"아무 일도 없는 거야?" 그가 전화선 너머에서 물었다. "떠날 때 다소 쌀쌀해 보이던데."

"아무 일도 없어."

전화를 끊고 나는 다시 바흐 1권의 전주곡과 푸가 A단조를 연습했다. 그 곡의 엔딩은 갑자기 장조로 바뀌면서 웅장하고 힘차게 끝났다.

"바흐는 모든 엔딩이 행복해." 시반 선생님이 말했다. "왜 그럴까? 아마 신앙심이 깊은 사람이어서 그럴 수 있지. 그는 우리에게 평화를 준다. 슈만은 바흐를 매일 먹는 양식으로 삼으면 훌륭한 음악가가 될 수 있다고 말했지. 이제부터 새로운 전주곡과 푸가를 연습하도록 해라."

나는 더 이상 샘의 전화를 받지 않고 대신 바흐에 열중했다. 아침이 되면 침대에서 나오자마자 전주곡과 푸가를 연습했다. 바흐 안에서는 모든 소리가 서로 조화를 이루고 엔딩은 항상 행복했다.

엘더 음악원에서는 음악을 하는 친구들을 새로 사귀었다. 플루티스트인 모니카는 무용수처럼 우아한 몸매를 갖고 있었다. 리아는 관능적인 첼리스트였고, 헬렌은 나와 함께 돈메이너드상을 공동 수상한 열정적인 바이올리니스트였다. 그들은 하루 종일 연습을 하는 것이 무엇인지, 예술을 위해 희생하는 것이 무엇인지 알고 있었다. 음악을 반드시 천직으로 생각하지는 않더라도 우리 사이에는 서로 통하는 것이 있었다.

음악원에서 하는 피아노 레슨은 사십오 분이었지만 시반 선생님은 일주일에 두 번, 적어도 서너 시간씩 나를 가르쳤다. 그녀가 말했다. "사십오 분 동안 무엇을 할 수 있겠어? 학생이 연주하는 것을 듣고, '아주 잘했다, 안녕, 다음 주에 또 보자.' 하고 끝난다면 진짜 연습은 할 수 없어! 러시아에서는 적어도 피아노만 두 시간씩 레슨을 하고, 그다음에는 더 깊이 들어가서 여덟 시간 동안 피아노 솔로, 피아노 듀오, 피아노 반주, 실내악에 대해 배운다. 내가 그 모든 것을 가르칠 수는 없겠지만 시도는 해 봐야지."

그동안 데브라와 함께 이론 연습을 하면서 나는 화음에 대해 철저한 기초 교육을 받았고, 이제 음악원을 다니면서 새로운 화음을 익혔다. 나는 음악이 지닌 수학적 원리에 흥미를 느꼈다. 하지만 시반 선생님과의 레슨에서는 그 모든 것에 새로운 의미가 더해졌다. 화음 진행은 이해하는 것으로는 충분하지 않았고 그 의미를 느껴야 했다.

"여기서 A플랫이었다가 G샤프로 변한 것은 어떤 의미일까? 그렇지. 새로운 희망, 새로운 미래, 새로운 전망이 보이는 거야!"

모든 화음은 그 자체가 이끌고 밀치는 힘이 있고, 마치 주기율표처럼 불안정한 물질에서부터 비활성 물질까지 분포했다. 그녀는 각각의 프레이즈를 해체해서 핵심적인 선율로 축소했다. 나중에 셍커의 음악 분석법에 대한 강의를 들을 때 나는 그것이 이미 그녀에게서 배운 것임을 알았다.

음악원에서도 위대한 작곡가들의 생애를 공부했지만 시반 선생님은 나를 그들의 내면세계로 데리고 갔다. 그들의 음악을 자서전처럼 읽는 동안 그들은 내 주변 사람들보다 더 현실적으로 다가왔다.

"바흐가 신을 이해하는 방식은 무엇이 특별할까? 사람들이 종교를 믿는 이유는 아주 다양해. 종교를 통해 구원을 받거나, 닻으로 삼거나, 투지를 얻거나, 어떤 가능성을 추구하기도 하지. 내 경우는 힘들 때만 종교를 찾는 것 같다. 하지만 바흐는 독실한 종교인이었고 그에게 신의 존재는 아주 당연한 거였어. 모든 교회가 말하기를 두려워했지만 바흐는 말했지. '내가 아버지를 왜 두려워해야 합니까? 나는 그와 소통하기를 원합니다.' 그는 끊임없이 신을 자신의 집으로 불러 모든 문제를 상의했어."

이제 나에게 운전면허증이 생겼으므로 더 이상 아버지가 나를 태우고 다닐 필요가 없어졌다. 때로 시반 선생님은 아버지의 안부를 물었는데, 아버지는 새 소설을 쓰느라 바빴다. 우리 사이에서 아버지가 빠지자 시반 선생님과 나의 관계도 변했다. 시반 선생님 집에 도착하면 그녀는 나를 주방에 데리고 들어가 비엔나커피를 두 배로 진하게 내려서 계피를 뿌려 주었다. "누가 뭐라고 해도 나는 하루 한 잔 커피를 마셔야 해. 그리고 이 다크초콜릿은 정말 환상적이야. 자연의 치료약이지. 우리는 힘든 일을 하니까 에너지가 많이 필요해."

내가 초콜릿과 커피를 즐기는 동안 그녀는 음악, 인간관계, 국제 정치에 대해 즉흥 연설을 했다. "사람들은 러시아를 예측할 수 없었던 과거를 가진 나라라고 말하지." 그녀는 소리 내어 웃고 나서 무대에 대한 회상으로 화제를 바꿨다.

"최고의 오케스트라, 최고의 지휘자와 협연을 할 때야말로 최고의 기쁨을 느낄 수 있어. 완전한 사랑에 빠지지. 오케스트라와의 협연은 우리에게 날개를 달아 주고 완전한 자유를 준단다! 너도 언젠가 날개를 달고 날게 될 거야!'

나도 그러고 싶었다. 나는 벌써 열여덟 살이 다 되었는데 아직 오케스트라와 정식으로 협연을 한 적이 없었다. 너무 늦어지는 것이 아닌지 초조한 마음이 들었다. 다른 한편으로는 많은 사람들이 모인 오케스트라와 함께하는 것이 두려웠다. 음악에 대해 각자 확고한 식견이 있는 전문 음악가들로 구성된 오케스트라 앞에서 실수를 하는 것은 생각만 해도 아찔한 일이었다. 지휘자는 연주를 중단시키고, 침묵이 흐를 것이다. 심장은 방망이질을 하고, 관객은 어리둥절한 표정으로 나를 바라볼 것이다.

"우리의 관계는 이제 변하고 있어." 시반 선생님이 말했다. "물론 영원히 너는 나를 존경하겠지만, 이제 우리는 좀 더 친구와 같은 관계가 되고 있어. 시반 선생님이라는 호칭은 너무 형식적이고 너도 이제 성인이 되었으니까 나를 엘리오노라라고 불러도 된다."

나는 주제넘은 것 같았지만 그녀의 이름을 부르기로 했다. 하지만 내 마음속에서 그녀는 아직 존경하는 시반 선생님이었다. 피아노 앞에서 우리는 스승과 제자로 남아 전보다 더 빠른 속도로 레퍼토리를 진행하며 거장들의 명곡을 섭렵했다. 리스트의 〈메피스토 왈츠〉, 브람스의 〈파가니니 주제에 의한 변주곡〉, 라벨의 〈밤의 가스파르〉 등등. 이제 정신을 집중하면 그녀가 요구하는 것을 이해할 수 있었지만 딴생각을 할 때도 종종 있었다. 그러면 그녀가 나를 다시 현재로 끌어당기며 말했다. "아니야, 잘 들어야지. 작은 것 하나도 놓치면 안 된다."

어느 화요일, 차를 운전해서 레슨을 하러 가면서 주말에 열리는 독주회를 위해 머릿속으로 쇼팽의 〈녹턴〉을 연습하고 있었다. 할아버지가 오래전에 나에게 눈여겨보라고 했던 모퉁이에 다다랐다. '우리는 지금 포트러시라고도 하는 애스콧 가로 가고 있다. 여기서 우회전을 해야 한다.' 쇼팽의 〈녹턴〉에는 확실하게 손에 잡히지 않는 4분음의 변화가 있었다. D플랫을 끌어내 그것을 C샤프로 전환해서 베이스 라인의 방향을 바꾸는 부분이었다. 머릿속으로 그 부분을 다시 한 번 시도했을 때 신호등이 노란색으로 바뀌었고 나는 우회전을 했다.

갑자기 내 머릿속 쇼팽이 요란한 심벌즈 소리에 중단되었다. 좌석 벨트가 내 몸을 조였고 눈앞에서 별이 빙글빙글 돌았다. 무슨 일이 일어났는지 알 수 없었다. 그러고 나서 깨달았다. 누군가 내 차를 뒤에서 들이받은 것이었다! 차가 공회전을 멈추었을 때 나는 차 문을 걸어차고 교차로로 비틀거리며 나왔다. 내 차는 납작하게 구겨져서 연기가 피어오르고 있었다. 완전히 폐차가 된 것 같았다. 한 여자가 멀쩡해 보이는 홀덴 타라고에서 모습을 드러냈다. "남편이 병원에 입원했어요. 그래서 마음이 급했나 봐요. 나는 평상시에 노란불에서 통과하지 않거든요." 그녀가 말했다.

나는 도로변의 잔디밭 위에 누웠고 검은 선글라스와 흰 헬멧을 쓴 경찰이 오토바이를 타고 왔다. 경찰이 떠나고 나서, 나는 내가 잘못했다는 생각이 들었다. 그 재난은 내가 부주의한 결과였다. 주의를 하지 않았고 귀를 기울이지 않은 결과였다. 한 여자가 나를 자기 집으로 데려가서 물을 한 잔 주고 전화를 빌려 주었다. "아빠." 나는 흐느끼며 아버지를 불렀다. 숨 쉬기가 어려웠다. 나는 아버지에게 시반 선생님한테 전화해서 내가 늦는다고 말해 달라고 했다.

그날은 결국 레슨을 할 수 없었다. 다음 주에도 거의 침대에 누워 시간을 보내며 상처와 수치감을 치유했다. 내가 무엇을 잘못했는지 알 수 없었다. 모든 경험이 교훈이라는 말이 있다. 우리는 실패나 시련에서 많은 것을 배울 수 있다. 그런데 이 사건은 나에게 무슨 말을 하는 것일까?

"사람들이 그러는데 최대한 빨리 다시 운전을 하는 것이 좋다더라." 어머니가 타일렀지만 나는 그 차를 다시는 타지 않기로 결심했다. 대신 나흘 뒤에 자리에서 일어나 피아노로 갔다. 온몸에 여기저기 멍이 들고 욱신거렸지만 독주회가 이틀밖에 남지 않았다.

음악은 치유의 예술이라고 시반 선생님은 말했다. 고통을 견디면서 연주하는 것은 안 된다. 하지만 나는 바하를 연습하는 동안에는 통증을 느끼지 않았고, 오히려 연습을 그치면 통증을 느꼈다.

일요일, 아픈 몸을 이끌고 무대 위에 오르니 그 어느 때보다 마음이 진지해졌다. 피아노는 자동차보다 안전했다. 정신을 집중하지 않는다고 목숨이 위태로워지는 일은 없었다. 바흐를 연주하며 생각보다 통증을 잘 견딜 수 있었고 오히려 위안을 받았다. 뒤이어 쇼팽의 〈녹턴〉을 연주할 때는 내 안에 있는 가장 고요한 장소로 들어갈 수 있었고 관객도 함께 따라오는 것을 느꼈다.

"관객들이 즐거워하더라." 아버지는 나를 포옹하고 나서 말했다.

"훨씬 음악적이 되었구나." 시반 선생님이 말했다. "내가 하는 방식과 많이 다르긴 하지만, 그렇다고 네가 잘못하는 것은 아니야. 네가 나처럼 하기를 바라지는 않는다. 너는 점점 예술적이 되고 있어."

그녀에게서 듣기 어려운 칭찬이었다. 하지만 나는 교통사고 이후에도 여전히 벌을 받고 있는 기분이었고, 몸가짐을 좀 더 조심해야겠다고 생각했다.

12장

라흐마니노프

"라흐마니노프는 지극히 긍정적이고 건강한 작곡가였어.

그의 음악은 조화롭고 치유적이야."

세르게이 라흐마니노프 Sergei Rachmaninoff, 1873~1943, 러시아의 피아니스트, 작곡가

오네그 출생. 지주 집안에서 태어나 유년 시절부터 피아노를 익혔다. 9세에 페테르부르크 음악원에 입학했고 1888년부터는 모스크바 음악원에서 피아노와 작곡법을 배웠다. 졸업한 해에 쓴 피아노를 위한 〈전주곡 c샤프 단조〉가 후에 런던에서 소개되어 호평을 받았다 그러나 1897년 페테르부르크에서 초연된 〈교향곡 제1번〉의 평판이 좋지 않아, 이후 신경쇠약이 심해져 한 때는 창작이 불가능하게 되었다. 니콜라이 달 박사의 최면요법에 의해 겨우 건강을 회복한 후 〈피아노 협주곡 제2번〉을 작곡하여 큰 성공을 거둔다. 1906년 독일 드레스덴으로 이주했다가 1908년에 귀국했다. 이듬해에는 미국으로 건너가 피아니스트로 활약하는 한편 〈피아노 협주곡 제3번〉을 뉴욕에서 초연했다. 1910년에 다시 귀국하여 모스크바 대극장과 마린스키 극장의 지휘자도 역임했지만 1917년 러시아 혁명으로 다시 미국으로 건너가 연주와 창작 활동을 하면서 〈피아노 협주곡 제4번〉, 피아노와 관현악을 위한 〈파가니니의 주제에 의한 변주곡〉, 〈교향곡 제3번〉 등을 작곡했다. 만년에 스탈린이 귀국을 권유했으나 응하지 않고 캘리포니아에서 세상을 떠났다. 19세기의 감성으로 20세기를 살다 간 작곡가라는 평을 듣는 라흐마니노프는 차이코프스키의 전통을 계승하는 서정적이고 낭만적인 19세기 후기 양식과 피아노 거장의 숨결을 느끼게 하는 아름다운 작품들을 작곡했다.

시반 선생님이 한 말이 줄곧 내 머릿속에서 떠나지 않았다. "우리에게는 미래를 위해 음악의 정신을 다음 세대에 전달해야 하는 막중한 책임이 있다! 항상 기억해라. 네가 주는 것만이 너의 것이 되는 거야." 그녀는 한발 물러섰다. "물론 피아노를 배운다고 누구나 전문적인 피아니스트가 되는 것은 아니지. 하지만 학생들을 교육하는 것도 똑같이 중요해. 어떤 면에서 교사는 가장 어려운 직업이지. 가르치기 위해서는 무엇보다 아는 것을 말로 옮길 수 있어야 하는데 우리가 설명해야 하는 것들은 아주 ─ 뭐라더라? ─ 미묘한 거야. 잡으려고 하면 미꾸라지처럼 손에서 빠져나가거든!"

나는 학생 몇 명을 받아 데브라의 피아노 학원에서 가르치기 시작했다. 처음에는 교사라는 위치가 자유롭게 느껴졌다. 피아노 앞에서 물러나, 학생들의 연주에 귀를 기울일 때는 어떻게 해야 하는지 분명하게 알 것 같았다. 하지만 막상 학생들에게 내가 아는 것을 설명하려고 하면 머릿속이 텅 비어 버린 것처럼 느껴졌다.

"선생님이 멈추지 말라고 하셨잖아요." 열 살 소녀가 내게 항의했다.

"그랬지. 하지만 그렇다고 해서 구두점을 무시하면 안 돼."

그 아이는 나를 의심스럽게 쳐다보았다. "바흐는 멈추지 않는다고 말씀하셨잖아요?"

"그랬지." 나는 우물쭈물했다. "하지만 그래도 프레이징(선율을 적절히 나누어 프레이즈로 구분해서 표현하는 것 - 옮긴이)은 지켜야 해."

나는 시반 선생님에게 받은 유산을 제대로 전달하고 있는 걸까? 스무 고개를 하듯 그녀가 한 말을 두서없이 옮기고 있는 것은 아닐까?

"선생님은 저를 어떻게 가르치셨어요?" 하루는 시반 선생님에게 피아노를 가르치는 일이 얼마나 어려운지 하소연을 했다. 내가 지금의 수준에 이르기까지의 과정을 말로 설명하는 것은 거의 불가능했다. 어떻게 내 손에서 다른 사람의 손으로 내 몸이 아는 지식을 전달해야 할까?

"때로는 나도 모른단다." 그녀가 미소를 지었다. "하지만 항상 학생들의 손을 잡아 주기도 하고 또 놓아주기도 하는 것이 중요해. 아이들은 모사를 아주 잘하지. 많은 교사들이 자신의 연주 방식대로 따라 하라고 가르치는데, 그것은 단지 오늘을 위해 가르치는 거야. 그렇게 배운 것이 나중에는 걸림돌이 되거든. 학생들의 미래를 보고 준비를 시켜야 해."

나는 그녀의 이미지로 나 자신을 꾸며 보기로 했다. 한 시간으로 정해진 레슨을 무한정 늘리고 강의와 일화를 채워 넣고 그녀의 표현을 인용했다.

"선생님은 절대 잘한다는 말씀을 안 하시네요." 한 십 대 소년은 내게 투덜거렸다.

"내가 하는 칭찬은 앉아서 연습하라고 말하는 거야." 나는 남의 말을 인용하는 것처럼 들리지 않기를 바라면서 말했다. "너는 '과모니'에 대한 이해가 좀 더 필요해."

"뭐라고요?"

나는 다시 '하모니'라고 고쳐서 말했지만 아무래도 과모니가 좀 더 강한 의미를 전달하는 것 같았다.

"물론 학생들을 가르치기 위해서는 관대한 마음과 충분한 시간이 필요해." 시반 선생님이 인정했다. "어떤 피아니스트들은 놀라운 연주를 하지. 하지만 어떻게 하는지 물어보면 설명하지 못해. 완전히 무의식적으로 연주를 하니까. 그런 것은 가르칠 수 없다고 말하는 사람들이 있지만 나는 가능하다고 본다. 물론 결과는 보장할 수 없어. 우리가 가르치는 것을 누가 할 수 있고 누가 할 수 없는지는 알 수가 없으니까."

나는 시반 선생님처럼 작곡가들의 이야기를 들려주고 문득문득 떠오르는 은유를 사용하면서 몇 시간씩 반복해서 가르쳤다. 학생들은 시계를 흘깃거리고, 얼굴에 튀긴 내 침을 닦아 냈다. 레슨을 끝내고 문을 나설 때 그들은 마치 죽었다가 살아난 사람처럼 안도의 한숨을 내쉬었다.

"적절한 수준으로 가르치는 것이 아주 중요해." 그녀가 내게 말했다. "너무 어려우면 아이들은 즉시 위협을 느끼지. 그렇다고 너무 쉬우면 배우는 게 없어. 사람은 저마다 다르다는 것을 기억하고 항상 그들의 개성을 존중해야 해. 교사는 학생들의 삶을 비추는 등불이 되어야 한다."

내게는 학생들을 가르치는 것에 비하면 차라리 연주하는 것이 더 쉬운 것 같았다. 나는 연주를 해 달라고 하는 곳이 있으면 어디든 달려갔다. 가끔 아버지가 아침에 내 방으로 신문과 차 한 잔을 갖고 들어와 내 연주에 대해 신문에 실린 비평을 읽어 주곤 했는데 그때마다 그는 "너에 대한 비평은 직접 읽지 마라. 내가 대신 읽어 주는 비평을 듣고 그 비평을 평가하도록 해라."라는 말로 시작했다.

비평은 보통 친절했다. 나는 혹평을 듣지 않는 것을 다행으로 느꼈지만 더 이상의 의미는 두지 않았다. 나는 시반 선생님이 여론을 믿지 말라고 한 말을 명심했다. 나는 누구보다 그녀의 칭찬을 듣고 싶었다. 하지만 그것이 점점 더 어려워졌다. 내가 한 가지를 이해하면 그녀는 열 가지를 요구했다. "음악은 안으로 들어갈수록 점점 더 깊어지고, 갈수록 많은 문들이 열린단다. 그리고 네가 더 많은 것을 받아들일수록 나는 더 많은 것을 주어야 할 의무가 있어."

나는 바쁜 일정을 보내고 있었지만 아직 오케스트라와 협연을 해 본 적이 없었다. 우선 나와 함께 연주를 하고자 하는 오케스트라를 찾아야 했고, 또한 그것은 두려움과 직면해야 하는 일이었다. 시반 선생님은 아마추어 오케스트라와 협연하는 건 피하라고 조언했다. "훌륭한 오케스트라와 연주하는 것은 더할 나위 없는 영광이지. 하지만 나쁜 오케스트라와 연주하는 것은 완전히 시간 낭비야. 더 나쁘게는 너의 소리를 죽여 버릴 수 있어."

나는 마침내 ABC 영 퍼포먼스 어워드에 참가하기로 했다. 결승에 오른 연주자들에게 유명 오케스트라와 연주할 기회를 주는 국내 대회였다. 예선은 선발위원들 옆에서 오디션을 보는 것이었다. 나는 그 대회에 나가 연주할 프로그램을 준비하면서 여름방학을 보냈다.

2월 어느 날, 아버지는 나를 콜린스우드에 있는 ABC 건물에 내려 주었다. 경비실에서 서명을 한 후 복도를 지나 520호의 작은 휴게실에 도착했다. 나는 계단 옆에서 내 차례를 기다리며 진흙 맛이 나는 립스틱을 다시 발랐다.

백발의 심사위원이 나오더니 나에게 스튜디오로 들어오라고 손짓했다. "심사단이 기다립니다."

"먼저 어떤 곡을 연주할 건가요?"

"쇼팽의 녹턴입니다."

나는 눈을 내리깔고 피아노 앞에 앉아 마음을 안정시켰다.

한 심사위원이 헛기침을 했다. "준비가 되면 시작하세요."

그 피아노는 전에 연주해 본 적이 없는 스타인웨이였지만, 오프닝을 시작하자 오랜 친구처럼 나를 반겨 주었고 그 즉시 편안해졌다. 오른손 멜로디를 시작하며 각각의 음이 나에게 하는 이야기에 귀를 기울였다. 점자를 읽듯 손끝으로 소리를 느끼며 벽을 향해 내보냈다가 다시 불러들였다. 잘해야 한다는 생각을 떨쳐 버리자! 하지만 잘하고 있는 것 같았다. 깜빡하는 버릇은 이제 끝난 것인가? 머릿속에서 들리는 이런저런 목소리들을 무시하고 나는 쇼팽에 집중했다. 마침내 마지막 화음이 잠시 공기 중에 반짝이는 빛으로 남았다가 스러졌다.

"다음에는 어떤 곡을 들을까요, 해럴드?"

"뭐라도 좋지만 스트라빈스키는 어떨까요?"

나는 〈페트루슈카〉에 나오는 '사육제'를 연주하기 시작했고 그 풍부한 소리를 내 나름의 방식으로 표현했다. 나의 손과 눈과 머리와 가슴이 혼연일체가 되었고 세상은 내 주위를 빙빙 돌며 춤을 추었다. 연주가 끝나자 그들은 나에게 악수를 청하고 친절하게 문을 열어 주었다. 바로 그날 오후 ABC에서 전화가 왔다. "심사단이 아주 만족했습니다."

두 번째 오디션은 오케스트라 파트를 담당하는 제2피아노와 함께 협주곡을 연주하는 것이었다. 나에게는 라흐마니노프의 협주곡 2번이 지정되었다. 라흐마니노프가 최면술로 치료를 받은 후에 작곡한 곡으로, 그 곡을 쓰기 전에 주치의였던 달 박사는 그가 우울증에서 벗어나 위대한 작품을 쓸 것이라고 예견했다. 내가 좋아하는 협주곡이었고, 나는 곡명을 지원서에 쓰면서 으쓱한 기분이 들었다. 두 번째 오디션을 위해 그 곡을 준비하는 것은 매력적인 운명처럼 보였다. 하지만 91페이지에 이르는 그 곡을 오디션 전까지 남은 4주 동안 연습을 하면서 나는 겁을 먹기 시작했다.

"그만 포기해야 할까요?" 다음 레슨에서 나는 시반 선생님에게 물었다.

"그건 안 돼. 그러면 그들이 다시는 너를 부르지 않을 거야. 열심히 연습하자. 라흐마니노프는 위대한 피아니스트였고 연주를 아주 수월하게 했어. 너도 그렇게 할 수 있을 거야."

그녀는 두꺼운 악보의 첫 악장을 펼쳤다. "라흐마니노프는 아주 관대하고 세련되고 자주적이야. 그리고 언제나 종소리가 들리지. 종소리에는 여러 가지가 있어. 교회 종소리, 썰매 종소리. 하지만 이것은 삶의 종소리다. 라흐마니노프는 지극히 긍정적이고 지극히 건강한 작곡가였어.

그의 음악은 건강하고 조화롭고 치유적이야. 물론 쇼팽의 영향을 많이 받았지."

"어떤 면에서요?"

그녀는 잠시 생각했다. "그의 음악은 아주 정직하고 철학적이고 감정적이면서도 아주 객관적인 면이 있지." 그녀는 피아노 위로 몸을 숙이고 두 손으로 한 코드를 감쌌다. "그리고 쇼팽처럼 피아노를 끌어안았어. 라흐마니노프가 동서고금의 최고 피아니스트들 중의 한 사람이라는 것은 알고 있지?"

"물론이죠."

"너무 위대해서 그의 테크닉은 기본적으로 테크닉으로 존재하지 않고 단지 즉흥연주로만 존재하지."

나는 피아노로 손을 뻗었다.

"아니야!" 내가 첫 코드를 연주하기도 전에 그녀가 외쳤다. 우리는 서로를 마주 보고 함께 웃었다.

나는 오래전에 첫 레슨에서 그녀가 했던 말을 흉내 냈다. "연주를 하려고 하지 마라. 네 손은 틀렸어."

"그래! 음악은 이미 마음속에서 시작되기 때문이야. 때로 사람들이 무의식적으로 하는 몸짓을 보면 그가 무슨 생각을 하는지 알 수 있는 것처럼, 우리 안에 음악이 있는 거야. 다시 시작하자."

나는 첫 테마가 폭발적으로 시작하기 전에 각각의 화음 사이에서 상음이 변화하면서 공명이 점점 커지는 소리에 귀를 기울이며 연주했다.

"그렇지! 소리 안에서 헤엄을 치는 거야! 삶의 연속성 안에서! 청각의 자유는 반드시 한 가지 조건이 전제되어야 한다는 것을 기억해라. 그것은 네가 무엇을 하고 있는지 완전히 아는 거야. 그다음에 비로소 네가 원하는 것을 자유자재로 창조할 수 있는 거지."

하지만 집에 돌아오면 청각의 자유는 사라졌다. 91페이지에 달하는 악보를 암기하느라 소리를 들을 여유가 없었다. 밤에 눈을 감으면 눈꺼풀에 새겨진 음표들이 보였다. 아침에 눈을 뜨면 턱 근육 안에 세 번째 악장이 들어 있는 것처럼 느껴졌다.

"아니야. 네 소리는 새장에 갇혀 있어. 날아가는 새처럼 자유로워야 해. 그렇지! 그러면 리듬은 어떨까? 너의 리듬은 지시적이고 기계적이야. 물론 시간은 정확해야 해. 오케스트라와 함께 연주를 해야 하니까. 하지만 동시에 매우 유연하고 매우 관대해져야 해. 솔로 파트와 오케스트라 파트의 차이는 뭐지?"

"개인과 다수?"

"그렇지. 사람이 많이 모여 있으면 각자 마음껏 유연해질 수 없지." 그녀는 오케스트라 파트의 오프닝 테마를 시연했다. "감정이 풍부한 라흐마니노프도 많은 사람들과 함께 연주할 때는 훨씬 더 객관적인 소리가 된다. 이제 솔로 파트를 연주해 보자."

이번에는 소리가 안에서부터 나오면서 환하게 빛을 내는 것처럼 밝아졌다. 내가 그 차이를 인정하자 그녀가 소리 내어 웃었다.

"훨씬 더 개인적이지. 물론! 솔로 연주자는 완전한 개인적 자유, 엄청난 유연성, 확실한 주관성을 누릴 수 있지만 또한 내면의 괄호를 항상 염두에 두어야 해. 하지만 괄호가 존재한다고 해도 거기에 주목을 하면 안 돼. 시간에서 자유로워져야 한다는 것을 항상 기억해라."

그녀와 함께 연습을 할 때는 시간 가는 줄 몰랐지만 집에 오면 시간은 계속 흘러갔다. 오디션 전까지 겨우 삼 주가 남았는데 이제 겨우 한 악장을 암기했을 뿐이었다. 나는 먹고 자는 시간 외에는 거의 쉬지 않고 연습을 했다. 몇 시간 연습을 한 후 악보에서 눈을 떼면 음표들이 허공에서 날아다녔다.

"이 부분은…… 뭐라더라? 빛을 내는 작은 것들……."

"반짝이요?"

"그래! 반짝이들이 반짝거리듯이 연주를 하는 거야."

"알 것 같아요."

"하지만 아는 것만으로는 충분하지 않아. 우선은 할 수 있어야 하고 계속 반복 연습해서 이백 퍼센트 안정적이 되어야 해."

나는 집에서 음의 연결에 귀를 기울이며 반짝거리며 빛을 내는 패시지워크를 연습했다. 그다음에는 회전목마를 타고 끝없이 돌며 나를 둘러싼 세상이 점점 작아져서 주변 시야가 사라질 때까지 두 줄을 반복해서 연습했다. 한두 시간이 흘렀을까, 어디선가 나를 다급하게 부르는 작은 목소리가 들렸다. 나는 연주를 중단하고 주위를 돌아보았다. 아무것도 보이지 않았다. 패시지를 다시 연주하기 시작하자 이번에는 더욱 숨가쁘게 재잘거리는 소리가 들렸다. 그 소리는 협주곡과는 아무 관계가 없었지만 음과 음 사이 어딘가에서 나오는, 라흐마니노프와는 상관없는 불청객이었다. 그 목소리가 뭐라고 말하는지는 알 수 없었다. 나는 불안감을 달래려고 차를 마시며 휴식을 취했다. 시계 분침이 서서히 나를 심판의 순간으로 밀어내고 있는 듯이 보였다.

　다음 날, 반주자인 이나와 함께 첫 리허설에 갔다. 그녀 역시 시반 선생님의 제자로, 최근에 러시아에서 왔다. 나는 그녀와 함께하게 되어 다소 안심이 되었다. 불청객은 다시 찾아오지 않았다. 우리는 첫 악장을 시작했고, 나는 협연의 짜릿함을 맛보았다. 하지만 전개부에서 턴을 잘못하며 기억 상실에 빠졌다.

　"다시 할까요?" 그녀는 열심히 눈을 깜빡이며 말했다.

　이번에는 암기에 대해서는 잊어버리고 음악의 자유로움에 나를 맡겼다. 내가 음표 한 묶음을 쥐고 이나에게 던지면, 이나는 그것을 다시 나에게 던졌다. 음표들이 공중에서 동전처럼 반짝거렸다. 돌연히 끝나는 엔딩과 함께 우리는 고개를 돌려 서로를 바라보며 빙긋 웃었다.

　"잘될 거예요." 그녀가 말했다. 그날 리허설로 미루어 보면 잘할 수도 있을 것 같았다.

　"항상 기억해라. 완전한 내면의 자유를 느껴야 해!" 시반 선생님은 오디션이 있기 전 마지막 레슨에서 말했다. "정말 유감스러운 이야기지만, 오늘날 많은 젊은이들이 몸은 멀쩡한데 안에서부터 죽어 있어. 그리고 너의 내면이 죽으면 그 즉시 너의 소리도 죽는 거야. 소리가 생명을 가지려면 샘물처럼 네 안에서 끊임없이 흘러나올 수 있어야 해."

　다음 날 오후, 스튜디오 520에 이나와 함께 도착했다.

　"이 젊은 숙녀는 애나 골즈워디 양입니다." 심사위원 대표가 다른 심사위원들에게 나를 소개했다.

피아노 앞에 앉아 이나를 돌아보자, 그녀가 내게 윙크를 보냈다. 남부 호주 건반악기 대회에서는 최근 몇 년 동안 최종 우승자가 나오지 않았다. 모든 사람들이 알게 모르게 나에게 기대를 걸고 있었다.

나는 오프닝을 시작하면서 소리가 가진 생명에 대해서는 잊어버렸다. 대신 마치 기억력을 평가받는 것처럼, 내가 몇 퍼센트나 안정적인지 계산해 보려고 했다. 첫 리허설 이래 육칠십 퍼센트까지 상승하지 않았을까? 이나가 오케스트라 테마로 들어갔고 나는 음악에 정신을 집중하며 나 자신을 믿었다. '괄호는 존재하지만, 거기 주목을 해서는 안 된다.' 모든 것이 순조롭게 진행되다가 지난번에 나에게 재잘거리며 말을 걸었던 패시지에 다다랐다. 갑자기 한 심사위원이 화가 난 듯이 서류를 들추며 수군거리는 소리가 또렷하게 들렸다. "엉터리."

나는 그 소리를 무시하고 연주를 계속했지만 이번에는 또 다른 심사위원이 그 속삭임에 가담했고 그다음에 또 다른 심사위원이 합세했다. 그들은 서로 같은 말을 계속 주고받았다. '엉터리', '엉터리' 하는 소리가 배경 음악이 되어 피아노 소리와 함께 빨라졌다가 느려졌다가 하면서 계속 이어졌다.

연주가 끝난 후, 내게 호의적으로 고개를 끄덕이거나 감사를 표시하는 사람은 아무도 없었고 나는 직접 문을 열고 나와야 했다.

"정말 무례하기 짝이 없는 사람들이야!" 나는 현관을 나오면서 씩씩거렸다.

"왜 그래요?" 이나가 물었다.

"못 들었어요? 그 사람들이 계속 '엉터리'라고 수군거렸는데."

"난 못 들었는데요. 그게 무슨 말이죠?"

이나의 악보를 넘겨 주던 아이가 나를 쳐다보았다. "제가 그 사람들을 보고 있었는데 우리가 연주하는 동안 아무도 말도 하지 않았어요."

나는 혼란에 빠진 채 집으로 돌아갔다. 내가 벼락치기로 연습을 하는 바람에 그 협주곡이 가진 치유력이 역효과를 낸 것은 아닌가? 라흐마니노프의 건강을 회복시킨 이 영광스러운 작품이 나를 파멸로 몰고 가는 것인가?

집에 들어가자 부모님은 기대에 찬 미소를 띠고 나를 맞이했다.

"망쳤어요."

"엄살 부리는 거 아니니?" 어머니는 브리지 게임을 하러 나가면서 말했다.

그날 밤 아버지는 내가 좋아하는 타이 음식을 배달시키고 〈그리스인 조르바〉 비디오를 빌려 왔다. 아버지가 내 기분을 달래 주려는 것이었지만 끈적거리는 밥은 맛이 없었고 영화에 나오는 미망인은 공감을 주지 못했다.

"투정부리지 마라, 파이." 아버지가 말했다.

나는 방으로 달려가 문을 닫아 버리고 싶었다. 사실 나는 아직 십 대였지만 투정을 부리고 반항을 하기에는 너무 지쳐 있었다. 내 눈은 화면에서 어른거리는 흑백의 영상을 멍하니 바라보고 있었지만 마음은 다른 곳에 가 있었다. 아무래도 오케스트라 협연의 꿈은 물거품이 된 것 같았다.

13장
베토벤

"베토벤의 서정성은 결코 달콤하지 않아.

결코 아름다워서도 안돼. 하지만

모차르트처럼 베토벤도 꾸밈이 필요하지 않아."

"평범한 피아니스트와 위대한 피아니스트의 차이는 얼마나 될까?" 시반 선생님은 종종 똑같은 질문을 했고 나는 말장난을 하듯 받아넘겼다.

"모르겠는데요. 얼마나 되나요?"

"아주 조금이야." 그녀가 웃으면서 대답했다. "아주 조금 더 듣고, 아주 조금 더 이해하고, 아주 조금 더 논리에 환상을 더하고, 아주 조금 더 환상에 논리를 더하는 거야. 하지만 모든 일이 그렇듯이, 아주 조금의 차이가 평생을 좌우하지."

어릴 때부터 나는 이 '아주 조금'을 이해하려고 노력해 왔는데, 그녀와 십 년을 함께한 지금은 가끔 그것을 이해할 수 있을 것도 같았다. 하지만 어떤 때는 암기하기에 바빠서 아무 생각도 나지 않았다.

"너는 나와 많이 비슷하고, 재능이 있어." 시반 선생님이 말했다. "하지만 지금 단계에서는 레퍼토리와 절대적인 테크닉의 자유가 아주 중요해. 너무 이르다고 말하기는 아주 쉬워. 하지만 그러다가 갑자기 너무 늦어지고 말아."

나는 그렇게 되어서는 안 된다고 생각했다. 내 나이가 벌써 열여덟 살이었고 진지해져야 할 때가 되었다. 대학 1년 동안 미술과 음악을 공부했지만 이제 미술은 그만두기로 했다.

"그렇다고 생각을 그만두어서는 안 된다." 아버지가 경고했다.

나는 아르바이트로 애들레이드 리뷰에서 교정보는 일을 하고 있었다. 테니슨 메달을 받은 후 그곳에서 내게 일자리를 주었다. 그것은 영광스러운 자리였고, 칼럼을 읽으며 오자를 골라내는 일은 재미있었다. 다달이 내 이름이 표지 안쪽에 아주 작지만 눈에 띄는 고딕체로 인쇄된 것을 보면 뿌듯하기도 했다. 하지만 이제 음악 외에 다른 일들이 부담스러워지기 시작했다. 영 퍼포먼스 오디션에 탈락하고 나서 곧바로 나는 애들레이드 리뷰에 사의를 표했다.

이렇게 서두를 이유가 있을까? 나는 그렇다고 생각했다. 그것은 단지 교정 업무뿐 아니라 음악 외에 다른 일들은 모두 포기하기로 맹세하는 것이었다. 여기저기 기웃거리다가는 아무것도 안 될 것 같았다.

시간표도 새로 만들었다. 오후 다섯 시 전에는 책을 읽지 않는다. 점심 전까지 네 시간 연습한다. 오후에 두 시간 연습한다. 매일 저녁 내가 고안한 체력 단련 프로그램에 따라 운동을 하면서 머릿속으로 레퍼토리를 연습한다.

하루는 음악원에서 준 대회 안내 책자를 시반 선생님에게 가져갔다. 그녀는 미심쩍어하며 그것을 들추어 보았다. "러시아에서는 반드시 대회에 나가야 해. 유감스럽지만 음악을 스포츠처럼 생각하거든. 상을 받는 것이 아주 중요하지. 상은 눈으로 볼 수 있고 결과를 말해 주니까. 만일 네가 상을 받지 못하면 그들은 너를 죽여 버릴걸."

"정말요?"

"물론 네가 아니라 네 경력을 말하는 거야. 요컨대, 대회는 또 다른 이유에서 매우 위험하지. 대중적인 음악가를 만들어 낼 수 있다는 거야. 너를 단지 사람들을 즐겁게 해 주기 위한 목적으로 사용할 수 있어. 하지만 나는 정신, 육체, 감정의 건강을 지키기 위해 싸울 거야. 무엇보다 조화와 균형 잡힌 인격이 중요하니까."

"시드니 퍼포밍 아츠 챌린지는 대회가 아니라 축제 같아요." 내가 용기를 내서 말했다. "그리고 시드니 오페라 하우스에서 열리죠."

"어디에나 정치는 있어. 처음에는 안 그랬지만 지금은 대회가 장삿속이 되었어. 그리고 네가 우승을 하면, 어떻게 될까? 사람들은 너를 예술가가 아니라 서커스 동물을 보듯이 할 거다." 그녀는 내 손을 잡았다. "너는 그렇게 되지 않기를 바란다. 우리는 계속해서 한계를 극복하고 발전해야 해. 우리 자신과 싸워야 하지. 그런데 만일 대중적인 인기에 휘둘린다면 얼마 안가 지쳐버릴 수밖에 없어. 개성을 발전시켜야 해. 대회 심사위원들의 비위를 맞출 필요가 없어. 절대! 단지 본질에 다가가기 위해 노력해야 한다. 베토벤 소나타는 마음에 드니?"

"대단해요."

"그래, 너는 잘할 거야. 항상 기억해라. 베토벤은 가슴이 뜨거운 이상주의자야. 음악가가 냉소적이 되는 것은 불가능하지. 그렇게 되면 소리를 창조하는 능력을 잃어버리니까. 우선 베토벤 협주곡 3번으로 시작하자. 아주 드라마틱하고, 아주 오케스트라적이고 아주 베토벤적이지. 네가 좋아할 거야."

"애들레이드 에이스테드포드 협주곡 대회에 그 곡으로 참가할까요?"

그녀는 어깨를 으쓱했다. "물론 대회에는 나갈 수 있어. 다시 말하지만 심사위원들의 비위를 맞추려고 하지 마. 네가 기쁘게 해야 하는 유일한 대상은 음악이라는 것을 명심해야 한다."

집에 가자마자 나는 베토벤의 피아노 협주곡 3번과 〈발트슈타인 소나타〉를 연습했다. 베토벤의 열정과 함께 두 시간을 보내자 몸과 마음이 기진맥진했다. '베토벤은 자기 자신을 완전히 잡아먹고 있었고, 결코 평화를 찾을 수 없는 사람이었지. 정말 무시무시한 사람이야.'라고 시반 선생님은 베토벤에 대해 말했다.

주방 의자에 앉아 차를 마시면서 쉬고 있는데 아버지가 자동차 열쇠를 갖고 다가왔다. "애야, 우리는 테니스를 치러 가니까 네가 미술학원에 가서 동생을 데리고 오면 좋겠구나."

아버지가 내게 다시 운전을 해 보라고 타이른 것이 처음은 아니었지만, 이번에 나는 열쇠를 내던졌다. "말했잖아요! 운전 안 한다고요!"

아버지는 내 눈치를 살폈다. "오늘이 그날이니?"

"뭐라고요? 남자들이 불평을 하면 그럴 만한 이유가 있지만 여자들은 단지 호르몬 때문이라는 거예요?"

"네가 짜증을 부리는 건 사실이잖아."

"말해 두지만, 저는 베토벤을 연습 중이라고요!" 나는 쿵쿵 발을 구르며 나가서 다시 〈발트슈타인 소나타〉를 연습하기 시작했다.

"아니야." 다음 레슨에서 시반 선생님이 말했다. "이 곡은 오케스트라야. 수백 명이 함께 하는 피아니시모야. 더 크고, 더 멀고, 더 추상적이지. 베토벤은 음색이 아주 중요해. 그의 목소리는 악기이고 악기는 음색이기 때문이지. 그에게 음색은 그의 극장이야."

나는 오케스트라의 무게와 부피를 가진 피아니시모를 상상하려고 했다. 열 개의 마디가 폭발하면서 하나의 포르테 스포르찬도(강한 악센트 - 옮긴이)가 되었다.

"그렇지. 그리고 항상 여기서는 강한 손가락으로, 그리고 마침내 교회로 들어간다!" 우리는 첫 악장의 두 번째 테마에 도달했다.

"청명한 합창, 그리고 빛줄기와도 같은 소리가 들려온다."

그녀의 비유에서 힌트를 받은 나는 낭만적으로 베토벤을 연주했다.

"아니야! 쇼팽처럼 연주하면 안 돼. 베토벤은 쇼팽과 달라. 좀 더 한결같고 좀 더 남성적이지. 내가 말하는 아주 작은 차이가 들리니?"

"네."

"베토벤의 서정성은 결코 달콤하지 않아. 결코 아름다우면 안 돼. 하지만 모차르트처럼 베토벤도 꾸밈이 필요하지 않아."

집에서 나는 베토벤 연습을 계속했다. 내 손가락으로 그의 성격을 탐구하고 그의 꾸밈없는 맨 얼굴을 느껴 보려고 했다. 나는 그가 갖고 있는 아주 사소한 것들, 특별한 서정성이라든지 고결함, 의협심, 그리고 무조건 달콤하지만은 않은 달콤함을 찾았다. 하지만 베토벤은 쉽게 보여 주지 않았고 대신 모순으로 가득한 것처럼 보였다.

"베토벤은 사교에는 형편없었고, 사람보다 악기를 더 좋아했지. 끊임없이 사회가 그를 불안하게 만들고 거부하는 것을 경험했어. 하지만 동시에 인간성에 대한 큰 사랑을 품고 있었지. 그는 누구보다 형제애와 우정을 위한 혁명을 지지하는 사람이었어. 모든 혁명은 세 가지 면이 있다는 것을 모르고 말이지. 혁명은 첫째, 이상주의적이고, 둘째는 실용주의적이며, 그리고 셋째는 범죄야." 그녀는 냉소적으로 웃었다. "베토벤은 지나치게 정직한 사람이었어. 그의 소리가 정확하게 그렇지."

그다음 달에 나는 호주 건반음악 장학회의 결승에서 〈발트슈타인 소나타〉 연주로 우승을 했다. 그리고 곧이어 애들레이드 에이스테드포드 협주곡 대회에서는 제2피아노와 협연으로 베토벤의 피아노 협주곡 3번을 연주해서 다시 우승을 했다. 나는 사람들을 즐겁게 하려고 노력하지 않았지만 내가 그들을 즐겁게 할 수 있다는 사실이 즐거웠다.

"대회에 나가는 것은 독이 될 수 있어. 반면에 아주 큰 도움이 될 수도 있지. 음악으로 관객과 소통하는 능력을 기를 수 있으니까. 시드니에 가서 대회에 참가하고 싶니? 물론 그렇겠지. 하지만 여론에 흔들리지 말고 거기서 배워야 한다." 시반 선생님은 다시 한 번 내게 상기시켰다.

7월에 시드니행 비행기에 탑승하며 나는 전국을 여행하는 새로운 삶에 가슴이 벅차올랐다. 하지만 기차를 타고 서큘라 키에서 내려 오페라 하우스로 가는 아래쪽 산책로를 걸어가는 동안 불안해지기 시작했다. 연주를 잘하고 실격이 되는 것이 나을까, 아니면 연주를 못하고 우승하는 것이 나을까? 시반 선생님 말대로 음악을 기쁘게 해야 할까, 아니면 심사위원들을 기쁘게 해야 할까? 이런 생각을 하면서 걷다가 커다란 기둥 앞에 다다랐다. 이 기둥의 왼쪽으로 지나갈 것인가, 아니면 오른쪽으로 지나갈 것인가? 나는 그 자리에 멈추어 서서 내면의 목소리가 내게 어떻게 하라고 말해 주기를 기다렸다. 대회 참가자들이 서둘러 옆을 지나갔다. 한 일본인 관광객이 사진을 찍을 때 나는 매혹적인 건축물을 열심히 감상하는 척했다.

느린 걸음으로 걸었지만 대회장에 일찍 도착해서 오픈 바흐 부문에 참가한 다른 사람들의 연주를 들을 수 있었다. 그들의 연주는 아주 높은 수준이었다. 내 차례가 되었을 때 나는 겁을 먹었고 연주를 시작하자마자 바흐의 평정심은 내 손에서 빠져나갔다. 대신 우아함을 가장하고 기교에 열중해서 바흐의 작품을 아름답게 꾸미는 싸구려 연주를 했다.

연주를 마치고 나는 스스로에게 환멸을 느끼며 밖으로 달려 나가 오페라하우스의 전망대로 올라갔다. 그곳에서 나는 바람을 맞으며 비련의 여인과 같은 모습으로 한동안 서 있었다. 나는 음악을 기쁘게 하지 못했고 그렇다고 심사위원을 기쁘게 하지도 못했다. 날이 저무는 항구에 페리들이 기우뚱하니 정박해 있는 광경이 동화책에 나오는 그림처럼 비현실적으로 보였다. 다리가 천천히 검은 그림자처럼 변하고 항구 저편에서 불빛들이 나타났다. 대회장으로 돌아갈 시간이었다.

다음 날 오픈 베토벤 부문에 참가한 나는 나 자신을 되찾기로 마음을 굳게 먹었다. 이번에는 심사위원석에 앉아 있는 카디건을 입은 여자를 기쁘게 하려고 하지 않을 것이라고, 단지 음악을 기쁘게 하겠다고 다짐했다.

〈발트슈타인 소나타〉는 시반 선생님이 '폭풍우가 지나간 후 동이 트는 새벽하늘과 같다.'고 말한 곡이다. 쇼팽처럼 기교가 화려하고 서정적이면서도 쇼팽과는 다른 웅장한 느낌을 살려야 한다. 베토벤은 이 음악을 작곡할 당시에 청력이 점점 악화되고 있었지만 음악에 대한 열정으로 다시 삶의 의욕을 되찾고 왕성한 창작력을 발휘하고 있었다. 첫 C단조 에피소드가 세상을 흔들며 나의 위선과 가식을 털어 냈고 테마가 시작되자 대회장은 C장조의 밝은 빛으로 가득 채워졌다. 특히 3악장의 도입부는 행복감에 넘치는 밝고 소박한 아름다움을 지니고 있다. 이어 여러 가지의 감정이 나타난다. 불안한 정서가 엿보이나 힘차고 밝은 미래를 향해 나아가는 희망을 읽을 수 있다. 나는 진실을 말하는 편안함을 느꼈다. 그 눈부신 빛을 받으며 싸구려 기교를 부릴 수는 없었다.

애들레이드에 돌아왔을 때 애드버타이즈에 나에 대해 짤막한 기사가 실렸다.

'애들레이드의 젊은 피아니스트가 시드니에서 금메달 두 개를 받다! 골즈워디는 더 큰 대회를 찾아 시드니에 왔다고 말했다.'

기사 옆에는 내가 생각에 잠겨 있는 사진이 있었다. 나는 그 기사를 오려 내서 승리의 궤도를 그리며 점점 더 넓어지는 내 삶을 기록하는 스크랩북에 붙였다. 이제부터 내 삶에 더 이상 예술적인 타협을 위한 자리는 없을 것이다. 나는 더도 덜도 말고 지난번 공연만큼만 하자고 스스로를 독려했다. 베토벤의 밝은 빛은 지금까지의 모든 실패를 덮어 주었다. 이제 남은 과제는 함께 협연할 오케스트라를 찾는 것이고, 그러면 내 이야기의 첫 권이 완성될 것이다.

14장

쇼스타코비치

"쇼스타코비치는 현실에서
탈출할 수 있는 방법이 하나밖에 없었고, 그것은 그의 내면이었죠.
그것이 이 삼중주의 시작이에요."

그해 연말, 우연히 멜버른에서 열리는 청소년 음악 호주 여름학교의 안내 책자를 보게 되었다. 그것은 베를린 필하모닉 오케스트라의 단원들이 젊은 실내악 음악가들을 선발해서 지도하는 과정이었다. 나의 실내악 경험은 가끔 헬렌과 모니카와 하는 플루트 삼중주가 전부였고, 우리의 주요 관심은 각자 좋은 소리를 내는 것이었다. 협주곡 강사는 종종 실내악이 가장 고급스러운 음악이라고 말했지만 나는 그것이 지나친 과장이라고 생각했다. 물론 실내악은 솔로 연주자로 성공할 수 없을 때 충분히 고려해 볼 만한 대안이었다.

"이 과정에 신청해라." 내가 안내 책자를 보여 주자 시반 선생님이 말했다. "실내악은 아주 중요해. 많은 걸 배울 수 있을 거야."

"그러면 가족들과 휴가를 같이 갈 수 없어요."

"가족들은 너를 사랑하니까 이해하겠지. 레닌그라드에서 나는 여름 내내 발레 공연에서 무료 봉사를 했는데 피아노 앞에서 누레예프와 바리시니코프를 지켜보며 춤을 알게 되었어. 거기서 아주 많은 것을 배웠어."

"정말요?"

"나는 그들에게 무슨 일이든지 달라고 애원했어. '저는 꿈에서도 음악을 하고, 음악은 제 인생이며, 시키는 일은 뭐든지 하겠습니다. 청소라도 하겠어요!'라고. 결국은 그들이 나에게 의지하게 되었지. 너도 항상 모두에게서 배우는 것을 좌우명으로 삼아야 해. 그리고 이 과정은 너에게 아주 좋은 기회야. 바이올린 연주자들에게서 프레이징, 현악기 음, 음의 생산, 운궁법, 상상과 환상 등등을 배울 수 있을 거야."

그래서 크리스마스 연휴에 우리 가족은 캥거루 섬으로 휴가를 갔고, 나는 헬렌과 리아를 포함한 애들레이드 음악가들과 함께 비행기를 타고 멜버른으로 날아갔다. 대학에 도착해서 우리는 각자 그룹과 레퍼토리를 배정을 받았고 나는 피아노 사중주 부문에서 모차르트를 연주했다.

모든 과정이 끝나고 마지막 날 밤에는 교사들이 무대에 올라가 슈만의 피아노 사중주를 연주했다. 그들은 리허설을 하지 않았지만 익히 알고 있는 곡을 선택해서 서로 눈을 마주치고 서로의 음에 귀를 기울이며 편안하게 즐기면서 연주했다. 피아니스트들은 스포트라이트 안으로 들어왔다가 나가면서 독백을 하다가 그리스 합창단이 되었다가 바이올린 세레나데를 부르다가 첼로의 연인이 되기도 했다. 처음으로 나는 실내악에서 맡은 피아노의 역할에 대해 이해했고 그 가능성에 눈을 떴다.

애들레이드로 돌아온 후, 헬렌과 리아와 나는 트리오를 결성하기로 했다.

"멋진 생각이구나." 시반 선생님이 동의했다. "실내악은 아주 중요해. 하지만 먼저 합주를 하는 것이 무엇인지 이해해야 해. 우리는 두 가지 방식으로 살아가지. 우리 각자의 삶을 살면서 또한 함께 살아가는 거야. 예를 들어, 너와 엄마와 아빠와 대니얼과 사샤를 생각해 봐. 각각 아주 다르지 않니? 하지만 함께 살고 있어. 화목한 가족으로!"

"그렇다고 할 수 있죠."

"그렇지! 합주란 바로 그런 거야."

우리가 새로 결성한 트리오는 아직 화목한 가족이 아니었다. 우리는 멘델스존의 피아노 삼중주 D단조를 각자 독주자처럼 읽고 연주했다. 어느 날 그 곡의 첫 악장을 끝냈을 때 헬렌이 피아노로 다가오더니 내 어깨 위로 몸을 숙이고 말했다.

"음이 틀렸어." 그녀는 내 악보에서 한 패시지를 손가락으로 두드렸다. "여기!"

나는 발끈했다. "현악기에 비해 피아노 연주에는 음표가 아주 많아."

"기분 나쁘게 생각하지 마. 단지 잘해 보자는 것뿐이야." 그녀는 자기 자리로 돌아갔다.

우리는 다시 시작했고 나는 헬렌의 바이올린 파트에 눈을 고정하고 있다가 그녀가 리듬을 틀린 것을 잡아냈다. 나는 연주를 멈추고 그것을 지적했다.

"이렇게 계속 멈춰야 하는 거니?" 리아가 말했다. "나는 연주를 하고 싶어."

연습을 끝내고 나서 우리는 뒤 베란다에 나가 쇼비뇽 블랑을 마시며 트리오의 이름을 생각했다.

"꽃 이름은 어떨까?" 내가 제안했다.

"매리골드." 헬렌이 시작했다. "대퍼딜, 올랜더, 크리샌더멈?"

리아는 코를 찡그렸다. "너무 소녀적이야."

"호주 남부의 관광지 이름을 따면 어때?"

"페스티벌 센터?" 헬렌이 말했다. "로툰다는?"

"미안하지만 나는 로툰다 트리오에는 들어가고 싶지 않아." 리아가 항의했다.

아버지가 와인을 한 병 더 가져왔다. "아가씨들에게는 낚시 기술이 필요할 것 같다. 트리오 스틸레토는 어때. 섹스어필을 하는 거야. 무대 위에서 세 사람 모두 스틸레토 힐을 신는 거지."

나는 어이가 없어서 눈을 굴리며 말했다. "나는 스틸레토를 신으면 피아노 아래로 다리가 들어가지 않아요."

"그거 좋다. 힐을 벗어 버리고 맨발로 연주를 하는 거야! 피아노 위에 힐을 올려놓고 말이지. 그것이 너의 트레이드마크가 될 수 있어!"

"아빠의 제안은 고맙지만 우리는 진지한 음악가들이에요."

멘델스존의 D단조와 함께 우리는 쇼스타코비치 삼중주를 연습했다. 나는 피아노 악보를 시반 선생님과의 레슨에 가져갔다.

"쇼스타코비치가 누구지?" 시반 선생님이 물었다.

"품격의 귀감이죠." 내가 기억해 냈다.

""쇼스타코비치의 오페라 〈므첸스크의 맥베스 부인〉이 모스크바에서 초연되었을 때였어. 스탈린이 오페라를 관람하다가 그 내용이 퇴폐적이라며 자리를 박차고 나가버렸지. 그 후로 쇼스타코비치는 음악을 발표할 때마다 스탈린의 입맛대로 국가의 적이 되기도 하고 영웅이 되기도 했지. 하지만 그는 끝내 독재 정권에 길들여지지 않았어. 스탈린과 벌이는 고양이와 쥐의 게임에서 살아남기 위해서 그는 어떻게 해야 했을까? 활짝 마음을 열 수 있었을까?"

"아니요."

"물론 아니지. 하지만 쇼스타코비치는 시련 속에서도 품위를 잃지 않았어. 아마 어떤 면에서 그는 사람들에 대한 믿음을 잃었지만 여전히 모든 면에서 귀감이 되는 사람이었지."

그녀는 삼중주의 첫 페이지를 펼쳤다. "이 곡은 세 가지 목소리로 시작하지만 바흐의 다성부와는 정반대야. 바흐는 우리 주변의 평화로운 만남, 주변, 지원, 소통, 전경을 느끼게 해주지. 그는 삶을 그런 식으로 경험한 거야. 하지만 쇼스타코비치가 경험한 삶은 그렇지 않았어. 수백 명, 수천 명과 공동체 생활을 하면서 완전히 외톨이로 지낸다면 어떨까? 함께 어울릴 수 있는 기회가 전혀 없다면 어떨까?"

그녀가 피아노로 오프닝 첼로 독주를 연주하자 마치 첼로 화성처럼 으스스하고 잔잔한 소리가 났다. 그다음에는 약음기를 사용해서 바이올린 파트를 연주했다. 나는 그 소리에 맞추어 가만가만 베이스 음으로 도입부를 연주했다.

"그렇지! 모든 소리들이 완전한 균형을 이루어야 해! 그러자면, 너희들 각자 충분한 능력을 갖추어야 하겠지." 그녀가 미소를 지으며 말했다. "그것이 문제야."

"그 아이들은 아주 잘해요."

"그렇겠지. 하지만 어떤 사람들은 아주 피상적이고 아주 얄팍한 연주를 해. 비유하자면, 껍질만 보고 그 안에 들어 있는 굴은 보지 못하는 거지! 우리는 껍질을 깨끗이 닦는 것으로 그치는 것이 아니라 굴에게 먹이를 주어야 한다." 그녀는 내 손을 잡고 진지하게 말했다. "음악은 기본적으로 먹고살기 위해 하는 일이 아니야. 아주 높은 수준에서는 삶의 방식, 숨 쉬는 방식, 수용하는 방식이지. 우리는 세상을 다르게 바라본다. 사람들은 일터에 가서 코트를 옷걸이에 걸고, 일이 끝나면 코트를 다시 입고 생활로 돌아가지. 하지만 우리는 완전히 달라. 음악이 곧 우리의 생활이야." 그녀는 뭔가를 생각하면서 창문 밖을 쳐다보다가 말했다. "그 아이들을 나한테 데리고 오거라."

"정말이세요?"

"물론 내가 바이올린이나 첼로 연주를 가르칠 수는 없어. 하지만 작곡가의 의도를 존중하고 '무엇'과 '왜'라는 질문을 이해하는 법을 가르칠 수 있지. 음악은 예술을 목표로 한다는 사실을 이해하는 것이 아주 중요해. 우리의 목표는 언제나 예술이니까."

헬렌과 리아가 음악은 예술에서 출발한다거나 우리가 숨 쉬는 방식이라는 말을 이해할 수 있을지는 알 수 없었다. 나는 그들에게 왜 음악가가 되었는지 물어본 적도 없었다. 그것은 매우 개인적인 질문 같았다. 한가하게 잡담을 하거나 우리 트리오의 이름을 짓는 것이 훨씬 쉬웠다.

"트리오 케르베로스는 어때?" 내가 제안했다.

리아는 코를 찡그렸다. "우리를 괴물로 만들 작정이니? 세라핌은 어떨까?"

나는 머리를 가로저었다.

"바로사 페스티벌 아카데미에 지원을 하려면 다음 주까지 이름이 필요해." 헬렌이 지적했다.

"사람들이 우리를 어떻게 생각하기를 바라는지 생각해 보자." 리아가 말했다.

"그거 좋겠다." 내가 말했다. "우리는 왜, 무엇을, 어떻게에 대해 생각해 볼 필요가 있어. 너희들이 내 피아노 레슨에 한번 온다면 도움이 될 거야."

리아가 어깨를 으쓱하고 말했다. "그럼 이제 쇼스타코비치로 돌아가도 될까?"

첫 악장이 끝나자마자 내가 말했다. "우리 연주는 공허하게 들려. 마치 굴보다 껍질에 더 관심을 두는 것처럼 말이야."

"뭐라고?" 리아가 물었다.

"너는 가끔 엉뚱한 소리를 하더라." 헬렌이 말했다.

"예를 들어, 이 곡은 처음에 세 가지 목소리로 시작하지만, 바흐의 다성부와는 정반대야. 왜냐하면 쇼스타코비치가 살았던 삶의 경험이 다르기 때문이지. 수천 명이 공동체 생활을 하는 속에서 완전히 고독하다면 어떻겠어? 함께 어울릴 기회가 없다면 어떻겠니?"

리아가 하품을 했다. "그렇게 분석을 해야 하는 거야? 그냥 느끼면 안 될까?"

그다음 주, 우리는 헬렌의 차에 타고 시반 선생님에게 갔다. 리아는 앞좌석에 첼로를 고정시키고 그 옆에 앉았다. 나는 불안한 마음으로 뒷좌석에 앉았다. 음악가가 되기 위해서는 무엇보다 일관된 성품을 갖추어야 한다고 시반 선생님은 말했다. 친구들과 있을 때의 세속적이고 냉소적인 내 모습과 레슨 시간에 시반 선생님을 무조건 신봉하는 내 모습을 조화시킬 수 있을 것인가?

　"다들 어서 와요." 시반 선생님은 우리를 보고 말했다. "들어와서 편안하게 앉아요."

　나는 헬렌과 리아를 음악실로 안내했고 우리는 각자 스탠드와 악기를 꺼내 조율을 했다.

　"쇼스타코비치 삼중주를 연주하겠습니다." 헬렌이 선언했다.

　"좋아요." 시반 선생님은 나에게 눈짓을 보내며 말했다. "내가 아는 곡인 것 같군요." 그녀는 회전의자에 앉은 채 뒤쪽으로 발을 굴려 구석으로 물러났다. "시작하세요."

　리아가 오프닝 화성을 시작했다. 나는 시반 선생님을 쳐다볼 용기를 내지 못하다가 악장이 끝나 갈 때 슬쩍 고개를 돌렸다. 결국 그녀의 무표정한 얼굴을 보고 가슴이 철렁 내려앉았다.

　"아주 잘했어요." 그녀가 어깨를 으쓱하면서 말했다. "그런데 여러분은 이 파티에 한 사람을 초대하는 것을 잊었군요. 쇼스타코비치가 보이지 않아요. 여러분은 그의 정신, 인격, 의도, 논리, 고립감, 그의 주지주의를 놓치고 있어요."

　나는 가슴을 두근거리며 아이들의 항의를 기다렸지만 헬렌과 리아는 모두 조용했다.

"여러분은 쇼스타코비치의 모티프를 사용했지만 그것은 쇼스타코비치가 아니에요. 실제로 여러분은 자기 자신을 연주한 거예요." 시반 선생님은 카펫 위에서 의자를 뒤로 움직여 피아노 옆으로 갔다.

"예를 들어, 이 곡은 어떻게 시작해야 할까요?" 그녀는 리아를 돌아보았다. "리아는 아름다운 선율을 연주했지만, 사실 이 오프닝은 훨씬 더 어둡고 훨씬 더 고독해요. 쇼스타코비치에게는 현실에서 탈출할 방법이 하나밖에 없었고, 그것은 그 자신의 내면이었죠. 그것이 이 삼중주의 시작이에요."

리아는 다시 홀로 대기권을 떠도는 듯한 첼로 화성을 시작했고, 그다음에 헬렌이 보다 인간적이고 보다 섬세하게 들어갔다.

"그렇지!" 그녀가 소리쳤다. "벌써 훨씬 나아졌군요! 작은 것 하나도 놓쳐서는 안 됩니다. 하지만 그것으로는 부족해요. 그다음은 뭐죠?"

"제대로 옮겨야 해요." 나는 선생님의 애완견이 되기로 했다.

"그렇지, 그리고 그다음은 뭐지?"

"해석을 하는 거죠."

"물론이에요. 제대로 옮긴 다음에 비로소 해석을 할 수 있어요. 나는 이렇게 하고 싶다, 나는 이렇게 느낀다고 말하는 것으로는 충분하지 않아요. 우리가 표현하고자 하는 것은 충분하고 정당하게 뒷받침이 되어야 해요. 귀가 왜 있겠어요? 듣기 위해서죠. 눈은? 보기 위해서죠. 음악이 정확히 그런 거예요." 그녀는 두 번째 악장으로 넘어갔다. "이 마르카티시모 페산테는 어떤 뜻이죠?"

"강하고 무겁게 연주하라는 것입니다." 헬렌이 대답했다.

"맞아요. 그런데 쇼스타코비치는 이것으로 무엇을 말하는 것일까요? 이렇게 통렬한 소리는 뭘까요? 그가 자신의 생각을 강력하게 주장하는 겁니다."

헬렌은 내가 들어 본 적이 없는 강도로 두 번째 악장을 시작했고, 리아는 거기에 맞추어 반응했다. 우리가 연주하는 동안 시반 선생님은 내 옆에 앉아 흥얼거리고 지휘를 하며 목소리, 몸짓, 존재로 음악의 감동을 전달했다. 마침내 우리의 연주가 갑작스러운 엔딩으로 끝이 났고 그와 동시에 시반 선생님이 의자에서 벌떡 일어났다.

"훌륭한 음악이에요! 자유로운 환상은 오직 위대한 과학과 분석이 함께해야 합니다. 마지막으로, 협주를 위해서는 독주를 할 때와는 전혀 다른 자세가 필요해요. 서로의 마음을 읽고 서로의 소리에 귀 기울여야 해요. 자신을 절제하고 상대방을 배려하면서 조화를 이루어야죠. 또 협주 부분에서는 악보를 정직하게 읽어야 합니다. 서로에 대한 신뢰, 조화와 배려, 정직과 신뢰, 모두 우리가 함께 살아가기 위해 반드시 배워야할 덕목들이죠. 협주를 하다보면 어느새 성숙한 어른이 될 거예요."

"네." 헬렌과 리아가 동시에 대답을 했고 우리는 모두 함께 웃음을 터트렸다.

그녀는 문에서 우리를 배웅하며 헬렌과 리아의 손을 잡았다. "연주를 할 때는 항상 어떻게 해야 할까? 믿음을 가져야 해요. 그리고 우리가 믿어야 하는 사람은 우리 자신이죠. 만일 우리 자신을 완전히 믿는다면 다른 사람들도 우리를 믿어 줄 거예요. 하지만 우리가 믿어야 하는 아주 중요한 사람이 또 있는데 그것은 작곡가예요. 우리 자신과 함께 그를 행복하게 해 줘야 해요!"

시반 선생님은 한 명씩 작별 키스를 했고 우리는 각자의 악기를 헬렌의 차에 실었다. 차가 모퉁이를 향해 내려갈 때 나는 아무 말도 하지 않고 트리오가 과연 어떤 평가를 내릴지 기다렸다. 헬렌은 똑바로 앞쪽을 바라보고 있었고, 리아는 무심히 옆 창으로 밖을 내다보고 있었다. 포트러시 거리에서 신호등에 걸렸을 때 비로소 리아가 말했다. "그 선생님은 아주 특별한 뭔가가 있어."

"놀라운 분이야." 헬렌이 동의했다.

내 마음은 두 친구에 대한 사랑으로 가득 찼다.

나는 차츰 협연의 즐거움을 알아 가기 시작했다. 연습을 하는 동안 우리 사이에는 일상적인 대화에서는 느낄 수 없는 고양된 교감이 오고 갔다. 우리 세 사람이 멘델스존을 연주할 때 내 귀에 각각의 소리가 아닌 하나로 합쳐진 소리가 들리기 시작했다. 각자가 내는 소리의 경계가 지워지고 하나가 된 것이다. 첫 악장의 반복 부분에서 헬렌은 그 소리를 고요한 장소로 이끌어 갔다. 리아가 연주하는 도입부는 끊어질 듯 너무 섬세해서 나는 멈추지 말고 계속해야 한다고 스스로 타일러야 했다. 우리에게는 조화와 균형 말고도 배워야 할 것들이 아직 많이 있었다.

바로사 페스티벌에서 우리는 멘델스존의 D단조 삼중주를 연주했다.

처음 세 악장은 순조로웠으나, 마지막 악장이 나를 두렵게 했다. 그 악장에는 피아노의 16분 음표가 너무 많았으므로 나는 헬렌에게 너무 빨리 연주하지 않기로 약속을 받았다. 하지만 헬렌은 이전의 박자를 계속 이어 갔고 리아도 그녀를 따라갔다. 처음에 나는 두 사람을 제지해 보려고 했지만 결국 나도 모르게 그들의 속도를 따라갔다. 우리는 각자 자신의 한계를 시험하며 영광이나 재난을 향해 치닫고 있었다. 마지막 옥타브 패시지에 이르자 헬렌과 리아는 미친 듯 활을 켰고 내 손은 건반 위에서 보이지 않았다. 하지만 우리는 함께 끝까지 계속할 수 있었고 마지막 코드가 끝나기도 전에 관객들이 박수로 우리를 맞이했다.

애들레이드에 돌아와서 우리는 공식 데뷔를 준비했다. 엘더홀을 예약하고 포스터에 넣을 사진을 찍었다. 헬렌이 앞쪽에 서서 도발적인 눈빛으로 바이올린을 노려보았고, 나는 올림머리를 하고 그녀의 뒤에 섰고, 리아는 뒤쪽에서 첼로를 앞에 세우고 꿈꾸는 듯한 표정으로 카메라를 응시했다.

그 포스터를 보고 시반 선생님이 말했다. "정말 아름답구나. 천사들 같다. 세라핌 트리오라는 이름도 마음에 드는구나. 트리오에 무궁한 발전이 있기를 기원할게. 하지만 실력으로 승부를 걸어야 한다!"

콘서트가 다가오면서 데뷔 연주회는 일종의 사업이라는 것이 분명해졌다. 우리는 보도 자료를 작성하고 거스름돈을 준비하고 초대권을 인쇄했다. 연습보다 사업에 바빠서 실력으로 승부하기는 점점 더 어려워지는 듯했다. 헬렌은 런들 스트리트의 외곽을 돌면서 포스터를 나누어 주다가 실수로 오스트랄호텔의 남자 화장실 문에 포스터를 붙였다고 고백했다. 아마 우리가 성인이라는 것을 보여 주고 싶어 하는 마음이 작용했을지도 모른다.

콘서트가 있는 날 저녁, 우리는 모두 드레스를 입고 무대 뒤에 도착했다. 리허설을 해야 할 시간에 우리는 어떤 색 드레스를 입을지에 대해 토론을 벌였고 겨우 최선의 타협점에 도달할 수 있었다. 리아는 은색의 새틴, 헬렌은 청록색의 태피터, 그리고 나는 초록색 실크 시폰 드레스를 입었다.

"우리 셋이 추상적으로 꽤 잘 어울리는데." 나는 거울 앞에 서서 우리의 부조화를 바라보며 말했다.

헬렌은 바이올린을 꺼내 활에 로진을 발랐다.

"긴장하지 마." 내가 말했다.

"난 지금 긴장하지 않았어. 너는 바로사에서 긴장한 것 같더라."

"그렇지 않았어. 단지 네가 멘델스존을 너무 빨리 끌고 가지 않기를 바랐을 뿐이야."

휴게실은 곧 리아와 헬렌이 악기를 조율하는 불협화음으로 가득해졌다. 나는 점점 더 초조해졌다. 무대 뒤에는 피아노가 없어서 나는 연습을 할 수 없었다. 나는 화장 가방을 꺼내 아이라이너를 다시 칠했다.

"화장을 떡칠한 할머니처럼 보이지 않도록 조심해." 리아가 말했을 때 인터폰이 울렸고 무대로 나갈 시간이 되었다.

엘더홀의 무대에는 어릴 때부터 서 왔지만 매번 다른 곳처럼 느껴졌다. 이번에는 각각 다른 드레스를 입은 친구들과 함께였다. 나는 우아하게 허리를 굽혔고, 헬렌은 권위적으로 고개를 끄덕였으며, 리아는 유혹적으로 무릎을 구부렸다. 우리는 앉아서 각자 악기를 조율했다. 서로에게 희미한 미소를 보내고, 헬렌이 숨을 들이마시는 것을 신호로 우리는 모차르트를 연주하기 시작했다. 그런데 우리의 앙상블이 꽤 훌륭하다고 생각한 순간 갑자기 화음이 깨졌다. 문제가 생긴 것이 분명했지만 나는 계속할 수밖에 없었다. 무슨 일이 있어도 연주를 중단하면 안 된다. 나는 관객이 눈치채지 못했을지도 모른다는 한 가닥 희망에 매달려 연주를 계속했다. 하지만 헬렌은 바이올린을 내렸고 리아도 역시 연주를 중단하고 나를 돌아보았다.

"안 되겠어, 애나." 헬렌이 속삭였다. "내 E 스트링이 끊어졌어."

데뷔 연주회 십오 초 만에 우리는 사백여 명의 관객들에 의해 확대되는 그 무시무시한 침묵 속에 갇혀 버렸다. 헬렌이 하이힐 소리를 울리며 무대를 뛰어나갔고, 관객들이 수군거리는 소리가 들렸다. 어떻게 해야하지? 내가 앞에 나가서 처칠처럼 연설을 해야 하는 건가? 리아를 쳐다보니 그녀는 첼로를 끌어안고 그 속으로 들어가고 싶어 하는 것 같았다. 나는 관객들의 어리둥절한 얼굴이 보이지 않도록 무대 뒤쪽을 향해 몸을 약간 왼쪽으로 비틀었다. 나에게 순간이동 능력이 있다면 그 순간 집으로 돌아가 나의 그랜드 피아노와 단 둘이 있고 싶었다.

헬렌이 무대로 돌아오자 격려의 박수가 한 차례 지나갔다. 그녀는 자리에 앉았고 우리를 다시 모차르트로 이끌었다. 이제 우리의 앙상블은 자신감이 사라졌다. 우리가 서로에게 갖고 있던 믿음이 흔들리고 있었다. 그것은 사랑처럼 깨지기 쉬운 믿음이었다. 앙상블 연주는 우리 자신에 대한 믿음과 서로에 대한 믿음을 바탕으로 해야 하지만 이제 그 어느 것도 믿을 수 없었다. 리아는 재현부에서 도입부를 놓쳐 버렸다. 나는 순간적으로 짜증이 나면서 한 음을 비켜 쳤다. 한 마디 후에 헬렌은 나에게 화를 내는 듯이 한 프레이즈를 뒤섞었다. 이럭저럭 모차르트를 끝까지 마쳤을 때 우리는 마치 졸업 파티에서 만나 티격태격하는 십 대 소녀들처럼 서로를 원망하고 있었다.

박수는 우리가 휴게실로 돌아가기 전에 이미 끝났다.

"미안해." 헬렌이 말했다. "A 스트링으로 연주를 계속해 보려고 했는데."

"이미 엎질러진 물이야." 내가 말했다. "중요한 것은 다음 연주로 만회를 하는 거지."

"힘내, 얘들아." 리아가 말했다. "누구보다 우리 자신을 믿어야 해."

우리는 리아를 따라 다시 무대로 나갔고 그녀는 그 어느 때보다 멋지게 멘델스존을 시작했다. 나는 반주로 그녀의 테마를 기꺼이 감싸 안았다. 더 이상 경쟁은 없었고, 그녀가 불러낼 수 있는 모든 영감은 우리 모두의 것이 되었다.

막간에 무대 뒤에서 쉬고 있을 때 어머니와 아버지가 찾아왔다.

"관객들의 호응이 굉장한걸!" 아버지가 말했다.

"우리 앞좌석에 앉은 사람들은 총각 파티를 하는 것 같던데." 어머니가 의아해하면서 말했다. "너희들 대체 어디에 광고를 한 거니?"

그들은 객석으로 돌아갔고, 무대로 나오라는 인터폰이 울렸다. 이번에는 쇼스타코비치를 연주했다. 리아는 믿을 수 없을 정도로 정확한 화성을 연주했다. 헬렌이 연주하는 도입부는 인간적이고 섬세했으며, 나의 베이스는 나 혼자가 아닌 우리 모두에게 속한 소리로 들렸다. 4악장의 첼로와 바이올린 피치카토(손끝으로 뜯는 듯이 하는 연주법 – 옮긴이)에서 점점 열기가 고조되고 있었는데 다시 한 번 문제가 생겼다.

우리는 깜짝 놀라 연주를 중단했고, 바이올린 브리지가 바닥에 떨어져서 튕기는 소리가 들렸다. 헬렌은 잠시 말없이 앉아 있더니 크게 한숨을 쉬며 일어나 걸어 나갔다. 리아와 나는 서로를 쳐다보고 그다음에는 어리둥절해 있는 관객들을 보았다. 휴게실로 가 보니 헬렌이 머리를 두 손으로 감싸고 의자에 앉아 있었다.

"왜?" 그녀가 소리쳤다. "왜, 왜, 왜?"

나는 그녀 주위를 서성이면서 위로할 말을 생각했다. "긍정적으로 생각하자. 우리는 쇼스타코비치를 잘하고 있었어."

무대에서 황급한 발자국 소리가 들려왔다. 성난 관객이 환불을 요구하러 오는 것일까? 헬렌의 여동생 니키였다. 니키는 무대 불빛을 뒤로 하고 서서 자신의 바이올린을 위로 치켜들었다. 헬렌은 머뭇거리다가 일어나서 그것을 받아 들고 다시 앞장서서 무대로 나갔다.

헬렌이 자리에 앉아 4악장의 시작 신호 보내자 객석에서 응원의 박수 소리가 크게 일어났다. 처음에 나는 헬렌을 주시하며 내 소리를 낮추어 그녀의 소리를 떠받치려고 했지만, 그녀가 바이올린이 낼 수 있는 소리의 최고 한계까지 끌어올렸을 때, 더 이상 그럴 필요가 없다는 것을 알았다. 그녀의 연주는 그녀가 살아가는 방식, 숨 쉬는 방식, 그리고 삶을 수용하는 방식이 되었다. 이번에는 피치카토를 무사히 통과해서 클라이맥스에 도달했고 나는 훌륭한 앙상블을 함께하는 즐거움을 마음껏 누렸다. 그동안 나는 연습실에서 혼자만의 세계에 빠져 있었다. 이제 고독과 단절감을 호소하는 쇼스타코비치를 연주하며 우리 세 사람은 한 가족이 되었다.

15장

하차투리안

"이 음악에는 놀라운 예술적 이상이 담겨 있어.
내가 환상은 피아노 위에서 무제한이라고 말했지?
단, 환상을 표현할 수 있는 경지에 도달해야겠지."

아람 하차투리안 Aram Khachaturian, 1903~1978, 러시아의 작곡가, 피아니스트

러시아령 그루지야의 티플리스에서 가난한 제본공의 아들로 태어났다. 아르메니아 사람으로, 1921년 18세 때 아르메니아 연극연구소 사람들과 함께 모스크바에 체류하던 중 생각지도 않았던 우연한 기회에 음악적인 재능을 인정받았다고 한다. 1922년에 모스크바의 그네신 음악원에 입학하여 정식 음악 교육을 받기 시작했다. 1929년 모스크바 음악원에 들어가 작곡을 배웠고 1936년 출세작인 피아노 협주곡을 작곡했다. 소련 평화위원회 회원으로 사회운동에도 참여하는 한편, 모스크바 음악원과 그네신 음악원의 교사로 후진 양성에 힘썼다. 피아노 협주곡(1936)과 강렬한 리듬의 〈검의 춤〉이 들어 있는 발레 모음곡 〈가야네〉(1942)가 대표작이다. 아르메니아를 비롯한 코카서스 지방의 민속음악에 바탕을 두고 유럽의 작곡 기법으로 표현한 그의 음악은 화려하고 정열적이며 리드미컬한 생명력이 넘친다. 지휘자로서도 활동했으나 거의 대부분 자신의 작품을 위주로 지휘를 했다. 스탈린 정권하에서 프로코피예프, 쇼스타코비치 등과 함께 서구의 부르주아적 형식주의에 물들었다는 비판을 받기도 했으나, 민족성을 기초로 한 토착적인 음악 세계를 보여 준 작곡가로 평가받고 있다.

대학 졸업이 가까워지자 시반 선생님은 나에게 유학을 권했다. 지난해 케이트 스티븐스는 석사 과정을 밟기 위해 미국 텍사스 주의 포트워스로 갔다. 포트워스는 반클리번 국제 피아노 대회가 열리는 도시로, 그 대회와 연계해서 운영하는 여름학교인 클리번 인스티튜트가 있었다. 케이트에 의하면 그곳은 피아노 수재들이 모이는 메카였다.

"물론 그들은 케이트를 높이 평가하고 있어." 시반 선생님이 말했다. "클리번 인스티튜트에 보낼 오디션 테이프를 만들어 봐. 그들은 너에게도 좋은 점수를 줄 거야. 내가 장담하지."

나는 그녀가 시키는 대로 지원을 했고 교장한테서 직접 입학 허가 편지를 받았다. 그는 나에게 장학금을 제공할 것이며 석사과정 오디션을 보라고 했다.

"잘됐구나!" 시반 선생님이 말했다. "미국이 아무런 문제가 없는 것은 아니야. 미국에서는 때로 음악보다는 사업이 중요해. 하지만 적어도 그들은 수준을 이해하지."

그녀는 차창 밖으로 텅 빈 거리를 내다보았다. "어떤 면에서 호주는 잠자는 공주야. 하지만 미래가 아주 밝아! 너도 알다시피, 나는 호주를 사랑해. 이곳의 많은 인재들은 교육을 제대로 받지 못해서 재능을 펼치지 못하지. 너는 내가 여기 우연히 온 거라고 생각하니? 어떤 면으로는 그렇다고 할 수 있지만 사실은 그렇지 않아. 나는 우연을 믿지 않아. 반드시 어떤 의미가 있는 거야." 그녀는 돌아서서 내 손을 잡았다. "너는 어딜 가든 많은 것을 배우게 되겠지만 여기 돌아와서 가르치겠다고 약속해라."

그녀가 한 말은 나를 불안하게 만들었다. 아직 다른 나라에 가 본 적도 없는데 호주로 돌아온다는 약속을 하기에는 너무 이른 것 같았다. 나는 아무 말 없이 가방에서 오렌지색의 하차투리안 협주곡 악보를 꺼내 스탠드 위에 올려놓았다. 나는 다시 한 번 영 퍼포먼스 어워드에 나가기로 했고 올해는 무대에서 이백 퍼센트 안정적이 되겠다고 마음을 먹었다.

"우리는 작곡가들을 시대와 분야별로 구분할 수 있다." 그녀가 설명했다. "하지만 그들은 기념비가 아닌 사람들이야. 그들은 살아 있어! 하차투리안은 기본적으로 쇼스타코비치와 같은 시대를 살았던 사람이지만 두 사람은 아주 달라. 하차투리안은 인간적으로 매우 관대하고 친절하지. 훨씬 더 따뜻하고 완전히 열려 있지만 쇼스타코비치보다는 훨씬 단순해. 나이로 사람을 구분할 수는 없지만, 나에게는 하차투리안이 항상 더 젊게 느껴져." 그녀는 협주곡의 악보를 펼쳤다. "그 모든 것을 바로 그의 음악 속에서 느낄 수 있지. 이 협주곡은 삶의 즐거움으로 가득하고 또한 아주 이국적인 소리를 갖고 있어. 러시아적이 아니라 아르메니아적이지. 그리고 그의 스타일은 매우 격동적이야. 다채롭고 톡 쏘는 맛이 있지. 하차투리안은 주방장처럼 향료에 대해 정확하게 알고 있었어." 그녀는 생동감이 넘치는 화성을 시연했다. "사람들은 손 모양이 하나라고 생각하지만 사실은 수없이 많아! 모든 요소들이 여기 두 손에 있지! 요컨대, 리듬이 무엇이지?"

"리듬은 생명입니다." 나는 그녀가 한 말을 인용했다.

"물론. 리듬은 그 자체가 이야기를 갖고 있어. 하지만 동시에 모두가 하나로 연결되어 있지. 리듬은 멜로디이고, 화음은 리듬이고, 멜로디가 화음이야. 마치 심장, 간, 뇌가 함께 움직이는 것처럼, 하나만 망가져도 생명은 없어! 이미 심장마비로 죽었는데 간이 건강하다고 자랑해 봐야 무슨 소용이 있겠니?" 그녀가 웃었다. "이 음악에는 놀라운 예술적 이상이 담겨 있어. 내가 환상은 피아노 위에서 무제한이라고 말했지? 단, 환상을 표현할 수 있는 경지에 도달해야겠지."

나는 그 경지에 도달하는 데 도움이 될 수 있는 온갖 시도를 했다. 풀장에서 수영을 할 때 머릿속으로 협주곡을 연습했다. 피아노를 떠나 내 손이 모든 동작을 익힐 때까지 다양한 무도법을 반복했다. 각각 맛이 다른 화성을 분석하고 베이스 클라리넷과 플렉사톤의 도입부를 찬찬히 읽으면서 머릿속으로 악보를 넘길 수 있을 때까지·연구했다.

"훨씬 나아졌구나." 오디션을 보기 전 마지막 레슨에서 시반 선생님이 말했다.

이번에 ABC에서 연주를 할 때는 머릿속에서 '엉터리'라고 재잘거리는 환청이 들리지 않았다. 다음 날, 자전거를 타고 음악원에서 집에 돌아왔을 때 아버지가 문 밖에서 기다리고 있었다. "오늘 네 평생에서 가장 중요한 전화가 왔단다, 파이. 텍사스에 갔다 오면 일주일 후에 애들 레이드 심포니와 연주를 하게 될 거야!"

나는 자전거를 팽개치고 아버지와 함께 장미꽃들 옆에서 춤을 추었다.

클리번 인스티튜트의 여름학교에 입학하기 위해 미국 포트워스에 도착하니 공항에 한 자원봉사자가 마중을 나와 있었다. 그녀는 나를 차에 태우고 고속도로를 달려가며 쇼핑몰들을 가리키며 말했다. "호주에도 쇼핑몰이 있나요?" 그녀는 나를 대학에 내려 주었다. 나는 연습실을 확보해서 하차투리안을 연습하며 익숙한 세상 속으로 들어가는 길을 발견했다.

다음 날 아침 스무여 명의 젊은 피아니스트들과 함께 무대 위에 앉아 연주할 차례를 기다리고 있는 동안, 강사는 일화와 시연으로 우리를 즐겁게 해 주었다. 한 브라질 학생은 시적인 슈베르트를 연주했다. 한 루마니아 학생은 스크랴빈을 연주했고, 마지막으로 내 차례가 되었다. 나는 리스트의 〈라 캄파넬라〉를 연주했다.

"이 마지막 옥타브들의 비밀은 무엇일까요?" 강사가 물었다. "만일 16분 음표를 연주하기 어렵다면 다섯 잇단음표로 연습을 하세요. 그래도 어려우면 여섯 잇단음표나 아니면, ─ 내가 좋아하는 여덟 잇단음표를 연습하세요." 그는 마치 기관총을 쏘듯이 여덟 잇단음표를 연주했다. "그러면 갑자기 16분 음표가 쉬워지죠! 별거 아니에요!"

그날 저녁 여름학교 입학생들을 위한 환영회가 열렸다. 영국에서 온 한 방문 지휘자는 젊은 여자들을 따라다니느라 분주했다. 나는 그가 머리에 부분 가발을 쓰고 있는지 궁금해하다가 우연히 그와 눈이 마주쳤다. 그는 한 루마니아 아가씨에게 퇴짜를 맞은 와인 잔을 들고 서둘러 나에게 달려왔다. "유감스럽게도 오늘 아침 학생의 연주를 듣지 못했군요. 특별히 학생의 연주에 관심이 있는데 말입니다. 마스터클래스는 어땠나요?"

"아주 훌륭했습니다."

"어떤 점이요?"

나는 그 강사에 대한 기억을 떠올렸다. 그는 뛰어난 피아니스트였고 테크닉과 템포와 조성에 대해 이야기했다. 하지만 무도법, 피아노를 끌어안는 것, 소리를 듣는 것에 대해서는 이야기하지 않았다. 내가 기대한 것만큼 특별한 강의는 아니었다.

"아주 개론적인 강의였어요. 고향에 계신 저의 선생님은 종종 아주 작은 것에 대해 말씀하시죠."

"뜬금없는 이야기네요." 그가 목을 갑자기 꼿꼿하게 세우고 쏘아붙였다. "바로 그런 배타적인 태도 때문에 호주가 욕을 먹는 것입니다."

나는 그의 반응에 너무 당황해서 뭐라고 대꾸를 해야 할지 알 수 없었다. 그는 지나치게 친절한 태도를 보이다가, 다음 순간 내가 편협하고 무지하다고 비난하고 있었다. 그의 눈에 내가 어떻게 비치는지 알 것 같았다. 촌스러운 시골 처녀가 주제도 모르고 고향 마을에 사는 자신의 피아노 선생을 자랑한 것이다. 그는 들고 있던 와인을 단숨에 들이키더니

다시 태도를 바꾸었다. "당신은 정말 아름다운 목을 가졌군요. 백조 같아요. 나는 여성의 아름다운 목을 사랑합니다."

나는 양해를 구하고 그 자리를 떴다. 나는 슈베르트를 연주한 브라질 청년에게 가서 그의 연주를 칭찬했다.

"저도 당신의 리스트를 아주 잘 들었어요." 그가 대답했다. "그런데 당신을 보면 어떤 사람이 떠오르는군요. 여기 학생인데, 호주에서 온 케이트 스티븐스라고."

"우리는 같은 선생님에게서 배웠어요." 나는 자랑스럽게 말했다.

다음 날 저녁 마스터클래스가 끝난 후 늦은 시간에 대학의 피아노 강사들이 나의 석사과정 오디션의 심사를 하기 위해 음악당에 모였다. '연주를 할 때는 항상 어떻게 해야 하지? 믿음을 가져야 해. 그리고 네가 믿어야 하는 한 사람은 너 자신이다. 네가 너를 완전히 믿는다면 다른 사람들도 널 믿을 거야.' 나는 연주를 하며 외국인으로써 누릴 수 있는 자유로움을 즐겼다. 아무도 나를 모르는 곳에서 연주하는 것이 편안하게 느껴졌다. 오디션이 끝난 후에는 다시 연습실로 돌아가 하차투리안 협주곡을 연습했다.

아침 일찍 감독이 나를 찾아왔다. 그는 내가 석사과정 오디션에 합격했고 장학금을 받게 될 것이라고 말했다. 나는 여기 오기를 잘했다고 생각했다. 하지만 내 눈에는 아직 드문드문 쇼핑몰이 있는 끝없이 펼쳐진 고속도로밖에 보이지 않았다. 그는 내 마음을 읽은 듯했다. "텍사스는 호주만큼 아름답지 않지만, 여기서 열심히 연습을 하면 다른 곳에 갈 기회가 생길 겁니다. 나는 학생을 여러 대회에 참가시킬 거예요. 학생은 미래가 밝지만 열심히 해야 해요. 호주에 돌아가면 영 퍼포먼스 어워드 결선에서 우승하길 빌어요!"

애들레이드에 돌아온 후 시차 적응을 하고 나서 닷새 후에 결선에 참가해야 했다. 진지한 음악가가 되기 위해서는 빠듯한 일정에 익숙해져야 했다. 시반 선생님은 말했다. "러시아에서 우리는 밤낮으로 어느 때나 연주를 하도록 훈련을 받았단다. 새벽 서너 시에도 연주를 해야 했어. 어떤 상황, 어떤 날씨, 어떤 피아노라도 말이지. 근성이 있어야지 안 그러면 살아남을 수 없어!"

지난 크리스마스에 부모님은 나와 남동생을 위한 합동 크리스마스 선물로 자동차를 선물했고 마침내 나를 구슬려서 다시 운전대를 잡게 했다. 겨자색 1972년형 도요타 코롤라였다. 피아노 레슨에 가기 위해 후진을 해서 차도로 나갈 때 내 머릿속에서는 하차투리안 협주곡의 첫 악장이 시작되었다. 프로스펙트 가로 좌회전을 해서 킨토어 가를 달리다가 우회전을 하기 위해 기다렸다. 끼어들어 갈 기회를 한 번 놓치고 또다시 기회가 왔지만 그 순간 나는 오케스트라의 포르티시모로 이어지는 스트레피토소(시끄럽게, 떠들썩하게 – 옮긴이) 옥타브에 정신이 팔려 있었다. 갑자기 뒤에서 경적이 울렸고 나는 가슴에 압박을 느끼며 오십 미터 정도를 앞으로 밀려났다. 나는 차문을 열고 비틀거리며 밖으로 나갔다. 뒤에서 한 남자가 세미트레일러에서 밖으로 나왔다.

"미안해요, 거기 있는 걸 못 봤어요." 그는 검은 눈을 크게 뜨고 내 차를 살펴보더니 난처한 듯이 허탈한 웃음을 웃었다. "완전히 못 쓰게 된 것 같네요."

피아노 레슨에 가다가 충돌 사고가 난 것은 이번이 두 번째였다. 하지만 이번에는 내 잘못이 아닌 것이 확실하다는 것을 알고 뒤늦게 화가 났다. "그쪽 때문에 나는 협주곡 데뷔를 못 하게 될지도 몰라요!"

"뭐라고요?"

"나는 내일 애들레이드 심포니와 협연이 있다고요!"

그는 어깨를 으쓱했다. "진정해요, 아가씨. 미안하다고 했잖소."

경찰이 도착했고, 어머니는 정원에서 일하던 옷차림 그대로 언덕 위로 뛰어 올라왔다.

어머니는 경찰이 찌그러진 자동차를 모퉁이로 끌고 가는 것을 보며 '세상에, 이런 일이.'를 외치다가 나를 집으로 데려가서 왕진 가방을 꺼내 떨리는 손으로 검진을 했다.

"레슨에 가야 해요, 엄마. 내일 오케스트라를 만나야 한다고요."

어머니는 차를 끓이고 진통제를 주었다. 그리고 냉장고에서 꺼낸 아이스팩을 들고 나를 차에 태워서 시반 선생님의 집으로 갔다. 차도에 버려진 찌그러진 자동차에 노란색 포스트잇을 붙여 놓는 것도 잊지 않았다. '애나는 무사해요. 피아노 레슨을 하고 있어요.'

다음 날 아침 일어났을 때, 충격으로 목이 아팠지만 적어도 시차증은 사라진 것 같았다. 어머니는 나를 차에 태우고 그동안 간절히 바랐던 오케스트라와의 첫 만남을 위해 ABC로 향했다. 지휘자인 윌리엄 사우스게이트 경이 나를 스튜디오 520호로 데리고 갔다. 안에 들어가자 팔십여 명의 음악가들이 그 공간을 가득 메우고 있었는데, 마치 사냥꾼들이 반짝거리는 무기를 들고 원정을 떠날 준비를 하고 있는 것처럼 보였다. 그들은 나에게 한 차례 박수를 쳐 주었고 나는 머뭇거리며 피아노 앞에 앉았다. 나는 적어도 검은 언덕들과 흰 계곡으로 이루어진 익숙한 지형에 대해 알고 있었다.

윌리엄 경이 팔을 올렸다가 내리자 오케스트라의 소리가 주위의 공기를 가득 채웠다. 나는 마치 파도의 높이를 가늠하는 서퍼처럼 피아노 연주가 시작되는 정확한 순간을 기다렸다가 온몸을 던져 뛰어들었다. '훌륭한 오케스트라와 연주하는 것은 너에게 날개를 달아 줄 거야. 더할 나위 없는 자유와 기쁨을 느낄 수 있을 거야.' 오케스트라의 진동음이 바닥에서 올라와 피아노 안으로 들어왔다. 나는 나 자신의 소리로 그 소리에 합류했다. 그것은 지금까지 경험해 보지 못한 흥미진진한 대화였다.

"좋아요." 연주가 끝나자 윌리엄 사우스게이트 경이 말했다. "내가 원하던 연주였어요. 신사 숙녀 여러분, 이제 십오 분간 휴식 시간을 가질 것이고, 애나는 내일 애들레이드 시청에서 다시 만나도록 하죠." 벌써 끝난 건가? 나는 하루 종일이라도 할 수 있는데. 처음 맛본 협주곡 연주는 일종의 중독성이 있었고 지금까지 내가 경험한 그 어떤 즐거움보다 강렬했다.

다음 날 애들레이드 시청에서 최종 리허설을 위해 무대로 올라갔다. 피아노는 너무 오른쪽에 있었고 오케스트라가 옆에 바짝 붙어 있었다. 결선에 오른 참가자들이 객석에 드문드문 앉아 있었고 ABC의 엔지니어가 앞뒤로 뛰어다니며 마이크 소리를 조절했다. 조명 기사가 여러 가지 세팅을 실험하는 동안 건반이 분홍색, 연보라색, 베이지색으로 계속 변했다.

"좋아요." 윌리엄 경이 말했다. "점심시간 전에 마지막으로 연주를 해 보겠어요. 맨 처음부터 시작해서 멈추지 말고 합시다."

그곳에서는 오케스트라가 다르게 들렸다. 소리가 거칠고 덜 관대했다. 첫 도입부에서 나의 피아노 소리가 약하게 들렸지만 헛된 영웅 심리는 버리자고 스스로 타일렀다. 두 번째 악장부터 무대 조명이 뜨겁게 느껴지기 시작했다. 피아노 의자는 너무 낮거나 너무 높았다. 숨쉬기가 힘들었고 안전벨트가 윗몸을 압박하던 느낌이 되살아났다. 내 눈앞에서 반음계 화음을 연주하고 있는 이 손은 누구의 손일까? 나는 그 곡을 눈을 감고도 연주할 수 있다고 생각했지만 이제 내가 정말 그것을 알고 있는 것인지, 지금까지 운이 좋았던 것인지 의심스러워지기 시작했다. 운이 다한 것일까? 순간 마디 하나를 건너뛸 것 같다는 생각을 하면서 절벽에서 떨어지는 기분을 느꼈다. 현기증이 났다. 그러자 내 손이 그 느낌을 따라갔고, 세상이 두 쪽으로 갈라지면서 그 아래에 있던 혼돈이 밖으로 드러났다. '침착하자. 돌아가는 길을 찾을 수 있을 거야.'

아이들이 건반을 아무렇게나 두드리듯 나는 엉터리 화음을 누르며 오케스트라의 클라이맥스가 올 때를 기다렸다. 그것은 하차투리안 협주곡의 톡톡 튀는 불협화음이 아니라 전혀 다른 것이었다. 윌리엄 경은 불안한 표정으로 나를 쏘아보았고, 오케스트라는 유조선이 서서히 좌초되듯 우왕좌왕했다. 입안이 바짝바짝 마르는 공포 뒤에서 나는 아주 작은 의심이 순식간에 재앙으로 변해 버렸다는 사실에 망연자실했다. 팔십 명의 연주자들이 각자 악기를 하나씩 들고 음악의 무인도로 표류했다. 윌리엄 경은 두 손을 모으고 지휘를 중지했다. 뒤이어 끝없는 침묵이 흘렀다. 객석에서 아버지는 쥐구멍이라고 있으면 들어갈 것 같은 표정으로 입술을 질근거리고 있었다. 경쟁자들은 남의 불행이 나의 행복이라고 즐거워하고, 오케스트라 단원들은 점심시간이 늦어진다고 나를 원망하고 있을 것이다. 나는 더 이상 윌리엄 경에게 의지할 수 없다는 생각이 들면서 믿을 수 없는 동료와 계속 배를 움직여 가야 한다는 불안감에 휩싸였다. 조명 불빛 아래서 나는 옴짝달싹 못하는 신세가 되었다.

"걱정할 것 없어요." 윌리엄 경이 말했다. "신사 숙녀 여러분, 다시 한 번 문자 K부터 시작합니다."

이번에는 실수할 여유가 없었다. 최종 리허설에서 한 번 실수는 어느 정도 용서될 수 있지만, 두 번 실수는 자살 행위였다. 죽기 살기로 매달려야 했다. 나는 정신을 집중해서 겨우 연주를 계속했지만 용기를 잃고 말았다. 세 번째 악장에서는 무기력하게 오케스트라를 따라가며 빨리 모든 것을 끝내고 그곳에서 나갈 수 있기를 바랐다.

"어땠어요?" 나는 집으로 가는 차 안에서 아버지에게 물었다.

차 앞으로 한 보행자가 길을 건너갔다. "비켜, 저런 멍청한 놈!" 아버지가 소리쳤다. "미친 놈! 정신을 어디다 팔고 다니는 거야!"

우리는 다시 침묵에 빠졌다. "균형이 어땠어요?" 신호등 앞에서 차가 멈추었을 때 내가 다시 물었다.

"좋았어, 잘했어." 그는 기어 스틱에서 손을 떼고 마치 불치병에 걸린 아이에게 용기를 주듯이 내 팔을 잡았다. "오늘 밤에 좀 더 연습을 해야겠다, 그럴 거지, 파이?"

집에 도착해서 나는 시반 선생님에게 전화했다.

"콘서트보다 리허설에서 훨씬 더 문제가 많은 법이야." 그녀는 나를 안심시켰다. "알다시피 나는 미신을 믿는다. 리허설이 나쁘면 콘서트를 잘하게 될 거야. 걱정하지 마라. 그리고 음악은 소리로 하는 자연스러운 대화라는 것을 항상 기억해라. 우리의 지혜, 관대함, 환상, 상상력, 몸동작, 대화, 이 모든 것이 합쳐진 언어가 음악이야. 너는 완전히 준비가 되어 있어. 우리가 레슨을 할 때는 훌륭한 협주곡을 연주하지 않았니? 아주 훌륭했어. 내가 그렇다고 말했지?"

나는 그녀의 격려에 자신감을 되찾았고 한 시간 동안 연습을 한 다음 낮잠을 잤다. 눈을 떴을 때 오전의 실수는 과거지사가 되었고 불안감은 가라앉았다. 이른 저녁을 먹은 후 아버지와 동생들은 먼저 연주회장으로 떠났고 어머니는 내가 드레스 입는 것을 도와주었다. 우리는 그 드레스를 고르는 데 몇 주나 걸렸다. 조명을 받아도 색이 어두워지지 않는 진홍색 드레스였다. 어머니는 드레스를 브라 스트랩에 고정하고 자신이 직접 만든 검은 벨벳 목걸이를 채워 주었다. 이모는 내 머리에 작은 화환을 얹어 주었다. 부모님에게서 생일 선물로 받은, 시반 선생님의 부군인 아이작이 디자인한 진주 귀고리를 했다. 그렇게 눈부신 차림으로 거울 앞에 서자 어쩐지 안전한 느낌이 들었다. 무엇이든 할 수 있는 힘을 주는 수퍼맨 의상을 입은 듯이 느껴졌다.

시청 무대 뒤에서 어머니는 나를 분장실까지 데려다주었다. 어머니가 나간 후 나는 업라이트 피아노 앞에 앉아 두 번째 악장부터 화음 진행을 연습했다.

"골즈워디 양. 십 분 남았습니다. 십 분 뒤에 무대로 나가십시오."

나는 명상을 하듯, 주문을 외우듯, 같은 부분을 반복해서 연습했다. 삼십 분 후에는 모든 것이 끝날 것이고 나는 아마 살아남을 것이다.

"골즈워디 양, 오 분 남았습니다. 다시 한 번 알려드립니다. 오 분 후에는 무대로 나가십시오."

하지만 살아남는 것으로는 충분하지 않았다. 밖에는 수많은 사람들이 내 연주를 듣기 위해 기다리고 있었다! 팔십 명의 오케스트라 단원들이 나와 함께할 준비를 하고 있었다! 어린 시절의 꿈이 실현되는 순간이 이제 사 분밖에 남지 않았다. 나는 지금까지 이 순간을 위해 살아왔다. 모든 장애물과 반대와 의구심을 딛고 승리하는 멋진 엔딩으로 마지막을 장식해야 했다. 아리송한 평가! 8급 시험의 심사위원이 적어 놓은 두꺼비처럼 생긴 C! 콘서트 피아니스트가 될 수 없을 것이라고 했던 시반 선생님의 말, 그 모든 비판! 여드름! 편집증! 환청! 그 무엇도 궁극의 승리를 향해 가는 나의 길을 방해할 수 없다.

문을 두드리는 소리가 났다. 턱시도를 입은 윌리엄 경이었다.

"눈부시게 아름답군요." 그가 말했다. "모두들 기다리고 있어요." 그는 나에게 팔을 내주고 에스코트를 해서 연회장을 지나고 계단을 올라 무대 뒤까지 데리고 갔다. 나는 얼굴에 거짓 미소를 띠고 나갔지만 마침내 무대에 섰을 때 그 미소는 진심이 되었다.

객석에서 달콤하고 따스한 기운이 무대 위로 올라왔고 음악당은 커다란 안방처럼 느껴졌다. 나는 싱긋이 미소를 보내는 피아노 앞에 앉아 윌리엄 경에게 고개를 끄덕였고 이윽고 오케스트라 연주가 시작되었다. 나는 피아노 연주에 들어가자마자 내 소리로 그 공간 전체를 점령할 수 있다는 것을 알았다. 나는 거인이 되어 왼쪽에 있는 팔십 명의 단원들을 지배했고 오른쪽에 있는 수많은 관객들을 유혹했다. 이 층의 특별석은 벽난로처럼 가까이 있었고, 샹들리에는 손을 뻗으면 닿을 듯이 달려 있었다. 이 층 특별석의 앞줄을 따라 어머니, 아버지, 할아버지, 할머니, 귀여운 동생들이 앉아 있었다. 그 뒤로 정면에 시반 선생님이 부군과 함께 앉아 있었다. 그들의 사랑과 오케스트라의 지원을 한 몸에 받으며 나는 기쁨과 승리의 주제곡을 연주하며 음악을 타고 날아다녔다.

애들레이드 실내악 협주곡 대회에서 우승을 했고 사 개월 후에 다시 그 무대에서 베토벤 협주곡을 연주했다. 그리고 삼 개월 후에는 텍사스로 가는 비행기에 올랐다. 탑승 게이트를 통과할 때 나는 어린 시절을 뒤로하고 이미 하늘을 날고 있었다.

16장
코다

"나는 모차르트를 듣고 있었어.
믿을 수 없이 훌륭한 모차르트였지. 천사들이 연주하는 모차르트.
완벽한 피아노 협주곡이 저 너머에서 들려왔어.
그 소리에서 나는 신의 얼굴을 볼 수 있었단다."

트리오 연습을 하고 집에 돌아왔을 때 아버지에게서 전화가 왔다. "방금 시반 선생님의 주치의와 이야기를 했는데, 좋지 않으신가 보다. 가능하면 네가 오늘 밤에 가봐야 할 것 같다."

"좋지 않으시다니 무슨 말씀이세요?"

"오늘 밤을 넘길 수 있는 확률이 이십오 퍼센트라고 하더구나."

전화를 끊고 나니 눈앞이 캄캄했다. 머리가 멍해지면서 더 이상 확률의 법칙을 이해할 수 없었다. 이십오 퍼센트라니 대체 무슨 소리지? '백 퍼센트의 안정성도 충분하지 않다. 무대 위에서는 적어도 이백 퍼센트가 되어야 한다.'

"내가 같이 갈게." 니컬러스는 콴타스 여행사에 전화를 해서 비행기 표를 예매했고 나는 헬렌과 팀에게 전화를 했다. 우리는 열흘 후에 대회 출전을 위해 떠날 예정이었고 모차르트 삼중주는 아직 준비가 덜 되었다. 연습을 할수록 소리가 점점 더 불안정해졌다. 하지만 그런 것은 지금 전혀 중요하지 않았다.

비행기에서 내려다보이는 멜버른이 점점 작아졌다. 나는 니컬러스의 커다란 손에 내 손을 맡기고 눈을 감았다. 내가 미국에 가서 생전 처음 시반 선생님과 멀리 떨어져 있었던 때를 기억했다. 왜, 무엇을, 어떻게에 대해 설명해주는 그녀가 없는 곳에서 피아노 건반은 텅 빈 백지와도 같았다. 동시에 나는 더 이상 마음으로 귀를 기울일 필요가 없을 뿐 아니라 꾸미고 과시해도 아무도 나무랄 사람이 없다는 불량한 생각을 했었다.

"닭고기, 아니면 양고기?" 승무원이 물었다.

"우리는 배가 고프지 않군요." 니컬러스가 말했다.

텍사스에 있을 때 나는 밤마다 대학의 작은 연습실에서 늦게까지 연습을 했다. 옆에서 학생들은 브람스 협주곡을 연주했는데, 그곳에서 나는 나보다 뛰어난 기교를 보여 줄 수 있는 사람들이 있다는 것을 알았다. 처음에 그 대학의 교수에게 레슨을 받을 때 나는 시반 선생님과 함께 연습한 레퍼토리를 계속 가져갔다. 어느 날 그 교수는 더 이상 참지 못하고 말했다. '이제 다른 곡들도 해 봐야지.' 나는 결국 홀로서기를 해야 했다.

"담요를 가져다주실래요?" 니컬러스가 승무원에게 부탁했다. "아내가 떨고 있어서요."

두 달 전 나는 엘더홀에서 독주회를 했다. 연주를 끝내고 나서 휴게실 문 앞에서 기다리고 있는 나의 후원자들을 살펴보았는데 선생님이 보이지 않았다. 나는 공연히 가슴이 뜨끔했다. 나한테 화가 나신 걸까? 그때 데브라가 나를 한쪽으로 데려갔다. "시반 선생님이 지난 밤 병원에 가셨어. 네가 연주를 끝내기 전에는 이야기를 하지 말라고 하셨어."

어머니는 나를 차에 태우고 곧바로 병원으로 갔다. 나는 콘서트 드레스를 입고 꽃다발을 든 채로 선생님을 만났다. 그녀는 침대에서 창백한 얼굴로 일어나 앉았지만 눈은 살아 있었다. "내가 아주 건강하다고 하면 안 믿겠지? 하지만 걱정하지 마라. 나는 레닌그라드 봉쇄(제2차 세계 대전 중 독일군에 의해 레닌그라드가 900일 가까이 포위당했던 역사적 사건 – 옮긴이) 때도 살아남았단다." 그녀는 내 손을 잡았다. "데브라가 전화했더라. 독주회가 아주 훌륭했다고 하더구나."

"선생님 덕분이죠." 어머니가 말했다.

"내 제자들이 아주 자랑스럽구나. 점점 더 예술적이 되어 가고 더욱 성숙하고 있어. 재능 있는 사람들은 항상 배운다고 내가 말했지? 열려 있는 마음이야말로 재능을 보여 주는 첫 번째 증거야. 마음을 열면 마술처럼 모든 삶의 문이 열리지." 그녀가 침대 위에서 갑자기 앞쪽으로 몸을 숙이는 바람에 정맥주사 바늘이 빠질 뻔했다. "요컨대 예술이 무엇이지? 큰 의미에서 예술은 상상력의 무한한 비행이야. 걷는 것이 아니라 날아다니는 상상력이지. 환상은 제한을 받지 않아. 단, 충분한 이해가 뒷받침되어야 해. 그리고 모든 예술에서 중요한 것은 무엇일까? 무엇보다 예술은 미학과 도덕성이 바탕이 되어야 하지. 무엇보다 아름다움이 중요해. 아름다움은 우리 삶의 닻이고, 삶의 기초이고, 삶의 기대이고, 베푸는 삶이기 때문이지. 내가 말하는 아름다움은 예쁜 얼굴을 말하는 것이 아니라 사랑하고 베푸는 거야. 그런데 슬프게도 많은 사람들이 이것을 이해하지 못해. 그들은 사랑하고 베푸는 것을 의무처럼 생각하지. 가끔 교회에서나 이야기하고 일상생활 속에서는 잊어버리는, 그런 것처럼 생각하고 있어."

"맞아요." 어머니가 말했다.

"어디 이야기 좀 해 봐. 우선, 리스트는 어땠니? 잘했지? 아름답구나. 드레스가 아주 잘 어울린다. 하지만 내 생각에 너는 머리색을 좀 더 밝게 하는 것이 어울려. 특히 키가 크니까. 그러면 훨씬 더 어려 보일 거야."

나는 그녀의 건강이 회복될 것이라고 믿고 멜버른으로 돌아갔다.

이번에는 아버지가 공항에서 우리를 태우고 병원으로 갔다. "면회 시간이 끝났지만 선생님을 볼 수 있을 거야."

니컬러스는 대기실에서 기다렸고 아버지는 어머니와 나를 중환자실로 데리고 들어갔다. 간호사들이 소리 없이 분주하게 지나다녔다. 내 숨소리가 거칠어졌다. 아버지는 나를 감싸 안으며 말했다. "혼수상태에 있는 사람을 처음 보면 충격을 받을 수 있어."

나는 선생님을 금방 알아보지 못했다. 그녀는 의식이 전혀 없이 신생아처럼 눈을 감고 두 손을 축 늘어뜨리고 있었다. 하지만 손을 잡으니 따뜻하게 느껴졌다. 나는 그녀에게 사랑한다고 말했다.

그날 밤 잠자리에 누웠을 때 나는 울기 시작했다. 니컬러스가 두 팔로 안아 주었지만 울음을 그칠 수 없었다. 나는 그의 품에서 빠져나와 응접실로 갔다. 그곳에서 어머니는 혼자 텔레비전을 보고 있었다. 어릴 때는 어머니가 나를 따뜻하게 안아 주면 두려움이 사라졌다. 하지만 이제 그녀의 품에 안겨도 소용이 없었다.

침실로 돌아왔을 때 니컬러스는 불을 켜 놓고 있었다.

"가시면 안 되는데." 내가 그에게 말했다. "선생님은 아직 할 일이 너무 많아요."

그는 내 눈에서 머리카락을 쓸어 넘기며 말했다. *"그대가 내게 전해 준 이 지식은 스스로 생명력을 갖게 될 것이오."*

나는 그녀가 음악의 생명력을 전달해 준 전 세계의 제자들을 생각하고 니컬러스의 말이 옳다는 것을 알았다. 하지만 충분한 위안이 되지 못했다. 나의 슬픔은 좀 더 이기적이었다. 그녀는 나의 스승이자 좋은 친구였다. 나는 아직 그녀를 내 인생에서 떠나보낼 준비가 되어 있지 않았다.

니컬러스는 이내 잠이 들었지만 나는 여전히 깨어 있었다. 내가 깨어 있으면 그녀의 생명을 지킬 수 있을 것 같았다. 라디오 시계의 숫자가 바뀔 때마다 확률이 이십오 퍼센트에서 점점 증가할 것 같았다. 나는 머릿속으로 모차르트 트리오를 연습하며 그녀의 피아노 소리를 찾았다. 아마 이것 역시 그녀를 살아 있게 할지도 몰랐다. 「마에스트로」의 끝부분에서 폴은 병원에서 죽어 가는 켈러를 찾아가 그에게 모차르트를 듣고 싶은지 묻는다.

그는 눈을 감고 있었다. 그는 음악 너머에 있는 듯했다. 그는 한때 어느 누구보다 모차르트를 높이 평가했다. 모차르트는 태양처럼 빛난다고, 마치 상상 속에서 빛과 온기의 원천을 바라보듯 얼굴을 위로 약간 기울인 채 중얼거리곤 했다.

나는 숨이 막힐 듯한 공포를 느꼈다. 아버지 소설의 내용이 현실이 되는 것인가? 나의 어린 시절을 그린 그 책이 어떤 식으로 나의 미래를 예견한 것인가?

다음 날 아침, 선생님은 또 하루를 버텨 냈고, 그녀의 여동생과 조카가 미국에서 도착했다.

"우리 가족들은 전에도 이런 위급 상황을 겪었어요." 그녀의 조카가 말했다. "하지만 모두들 무사히 견뎌 냈어요. 이모님도 그럴 거라고 믿어요."

그는 시차에도 불구하고 눈이 맑고 푸른 잘생긴 청년이었다. 나는 그의 말을 믿기로 했다. 나는 병동으로 돌아가 소독약으로 손을 닦고 그녀의 부어오른 손을 잡았다. '손은 무엇이든 할 수 있다. 손은 말을 할 수 있고, 춤을 추고, 노래를 할 수 있다. 손은 하늘을 날 수도 있어. 정말이야. 나는 그렇게 느낀다!' 그녀의 가르침을 받으면서 나는 그녀의 손을 정신적인 존재로 생각하게 되었다. 그런데 이제 그 손의 무게를 느끼고 나는 충격을 받았다. 그 손은 살덩어리, 물체, 물건이었다.

그녀의 제자인 가브리엘라가 도착했다. 의연하려고 애쓰는 모습이었다. "나쁜 일은 없을 거예요." 그녀가 말했다. "좋은 생각만 할 거예요. 전에도 혼수상태에 빠진 사람들을 본 적이 있는데, 선생님 얼굴을 보면 알 수 있어요. 지금 열심히 싸우고 계세요."

"음악을 좀 들려드리면 어떨까요." 그녀의 며느리가 제안했다. "최근에 연주회에서 녹음한 곡이 있나요?"

나는 얼마 전 내 독주회에서 녹음한 음악이 그녀의 꿈속을 침투하는 상상을 해 보았다. "제 생각에, 최고의 음악은 선생님 머릿속에 있을 것 같아요."

아이작이 눈 밑이 검게 그늘진 얼굴로 들어왔다. "물론 그녀는 위대한 피아니스트입니다. 하지만 그런 건 제게 아무 의미가 없어요. 저는 단지 아내를 원합니다."

다음 날 아침, 어머니의 자동응답기에 메시지가 녹음되어 있었다.

"안녕, 애나. 헬렌이야. 시반 선생님이 건강을 회복하시길 기원한다. 우리는 네가 집에 언제 오는지 궁금해하고 있어. 일주일 후면 대회가 열리는데, 우리가 어떻게 하면 좋을지 알려 줘."

나는 다시 병원으로 가서 시반 선생님 옆에 앉아서 기다렸다. 니컬러스는 대기실에서, 헬렌과 팀은 멜버른의 ABC 연습실에서 피아니스트도 없이 국제 삼중주 대회를 준비하며 나를 기다리고 있었다. 병실 뒤쪽에 있는 작은 사각형 창문으로 나무 한 그루가 보였다. 나는 새 한 마리가 가지에서 가지로 날아다니는 것을 멍하니 바라보았다. 인공호흡기의 숨소리가 규칙적으로 들렸다. 나에게는 그 모든 상황이 당혹스러운 불협화음으로 느껴졌다.

우리 부모님은 이혼했고 어머니는 프로스펙트의 저택을 팔고 새 집으로 이사했다. 어머니는 내 피아노를 맹수 우리에 가두어 두듯이 사방이 벽으로 둘러싸인 작은 방에 들여놓았다. 병원에서 집으로 돌아온 밤, 나는 그 피아노 앞에 앉아 쇼팽의 녹턴 op. 27, 2번을 연주했다. 시반 선생님이 종종 연주했던 곡이다. '나는 그날의 기분에 따라 해석을 백 번도 바꿀 수 있다. 희망에 넘칠 수 있고, 향수에 잠길 수도 있고, 현명해질 수 있고, 차분해질 수도 있지. 여유를 부릴 수도 있고, 갑자기 기분이 가벼워지거나, 더 자유로워지거나, 더 젊어질 수도 있어.'

오늘 밤의 내 연주는 기도였다. 나는 마음속에서 들리는 소리와 내 주변으로 퍼지는 소리 사이의 교감을 느꼈다. 그 음악 안에 그녀가 분명히 살아 있다는 생각을 하자 그 작은 방은 은총으로 가득 넘쳤다.

다음 날 아침, 팀에게서 다시 연락이 왔다. "애나. 모든 것이 잘되기 바란다. 우리가 대회에 나갈 수 있을지 알려 줘."

나 때문에 모든 계획이 어긋나버렸다. 우리는 몇 달에 걸쳐 연습을 했고 이미 비행기표를 예매했다. 그들은 내가 함께 가기를 원하고 있었다. 하지만 어떻게 시반 선생님을 떠날 수 있을까?

"선생님은 몇 주일 동안 의식이 없을지도 몰라." 아버지가 말했다. "하지만 매일 조금씩 나아지고 있어." 그는 감정을 억누르듯 침을 꿀꺽 삼켰다. "네가 알아야 할 것이 있다. 선생님은 이 일로 인해 달라질 수도 있어. 어떤 식으로 손상을 입을지도 모른다."

나는 병실로 돌아가서 그녀의 손을 잡았다. 손등에 주사바늘이 꽂혀 있었고, 손목에는 이름이 적힌 팔찌가 감겨 있었다. 그녀는 지금 어디에 있을까? 그녀가 있는 곳에 음악이 있기를 바랐다.

'나는 완전히 절대적으로 무신론자였어. 무신론자라기보다는 공산주

의자였지. 일종의 종교적 무신론자라고 할까! 하지만 나는 음악을 통해 신을 만났다. 이 아름다운 세상을 봐라. 이 모든 것이 아무것도 아닐까? 우리는 무엇이 진실인지 모른다. 하지만 분명 뭔가가 있어, 안 그러면 음악은 존재할 수 없을 거야.'

나는 그녀 옆에 앉아 쇼팽에 대해, 대회 출전을 위해 준비한 프로그램에 대해, 모차르트와 베토벤과 쇼스타코비치와 슈베르트에 대해 이야기했다. 팀의 따뜻한 심성과 헬렌의 열정에 대해, 나의 재능 있는 제자들에 대해, 내가 쓰고 있는 박사 논문과 지도 교수의 관대함에 대해, 십여 년 전 어린 사촌을 그녀에게 데려왔던 니컬러스를 처음 만났을 때의 이야기를 했다. 그리고 지금 대기실에서 그녀를 기다리고 있는 사람들에 대해 이야기했다. 그녀가 생사를 오가는 동안 나는 어떤 계시를 원했다. 그녀가 다시 돌아올 것이라는 것을 알아야 했다.

'기본적으로, 우리의 육체와 정신을 비교한다면 정신은 무한하다. 육체는 장소를 갖고 있고 제약을 받는다. 음악 역시 육체를 갖고 있지만 그 정신은 무한하다.'

갑자기 아주 미세하게 그녀의 손이 내 손을 쥐는 것을 느꼈다. 그 느낌은 한순간, 눈 깜박할 사이에 지나갔다. 나의 상상이었을까? 대회에 참가하러 가고 싶은 마음이 불러온 착각이었을까? 아마 그럴 수도 있었겠지만 나는 그렇게 생각하지 않았다. 나는 그것을 그녀가 내게 주는 선물, 확신, 축복으로 이해했다.

삼 주 후, 이태리에서 나는 그녀의 목소리를 들었다. 그녀는 목소리가 갈라지고 힘이 없었지만 정신은 분명 또렷했다.

"나는 모차르트를 듣고 있었어. 믿을 수 없이 훌륭한 모차르트였지. 천사들이 연주하는 모차르트. 완벽한 피아노 협주곡이 저 너머에서 들려왔어. 그 소리에서 나는 신의 얼굴을 볼 수 있었단다."

세상에는 수많은 휴게실이 있지만 이곳은 안방처럼 익숙한 나의 어릴 적 휴게실이다. 나는 다시 무대에 나가는 순서대로 의자를 옮겨 앉던 아홉 살 소녀가 되었다.

나는 지금 내가 원하는 것만큼 성공한 것일까?

저 밖에서는 육백여 명의 사람들이 내 연주를 듣기 위해 기다리고 있었지만, 이곳은 카네기홀이 아닌 엘더홀이다. 나는 몇 개의 대회에서 상을 받았지만 어느 대회에서는 실패했다. 이제 서른 살이 될 때까지 더 이상 대회에 참가하지 않기로 했다. 「마에스트로」의 폴처럼 나는 멜버른에 있는 대학에서 피아노를 가르치고 있지만, 폴과는 달리 내 삶에 실망하지 않는다. 나는 연주하고 글을 쓰고 방송을 하고 많은 시간을 비행기 안에서 보낸다. 나의 기쁨은 작곡가들과 함께 살아가고, 해가 갈수록 그들을 좀 더 잘 알게 되는 것, 내가 주변 사람들을 개인적으로 아는 것처럼 그들을 개인적으로 이해하는 것에 있다.

오늘 저녁에는 누가 와 있을까? 나는 마치 관객들의 웅성거림 속에서 그들을 구분할 수 있을 것처럼 무대 쪽으로 몸을 숙이고 귀를 기울인다.

객석에는 어머니와 그녀의 동반자, 아버지와 그의 새 아내가 있다. 할머니와 외할머니는 앞쪽에 앉아 있을 것이다. 여동생은 아마 위층 특별석에 있을 것이고, 남동생은 런던에, 니컬러스는 멜버른에 있다. 데브라와 가브리엘라는 학생들과 함께 왔을 것이다. 할어버지는 수술에서 회복중이다. 나는 이번 주에 그의 침실 밖에서 쇼팽을 연습했다. 우리 두 사람은 그의 업라이트 피아노로 오랜 세월 쇼팽을 연주해 왔다. 할아버지는 침실 문을 열어 놓고 있었고, 할머니는 내게 코코아를 가져다주며 말했다. '과로하지 마라, 애야. 이제 홀몸이 아니잖니.'

오늘 밤은 호주 건반음악협회에서 주관하는 연주회다. 프리즐 대령은 돌아가셨고, 홉굿 여사는 은퇴했지만 아직 엘더홀에서 연주회를 열고 있다. 나는 B플랫 단조 소나타를 비롯해서 쇼팽을 연주할 것이다.

이 소나타는 기본적으로 쇼팽 자신을 위한 진혼곡이다. 첫 번째 악장은 무덤에서 시작하고, 그 후에 모든 이야기가 시작된다. 두 번째 악장은 우왕좌왕하면서 분주하게 움직이는 우리의 삶에 대한 이야기다. 삶의 스케르초이고 큰 의미에서 해학곡이다. 우리는 갑자기 병에 걸려 죽을 때가 되기 전까지 왜 앉아서 귀를 기울이는 시간을 갖지 않는 것일까?

시반 선생님은 댁에서 내 전화를 기다리고 있을 것이다. 시반 선생님이 변할 것이라고 했던 아버지 말이 맞았다. 그녀는 더욱 평온하고 더욱 명료한 정신을 갖고 돌아왔다. 그녀는 전처럼 씩씩하게 걷지는 못하지만 다시 피아노를 연주하고 있다. 그녀는 두 손을 중심으로 모든 신체

구조를 재구성하고 있는 중이다.

그다음 3악장은 장송행진곡이다. 이 음악을 연주하면 문득 쇼팽 자신의 장례식에 와 있다는 것을 알게 된다. 그는 얼마나 많은 사람들이 자신을 기억하는지 지켜보고 있다. 중반은 아주 아름답고, 사랑으로 가득하고, 삶에 대한 향수로 애절하다. 그는 모두가 위대한 쇼팽을 그리워하며 슬퍼하고 있다고 상상한다. 그러다가 갑자기 그는 깊은 자기 연민에 빠진다. 그 감정은 매우 사무치고 매우 비극적이다. 왜냐하면 그는 내내 사형 선고를 받고 살았기 때문이다.

나는 이 음악을 내 뱃속 아기에게 들려줘도 될지 잠시 고민했지만 그 모든 것이 삶의 스케르초이고 우리 모두에게 주어진 운명의 일부라는 것을 생각했다. 뱃속에서 아기가 씩씩한 발차기로 나를 안심시켰다. 나는 무대에 혼자 나가는 것이 아니었다.

마지막 악장이 시작되면 묘지에 바람이 휙 하고 불며 우리 옆을 스쳐 지나간다. 그것은 슬픔이 아니다. 슬픔 너머에 있다. 쇼팽이 없는 세상을 상상하면 세상은 텅 비어 있는 것 같다.

인터폰이 울렸다. "객석 조명을 내렸습니다. 모두들 기다리고 계십니다."
나는 한 손을 배 위에 얹고 말했다. "내가 하는 이야기 들어 보겠니?"
이윽고 나는 고요함 속으로 천천히 걸어 나갔다.

연주자에 관한 오래된 유머가 있다. 뉴욕 맨해튼에서 길을 잃은 관광객이 지나가던 행인을 붙잡고 물었다. "카네기홀에 가려면 어떻게 가야 하죠?"

그 행인이 대답했다. "연습, 연습, 또 연습을 해야죠." 그는 바로 러시아 태생의 전설적인 바이올리니스트 야샤 하이페츠였다.

어느 분야에서나 정상의 경지에 도달하기 위해서는 고도의 집중력과 부단한 노력, 그리고 철저한 자기관리가 필요하다. 특히 무대 위에서 음악과 하나 되어 완성된 작품을 보여주는 연주자들에게서 우리는 인고의 나날을 견디며 진리를 탐구하는 구도자의 모습을 발견한다. 그러기에 관객들은 아름다운 음악을 듣고 감동할 뿐 아니라 작품을 완벽하게 소화해서 들려주기까지 자기 자신과 외로운 싸움을 마다하지 않는 연주자를 향해 아낌없는 갈채를 보낸다. 그들로 하여금 오랜 세월 일상적인 즐거움을 멀리하고 연주에 몰입할 수 있게 하는 힘은 무엇일까? 그것은 타고난 재능도 아니고 명성을 얻으려는 욕망도 아니다. 바로 음악에 대한 사랑과 열정이다.

현재 호주의 피아니스트로 활발한 활동을 하고 있는 저자 애나 골즈워디는 아홉 살이 되던 해에 피아니스트 엘리오노라 시반 선생을 만나 정식으로 피아노 레슨을 시작한다. 정치적 억압과 풍요로운 예술적 환경이 공존하는 러시아에서 교육을 받고 레닌그라드 음악원의 교수를 지내다가 호주로 이주해온 시반 선생은 후대에 음악을 전달하는 것을 사명으로 아는 교육자의 귀감을 보여준다. 그녀는 영어에 서툴지만 직관적이고 시적인 언어로 애나에게 예술적 영감을 불어넣으며 기교에 치우치지 않고 감성적이면서 독자적인 연주를 하도록 가르친다. 애나는 '똑똑한 가슴'과 '따뜻한 머리'를 요구하는 스승의 가르침을 오랜 세월 동안 몸으로 이해하게 되면서 음악가로서의 정체성을 찾아간다. 무엇보다 저자는 음악을 살아가고 숨 쉬는 방식으로 받아들이는 스승에게서 경쟁이나 여론에 휘둘리지 않고 성숙한 삶을 사는 법을 배울 수 있었다. 바흐에서 하차투리안에 이르는 위대한 작곡가들의 음악 인생에 대한 이야기를 읽다보면 자연스럽게 클래식 음악에 대한 이해와 공감의 폭이 넓어진다.

화려한 무대에서 갈채를 받는 가수를 꿈꾸던 철부지 소녀에서 피아니스트로 성장하기까지의 과정을 밝고 따뜻한 필치로 그린 이 회고록은 그녀를 음악의 세계로 이끌어준 스승에게 바치는 헌정사이기도 하다.

2011년 8월 노혜숙